Claude chassaigne Avon 2001 Londres

Michel del Castillo

Colette, une certaine France

Gallimard

© Éditions Stock, 1999.

Michel del Castillo est né à Madrid en 1933. Toute sa petite enfance, jusqu'en mars 1939, il la passe dans sa ville natale, auprès de sa mère, journaliste républicaine. La guerre civile, avec ses horreurs, constitue sa première et décisive expérience. En 1939, avec la victoire des armées franquistes, il suit sa mère en exil et mène avec elle l'existence précaire des émigrés politiques. Au début de 1940, il est, toujours avec sa mère, interné au camp de Rieucros, près de Mende, où sont détenues des centaines de femmes, en majorité des étrangères et des militantes politiques françaises. La guerre ne se terminera pas pour lui avec la victoire des Alliés, puisque, rapatrié en Espagne, il se retrouvera, de 1945 à 1949, dans un centre de redressement pour mineurs, à Barcelone, l'Asile Durán, de sinistre mémoire. C'est seulement en 1953 que, franchissant clandestinement la frontière, il retrouvera sa patrie et sa famille paternelle. Il reprendra alors ses études, lettres et psychologie, et publiera son premier roman, *Tanguy*, qui remporte un large succès avant d'être traduit en près de vingt-cinq langues. Il ne cessera plus, dès lors, d'écrire, suivi par un public fidèle, et sera plusieurs fois couronné par des prix littéraires : prix des Libraires et prix des Deux-Magots pour *Le vent de la nuit* en 1973, prix Renaudot pour *La nuit du décret* en 1981, Grand Prix R.T.L.-Lire pour *Le crime des pères* en 1993 et le prix Femina Essai pour *Colette, une certaine France* en 1999.

*Pour Michel Rémy-Bieth,
sans qui ce livre n'aurait pas vu le jour,
sans qui tant de choses n'eussent pas été...*

I

Mes premières lectures de Colette remontent à 1958-1959, il y a donc plus de quarante ans. C'est par un ami, Michel Rémy-Bieth, que je la découvris et me familiarisai avec son œuvre, qui ne m'a pas quitté depuis.

Dès son adolescence, mon ami avait commencé de collectionner ses inédits — manuscrits, lettres, cartes postales, documents iconographiques — qui, au fil des ans, ont fini par constituer des archives précieuses. J'allais ainsi des livres à leur coulisse, observant les travestissements, les gauchissements et les déformations. D'un côté, les effusions dans la poussière des décors et dans la mélancolie des loges, les confidences et les épanchements ; de l'autre, les attitudes et les poses sous la lumière des projecteurs — cet écart me troublait.

Ainsi que je le raconte dans un autre chapitre, nous connûmes Colette de Jouvenel, la fille de l'écrivain, vers 1960 et vécûmes dans son intimité, tantôt dans le presbytère que j'habitais alors, aux environs de Pontoise, tantôt dans sa maison d'Anacapri, et l'évocation de ses souvenirs ajoutait à ma perplexité. Plus je plongeais dans l'intimité de Colette, plus aussi le personnage m'échappait. J'ai parcouru depuis à peu près tout ce qui, sur elle et sur son œuvre, a paru, et c'est ainsi qu'a germé et mûri le projet de ce livre dont je parlais à Jean-Marc Roberts il y a plus de vingt ans.

Ces rappels cadrent la question : pourquoi Colette ? Je ne trouve aucune réponse convaincante, sauf peut-être la contradiction entre les réticences qu'une partie de son œuvre et, même, certains traits de son caractère m'inspirent et l'admiration que mes réserves ne parviennent pas à tiédir.

Peu d'auteurs auront travaillé à l'élaboration de leur légende avec tant de persévérance. Jusque dans sa maturité, Colette eut, on le sait, la passion du théâtre. Comédienne et mime, elle ne le fut pas que sur la scène. D'une certaine manière, chacun de ses livres adopte une pose, l'arrête et la magnifie. Ce ne sont pas tant des mensonges, ce qui serait banal, que des célébrations narcissiques où l'écrivain se met en situation, se contemple dans le miroir.

D'où un premier malentendu : jusqu'à quel point ses ouvrages sont-ils ou non autobiographiques ? « *L'Art, c'est le mensonge, et c'est parce que je mens que mes livres existent*[1]. » On pourrait l'en tenir quitte si, de roman en nouvelle, la même femme ne parlait au lecteur, commentant, paraphrasant sa situation, si bien qu'une partie du charme de cette prose faussement abandonnée tient à cette complicité ambiguë. Critiques, commentateurs, universitaires, ses nombreux biographes, tous la citent d'abondance pour éclairer les événements qui ont fait la trame de sa vie, ce qui démontre qu'œuvre et biographie sont, dans son cas, si intimement liées que, le voudrait-on, on ne saurait les séparer. La confusion va plus loin : prenant pour argent comptant ses assertions les plus discutables, des auteurs épousent ses ferveurs et ses rancunes, ils ne réfutent pas ses calomnies. Cette crédulité, chez ceux-là mêmes qui reconnaissent par ailleurs sa malignité, sa rosserie[2], son ressentiment impitoyable, ne manque pas d'intriguer.

On connaît les matériaux dont la légende est faite. Il y a d'abord l'enfance à Saint-Sauveur-en-Puisaye, dans la maison et dans le jardin tant de fois chantés et célébrés. *Enfance pauvre*, Colette insistera sur ce point jusque dans la fin de sa vie, mais merveilleusement heureuse, entre des parents éclairés et tolérants, unis par le plus solide amour. Au-dessus de la demi-

---

1. Interview parue dans la revue *Sur la Riviera* en 1931.
2. «*Une vieille vache, oui!*» s'écriait Carco, qui était pourtant son ami.

sœur, Juliette, l'« agréable laide », des deux frères, Achille, l'aîné, et Léopold, dit Léo, au-dessus du père même, le capitaine des zouaves Jules Colette, dit le Capitaine, s'élève la figure de la mère, Sidonie, devenue, pour tous les lecteurs de l'écrivain, Sido, figure mythique à jamais debout près du vieux puits, le visage tourné vers le ciel qu'elle flatte ou invective. Elle n'est pourtant, insiste la fille, qu'une humble provinciale. Tout l'art de persuasion de Colette tient dans ces naïvetés feintes.

Il y a l'école, laïque, car Sidonie, mécréante ou athée — Colette paraît hésiter sur le terme —, n'aurait pas confié sa petite à l'école catholique du village. C'est d'ailleurs par la classe communale que l'écrivain entrera en littérature et connaîtra son premier succès, triomphe conviendrait mieux, puisque Claudine deviendra plus qu'un personnage, une mode.

L'enfance de l'écrivain baigne dans une atmosphère de signes et de prodiges où plantes, bêtes, minéraux communiquent, où tout signifie. Un univers enchanté, donc poétique. Au sens propre, ineffable. Son évocation tient du conte et, par son rythme, par la cadence et le nombre, elle en suggère le mystère. Guère surprenant que cet univers féerique entraîne, chez ses admirateurs, des alanguissements élégiaques.

Chassés du paradis, ses frères continueront d'y vivre par la pensée. Toujours leur mémoire hantera l'éden où ils connurent plus que la félicité : la grâce de l'innocence. À l'intensité du regret, on mesure l'emprise de Sidonie sur son entourage.

On comprend ainsi ce que fut, pour Colette, âgée de dix-huit ans, le départ de Saint-Sauveur, le déménagement vers Châtillon-Coligny où Achille «l'aîné sans rivaux», devenu médecin, s'était installé. Si rude, le coup, que Colette ne s'en remit jamais tout à fait et que ses allusions parfois équivoques ont donné corps à la légende : ruinés, les Colette auraient assisté à la vente, par adjudication publique[1], de la maison et de son mobilier. Et des biographes de s'apitoyer sur le traumatisme des objets exposés, palpés par des étrangers. En réalité, les Colette vendirent à la chandelle, selon l'usage, les meubles et les bibelots qui ne trouvaient pas leur place dans leur nouvelle installation[2].

Le décor du bonheur fut bien perdu avec le départ pour Châtillon, le choc que la jeune Colette en ressentit fut réel et profond, mais ce déménagement ne revêtit pas le caractère dramatique que certains lui ont donné. Mensonge ? Vérité profonde, au contraire, la seule qui importe : entre les faits et le sentiment, il y a la littérature.

1. *Mea culpa*, j'ai moi-même, dans une préface pour les Éditions Persona, propagé l'erreur.
2. Sur ce point comme sur d'autres, voir la biographie de Claude Pichois et Alain Brunet, *Colette*, Éditions de Fallois, 1999, scrupuleuse et documentée.

Plus tard, Colette refusera d'habiter la maison de Saint-Sauveur, la mettant en location, empochant tranquillement les loyers. Sans la présence de Sidonie, la vieille bâtisse avait perdu son enchantement. L'écrivain choisissait de préserver son rêve. Pourtant, la pauvreté, la saisie s'accordaient mieux à la légende, surtout la *signification littéraire* de ce départ perdait beaucoup de sa puissance s'il ne s'agissait que d'un simple déménagement.

Ainsi la légende s'est-elle édifiée, non par des mensonges, mais par des effets de style, des contrastes violents de l'éclairage.

Le mythe résiste parce que Colette elle-même l'a entretenu, parce que son style, essentiellement poétique, annihile toute réflexion critique. Car, à y regarder de près, Colette a presque tout avoué ; elle a pointé les déformations et les embellissements ; elle a montré les ombres. Un brouillard ténu s'irise des chatoiements d'une phrase mélodieuse et balancée, si bien que l'esprit, bercé par la musique, en oublie de s'attacher au sens pour s'abandonner au sentiment.

Cédant à une curiosité trouble pour un homme qui a presque le double de son âge, Colette épouse, à vingt ans, Henry Gauthier-Villars, dit Willy, journaliste, critique musical alors célèbre, auteur de romans légers qu'il produit à la chaîne dans ce qu'elle nommera les «ateliers» — entreprise employant une armée de nègres. Ses affectations de cynisme, sa perversité sexuelle attirent la jeune provinciale qui se laisse débaucher par ce séducteur expérimenté. Auprès de lui, elle mène à Paris une existence morne et solitaire. Elle se peint timide, silencieuse, suivant partout ce mari avide de réclame. On la remarque à peine et, la regarde-t-on, c'est pour la plaindre, quand on ne rit pas de sa maladresse de campagnarde mal à l'aise dans les salles de rédaction et les salons. C'est une sauvageonne que les conversations brillantes effarouchent et désarçonnent. Très vite, elle découvre que Willy la trompe et, plus grave, lui ment. Dès lors, elle se replie sur elle-même, se console auprès de rares amis, aussi solitaires et déboussolés qu'elle. Toutes ses illusions ont coulé et, si elle tarde à rompre la chaîne, c'est que, femme de son temps et de son époque, elle n'imagine pas comment s'émanciper, tant ces mots — séparation, divorce — lui semblent redoutables. Refusant d'avouer à sa mère sa déception et sa souffrance, elle les endure avec dignité, feignant même d'être heureuse et comblée. Elle n'ose pas non plus se plaindre de la médiocrité de son existence, car Willy ajoute à ses trahisons et machinations une avarice qui la réduit au dénuement. Bientôt, il la poussera à écrire et, quand le succès arrivera, il s'attribuera seul le mérite de ces *Claudine* dont il n'a pas écrit une ligne. Plus de douze ans, Colette, par lâcheté dira-t-elle, consentira à ce qui, avec le recul, lui apparaîtra comme une longue, une incompréhensible humiliation.

Ayant enfin trouvé le courage de secouer le joug, elle mène l'existence des femmes seules. Pour gagner sa vie, elle se produit sur les planches — mime et comédienne. Des tournées harassantes, de ville en ville, avec, partout, les mêmes coulisses poussiéreuses, les loges mal chauffées et, après les représentations, des chambres d'hôtel vides et impersonnelles.

À trente-sept ans, elle rencontre enfin le séduisant Henry de Jouvenel, homme politique et directeur du *Matin*, l'un des plus influents journaux de l'époque, qu'elle épousera et dont elle aura une fille, Colette de Jouvenel, dite Bel-Gazou. Entre eux, c'est une passion charnelle, furieuse et magnifique. Colette collabore au journal où elle dispose d'un bureau au-dessus de celui de son amant. Elle dirige également une collection chez Ferenczi, son éditeur. Elle délaisse pour un temps le roman pour ne se consacrer qu'au journalisme. Ce serait le bonheur si Henry de Jouvenel ne se montrait aussi volage que l'avait été Willy, les perversions en moins, car ce grand seigneur appartient à la race des conquérants. Seules la naissance de Bel-Gazou, en 1913, et la guerre empêchent le couple de se séparer, mais, dès la paix revenue, Colette renoue avec sa solitude. Une fois encore, la vagabonde reprend la route, jusqu'à la rencontre avec Maurice Goudeket, son dernier mari et le «meilleur ami», qui, à force de patience et d'abnégation, réussira à l'apaiser et à la rassurer. Elle a alors plus de cinquante ans, son amant trente. Fixée enfin au Palais-Royal, elle cueillera les fruits de son obstination. D'un bout à l'autre de son existence, il y a eu cette unique fidélité : l'écriture, qui fait l'unité de sa vie.

C'est ainsi qu'au fil de ses ouvrages elle résume sa vie et ainsi que ses premiers biographes et les commentateurs de son œuvre la reprennent sans révoquer en doute son récit, lequel comporte, outre des déformations et des arrangements peut-être inévitables, bon nombre d'oublis et de blancs, autrement plus éloquents.

Ni les travaux de Claude Pichois et de son équipe ni la découverte de nombreux documents pas plus que la publication de la correspondance inédite n'ont réussi à ébranler la légende, d'autant plus solide que Colette a réussi à en arrêter chaque épisode en des figures dessinées avec force et rehaussées de couleurs puissantes : chatoyantes pour Sido qui, entourée de ses chats et de ses chiens, se dresse, environnée de plantes, dans le jardin. Déesse tutélaire, elle garde une attitude de vitrail, son beau visage levé vers le vieux noyer. Elle symbolise l'amour le plus pur, le dévouement jusqu'à l'oubli de soi, la lucidité et la sagesse alliées à une humilité provinciale. C'est Déméter travestie en sainte Anne.

Couleurs sulfureuses, traits noirs et appuyés pour Willy, ce Méphisto offert au ressentiment de toutes les épouses trahies et bafouées.

Flamboiement des pourpres, pour le voluptueux Henry de Jouvenel, presque ridicule dans sa vaillance empruntée, guindée, et dont la pose avantageuse cache mal la faiblesse et la veulerie.

Bleus apaisants, enfin, du couple parfait, le « meilleur ami », Maurice Goudeket veillant tendrement sur cette « grande blessée de la vie » qui, couchée sur son divan, la tête tournée vers la cour du Palais-Royal, mordille son fidèle Parker en observant les nuages.

Au-dessus des vitraux qui montrent chaque étape de cette vie exemplaire, Colette elle-même, peinte dans des coloris d'algues et de marées, le regard attentif, la bouche sévère, l'air brave de qui souffre en serrant les mâchoires et défie le mauvais sort : elle est la liberté affirmée, la volonté maintenue, la curiosité toujours en éveil, une expression d'émerveillement sur son visage apaisé.

Ce sont bien ces lumières que le public garde dans sa rétine. Il suffit d'y ajouter des bêtes familières, apprivoisées et domptées par la magicienne, des chats d'abord, quelques petits bulls français, des carlins asthmatiques, une profusion de fleurs, de fruits, d'arbres, des horizons marins, des soleils levants voilés par une brume marine, des maisons bien assises dans l'enclos de leur jardin, de belles femmes coiffées de chapeaux de paille qui devisent en riant sous une treille...

Elles ne sont pas fausses, ces images, elles appartiennent bien à la vérité de Colette, la seule qui importe, c'est-à-dire sa littérature. Je ne prendrai pas la peine de les réfuter. Un écrivain se révèle tout entier dans ses livres, qui renferment ses secrets les plus intimes. Mon propos est plus humble : réfléchir à l'élaboration littéraire de cette vie exemplaire et, puisque Colette elle-même a condensé chaque épisode en une figure mythique, observer avec attention chacun de ces portraits, l'interroger, non dans le but de lui arracher son secret mais pour étudier la manière, autant dire le style.

Il existe une religion colettiste, avec ses hérétiques et ses excommuniés, avec, surtout, une armée de fidèles dont l'intolérance ne le cède en rien à ceux de toutes les autres religions. Le culte célèbre la flore et le monde animal, surtout les chats ; il prône les vertus ancillaires, la cuisine, la confection des confitures, la broderie ; il s'enracine dans une France rurale et provinciale. Telle Cérès, Colette se dresse sur un char orné d'épis et tiré par des fauves apprivoisés. Elle incarne la sagesse des terroirs, règne sur les jardins clos de murs, parfumés de menthe et de basilic. Ne lui arrive-t-il pas de célébrer «*le laboureur français, entre sa femme valeureuse, ses enfants, ses troupeaux, sur un fond de clochers modestes*[1] » ? C'était en 1940, il est vrai. L'air du temps appelait ces professions de foi suspectes : « *D'enfance paysanne* [sic], *j'aime croire en lui* [le paysan]. » Opportunisme, bien sûr, mais ruse aussi : elle fut bien élevée à la campagne mais, ainsi que le lui répétait sa mère avec indignation, elle n'était pas, n'avait jamais été une paysanne.

On en vient à l'un des fondements de la légende : toucher à Colette, c'est toucher à la France, du moins à *une certaine France*.

Madone du Palais-Royal figée pour l'éternité entre ses presse-papiers de cristal et ses papillons, entre ses chats et son papier bleu, elle est ce qu'est la tour Eiffel à Paris. Un Paris que taraude sa nostalgie provinciale. L'accent de Colette rend audible aux Parisiens la Bourgogne mythique — mais la Puisaye fait-elle vraiment partie de la Bourgogne ? —, le roulement de ses « r » transporte le village natal au cœur du palais des Orléans. « Écoutez, insinue cet accent, j'habite Paris, mais je demeure dans ma province. » D'origine provinciale eux-mêmes, les Parisiens s'attendrissent ; quant aux provinciaux, comment résisteraient-ils ?

En réalité, les liens de Colette avec son pays, son village natal, furent des plus ténus. Après

1. *Journal à rebours.*

son départ pour Paris, à l'âge de vingt ans, elle y retourna rarement, et chaque fois pour de courts séjours. Elle connut par la suite d'autres paysages, qu'elle aima mieux et plus intensément que Saint-Sauveur : le Jura de Willy, son premier mari ; la Bretagne de son amie, amante surtout, Missy, une maison en bord de mer qui fut le décor du plus long et du plus persistant bonheur ; la Provence de son troisième mari, enfin, Maurice Goudeket — je ne mentionne que pour mémoire Castel-Novel, le château des Jouvenel, en Corrèze, où elle interpréta avec succès le personnage de la baronne. Encore ne faisait-elle, en chacun de ses lieux, qu'y séjourner. Moins des campagnes que des villégiatures. Il suffit de lire la correspondance pour s'apercevoir que, partout, elle mène la vie des Parisiens en vacances, entourée d'amis de son monde, se gavant des papotages et des ragots de son milieu. Seule différence, elle y joue avec conviction son personnage de paysanne, jardinant, pêchant la crevette, bricolant, cuisinant et ripaillant.

Colette ne trichait pas. Une lancinante nostalgie hanta bien son existence, d'un bout à l'autre, mais ce n'était pas celle de son pays ni de son village : c'était celle du jardin originel, du paradis perdu de son enfance. Elle se sentait bel et bien déracinée, mais ses racines ne s'enfonçaient pas dans la Puisaye : elles plongeaient dans l'humus d'une enfance *rêvée*.

Le mythe de la paysanne égarée dans la grande ville, s'étiolant entre les tristes immeubles et les rues sans jardins, ce mythe rustique et provincial, Colette l'entretint. Il ne lui appartenait pas. Il suffit de lire Barrès et ses *Déracinés* pour en retrouver les sources. Il ne cessera plus d'enfler, jusqu'à Vichy, imprégnant l'atmosphère de toute une société qui voyait dans la ville, dans ses perversions, dans sa déliquescence intellectuelle et morale, la cause de tous les maux et de tous les malheurs. Vilipender la capitale, son c*osmopolitisme*, cela devint une figure de rhétorique, tant en littérature que sur les écrans.

Le paradoxe, ce n'est pas le seul, est que Colette, la saine et robuste paysanne, incarna longtemps, pour les vertueux provinciaux, la dépravation des mœurs, devint l'image de la citadine affranchie de toute morale. Comment, par ses écrits savamment agencés, elle réussit ce tour de passe-passe de devenir la victime de la corruption citadine, cela mérite qu'on y regarde de plus près.

Ce renversement, Colette l'effectua en usant de la plus vieille des stratégies : elle s'inventa le bouc émissaire, responsable de son égarement. Ce fut Willy, son premier mari, chargé de tous les vices. Sans doute le bonhomme n'inspire-t-il pas la sympathie. Pour déplaisant qu'il paraisse, sa femme a mis à le piétiner, à le déchiqueter, un talent de dénigrement qui devrait éveiller la défiance des biographes. Or beaucoup reprennent les accusations de Colette. Comme si la cause leur semblait perdue d'avance, ils renoncent à examiner les pièces du dossier. Considérer Willy d'un œil serein aurait en effet pour conséquence d'ébranler le socle de la statue. Car tout part, tout retourne à Willy : alors qu'il vient de mourir dans la misère après une interminable maladie, Colette, âgée de soixante ans, éprouve le besoin d'achever le cadavre. Elle veut que rien ne survive de sa mémoire, que pas un trait n'échappe à sa vindicte, et elle se livre à une exécution sournoise et méthodique. Elle use d'une perfidie aux apparences d'objectivité et, même, d'exactitude scientifique, mobilisant la psychiatrie, la graphologie, la phrénologie, des rudiments de psychanalyse[1]. Elle feint de décrire, d'étudier, alors qu'elle écartèle, écorche, dissèque. Une danse du scalp, écrit justement Jacques Dupont. Pourquoi cette opiniâtreté dans la vengeance posthume ? Que signifie cet acharnement sur un mort livré sans défense à la puissance du talent ?

---

1. Sur *Mes apprentissages* (1936), on lira, dans la Pléiade, l'introduction subtile et juste de Jacques Dupont.

Puisque le mythe littéraire part de Willy, la collection rassemblée par Michel Rémy-Bieth, centrée sur les années 1905-1912 essentiellement, me permettait, en visitant les coulisses du couple, en écoutant les deux parties, d'assister à la naissance de la légende et à la composition du personnage. J'en vins, par le biais des pièces réunies par mon ami, à m'interroger sur la biographie, sur ses ambitions et sur ses limites. Pourquoi cet extraordinaire engouement pour le personnage de Colette ? Là où, pour un auteur de l'importance de Gide, il n'existe que deux ou trois biographies, on en trouve, pour Colette, une bonne douzaine, également denses et fouillées, sans compter les études, les essais, les monographies. Si on ajoute les montagnes de photos, à tous les âges, dans toutes les tenues et dans toutes les attitudes, on s'interroge : qu'y a-t-il donc dans cette vie qui suscite une pareille curiosité ?

Son destin conforte le rêve secret d'une majorité de Français, car il réunit une indépendance et une liberté anarchiques à une respectabilité et, même, une honorabilité bourgeoises. Après avoir longtemps créé le scandale, Colette acheva sa vie décorée du cordon de grand officier de la Légion d'honneur, membre de l'Académie royale de Belgique, présidente de l'Académie Goncourt, ensevelie sous le drapeau tricolore, saluée par l'inévitable marche funèbre de Chopin ; ses œuvres complètes remplissent plusieurs tomes de la Pléiade.

Les rebelles et les libertaires font les meilleurs conservateurs, cela n'est pas une spécialité française. Ce qui l'est peut-être, c'est la fréquence de cette courbe qui, partie de l'anarchie, rejoint le conformisme.

On ne parvient pas au faîte des honneurs et de la reconnaissance officielle sans une stratégie de la conquête sociale. Il faut non seulement consentir intérieurement à cette élévation, mais y travailler patiemment. Or Colette se montrera tacticienne habile, se ménageant des appuis, nouant des alliances, discréditant ses adversaires, poursuivant obstinément son objectif. C'est dans le cadre de cette guerre de tranchées qu'il convient de situer son combat contre Willy qui symbolise sa période d'anarchie, d'âpre revendication du plaisir. Le tuer, c'est *donner des gages*. Il incarnera donc la *cochonnerie*, sera tenu pour seul responsable des incartades et des provocations, elle mettra même sur son dos ses penchants les plus secrets. Elle excusera ses écarts en arguant de sa jeunesse ignorante et désarmée.

Ses premiers biographes la suivront dans cette entreprise de teinturerie. Les plus virulents envers Willy ne seront pas les affreux réactionnaires, les *fascistes*, mais bien *des gens de gauche*, inspirés par des idées d'émancipation féminine, de libération (*sic*) sexuelle.

Ces questions limitent mon projet qui n'est pas de raconter les événements d'une vie cent fois décrits, moins encore d'intenter un procès, mais, plus simplement, d'interroger les récits des biographes. J'arrêterai aussi ma méditation aux années 1930 quand, installée dans sa gloire auprès du «meilleur ami», Maurice Goudeket, elle administrera prudemment les bénéfices de sa notoriété et deviendra la bonne dame du Palais-Royal, penchée à sa fenêtre pour admirer le jardin.

Il y a la vie de l'auteur, telle qu'elle la rêve et la bâtit, il y a la narration de cette vie, faite par des spécialistes qui ont pour ambition d'en dégager le sens. On trouve, bien sûr, des hagiographies ou des diatribes, qui n'ajoutent ni n'enlèvent rien, sauf des humeurs. Il existe enfin des biographies *scientifiques* qui, en multipliant les détails, en surchargeant le récit de dates et de digressions, brouillent la vue du simple lecteur. Après les avoirs lues, on sait tout, mais on ne comprend guère.

Scruter les biographies revient à étudier le mythe, à se demander ce qu'il signifie et à s'interroger sur sa persistance. Et, puisqu'il s'agit d'un écrivain, c'est évidemment de son art, de son style qu'il faut partir.

II

Claude Pichois, qui, avec ses collaborateurs, l'a le mieux étudiée, range très justement Colette parmi nos grands poètes en prose ; et d'insister sur la brièveté des textes, cousus sans grand ordre, rapiécés, repris dans tel volume, puis dans un autre. Elle ne se soucie guère de la ligne, néglige la composition, ignore l'architecture, mais elle pose chaque touche de couleur avec un soin et une minutie admirables. Sauf quelques chefs-d'œuvre — *La Maison de Claudine, Sido, Chéri, La Fin de Chéri* surtout, *Le Blé en herbe*, le *Pur et l'Impur, La Naissance du jour* — mais est-ce rien, dans une vie d'écriture, que de laisser de tels livres ? —, sauf ces purs joyaux, elle reste un auteur pour anthologies.

J'entends les protestations des bigots pour qui la moindre restriction rend un son de blasphème. J'écoute leurs anathèmes sans cependant changer d'avis. Tout n'est pas de la même eau et les chroniques reprises dans *L'Étoile Vesper* ou *Le Fanal bleu*, bien qu'écrites avec aisance et scrupule, ne valent pas qu'on se pâme d'admiration.

Ses romans ne sont pas non plus de ceux qui, par l'ébranlement qu'ils produisent chez le lecteur, bouleversent son destin. Dans mon adolescence et ma jeunesse, quand je lisais pour échapper à la mort, je doute que les livres de Colette m'auraient donné des raisons de vivre. Plus tard, revenu en France et déjà convalescent, je pus m'abandonner à leur magie, sans tout à fait me départir d'une réserve qui se cachait dans mes nerfs, dans mes neurones : une vague méfiance devant cette divinité de l'abondance, solidement campée parmi ses fleurs, ses fruits et ses viandes rôties.

L'incapacité de Colette à rien imaginer au-delà de la vie telle qu'elle s'offre à nos sens réduit le champ de la vision. Il y a dans sa myopie, relevée par Mona Ozouf[1] et bien d'autres, un resserrement hédoniste qui ne provient pas de l'ignorance : c'est un parti pris revendiqué. Pourtant, les corps, pour s'en tenir au matérialisme sensualiste[2] de l'écrivain, ne sont pas davantage égaux entre eux que les esprits, ce que Colette ignore superbement. Il existe des corps blessés, mutilés, ratatinés par la misère et

---

1. Mona Ozouf, *Les Mots des femmes, essai sur la singularité française*, Fayard, 1995 et Gallimard, 1999, coll. Tel, n° 303.
2. L'expression est de Ramón Fernandez, *La Nouvelle Revue française*.

par la faim, et qui aspirent d'abord à conquérir ou à recouvrer leur humanité perdue.

Ce point noir de notre condition, Colette le méconnaît, ce qui n'a rien d'étonnant puisqu'elle ne l'a jamais frôlé. Il suffit de compulser les centaines de portraits et de photos : Colette s'exhibe alors que la déchéance se cache. Le narcissisme de Colette, relevé par Claude Pichois, s'alimente dans l'orgueil de soi, dans le sentiment de sa supériorité. On devine certes une inquiétude dans ce besoin d'être vue, admirée. Il reste que Colette ne doute pas de son corps, qu'elle l'habite avec une joie manifeste. Présume-t-elle de ses charmes ? C'est l'avis de Sacha Guitry qui trouve ses exhibitions pitoyables et indignes de son talent littéraire. Même sa mère jugera qu'elle n'a rien de ce qu'il faut pour devenir danseuse et comédienne, lui conseillant avec une rude franchise de revenir à l'écriture, son véritable talent : « [...] *je t'ai dit que tu n'avais rien de ce qu'il fallait pour réussir ; que tu ne savais pas parler, ni marcher, ni entrer, ni sortir* [...][1]. » Ces critiques ne l'éloi-

---

[1]. Lettre de Sido datée de 1911. La plupart des lettres citées appartiennent à la collection de Michel Rémy-Bieth et je l'indique chaque fois (collection M. R.-B.). Par ailleurs, la correspondance de Sido adressée à sa fille a été publiée en 1984 aux Éditions des Femmes. Outre qu'elles permettent de mieux connaître Colette, ces lettres constituent un précieux témoignage sur une figure de femme née au milieu du XIXe siècle. On sait également que les réponses de l'écrivain furent détruites par son frère aîné, Achille, ou par sa veuve, Jane de La Fare, peut-être par les deux ensemble, pour des raisons que j'évoquerai plus loin.

gneront pas des planches, et pas seulement par nécessité, ainsi qu'elle voudra le faire croire.

Il suffit de regarder ses portraits de scène pour constater que Colette est tout, sauf chétive. Cette bonne santé la rend imperméable au malheur social. Tout au long de son œuvre et de sa vie, elle dira son aversion de la maladie et de la mort. Elle se détourne pareillement de la pauvreté et n'est pas de celles qui épousent leur jardinier.

On se trompe pourtant si on s'imagine qu'elle fut inaccessible à la souffrance, si on la tient pour la poétesse du bonheur de vivre. Des ombres s'étendent bien sur sa prose. Sans cette fêlure, aurait-elle écrit ?

« *Mon chéri*, confie-t-elle à Missy[1], *je suis en train de regretter amèrement l'endroit où tu es — parce que tu y es, je revois la lumière de là-bas, et j'entends les bruits du matin et ta voix... Je crois d'ailleurs que c'est parce que je passe mon temps à faire des choses que je regrette, que je les sens si vivement et que je les écris d'une manière un peu personnelle. Les gens parfaitement contents, parfaitement équilibrés, ne font pas de bonne littérature, hélas*[2]. »

Superbe manifeste esthétique qui met en évidence le lien entre l'œuvre et la blessure intime. Mais la fêlure se cache dans l'éden de Saint-Sauveur, et c'est ce désarroi qu'elle fuira dans

---

1. La marquise de Morny, dite Missy, fille du duc de Morny, demi-frère de Napoléon III.
2. Collection M. R.-B.

son existence avant de le nier et de le réparer dans sa littérature.

On ne saurait reprocher à Colette d'être elle-même, une bourgeoise imbue de sa supériorité native, orgueilleuse de son intelligence, persuadée d'appartenir à une élite. Aussi aime-t-elle, souffre-t-elle en femme de sa condition.

Quand elle affirme que toute généralité est incolore, elle énonce une règle esthétique irréprochable, mais elle profère aussi l'une de ces généralités qu'elle dénonce. Opter pour la seule expérience sensible, refuser toute transcendance, c'est émettre une opinion sur le monde et sur la société, ce qu'a fort bien saisi Ramón Fernandez : « *Le problème de la destinée, celui de l'homme aux prises avec les forces qu'il doit conquérir ou supprimer, les charges de l'âme et même* les charges du corps [souligné par moi], *tout cela est absent de l'œuvre de Colette.* » Et de définir son art comme « *une sorte de matérialisme sensualiste qui réduirait les prétentions sentimentales à leur vérité* ». Réfléchissant, le critique s'interroge : « *Mais à peine ai-je écrit cela que je me sens incité à corriger mon jugement. Car si tout cela est absent du monde de Colette, n'est-ce pas parce que le monde moderne était organisé de telle manière que d'excellents esprits pouvaient se trouver naturellement en état de distraction devant ces grands problèmes ?* » Ce que Fernandez suggère, c'est que le matérialisme sensualiste pourrait bien être l'état d'une société dénuée de projet. En célébrant le monde des apparences et en exaltant les sens, en niant toute hiérarchie entre les plaisirs, en refusant de séparer le pur de l'impur, Colette exprimerait avec bonheur la suspension de la conscience morale.

Des exégètes, des biographes parlent de la philosophie de Colette, expression tout à fait adéquate, si l'on donne au mot son sens étymologique. Il y a bien, chez elle, une recherche de la sagesse qui mène, vers la fin de sa vie, à un stoïcisme indiscutable. Matérialiste ? attachée seulement au vivant, tel qu'il s'offre ? Colette étend la conscience à tout ce qui bouge et respire, si bien qu'on a souvent évoqué son panthéisme, terme à mon sens impropre dans la mesure où la conscience étendue à l'univers entier, il semble douteux que Colette l'aurait assimilée à l'esprit d'un ou, même, de beaucoup de dieux. Bien des pages nous montrent que l'hypothèse de Dieu la laisse pour le moins sceptique. Ce qui, à ses yeux, est à l'œuvre dans l'univers, c'est une aspiration à vivre, une capacité, jusqu'aux degrés les plus inférieurs, de jouir et de souffrir. La définition la plus pertinente de son attitude me paraît être celle de Thierry Maulnier qui parle d'un « *paganisme géorgique*[1] ».

Devant le désordre social, Colette adopte une

---

1. Thierry Maulnier, *Introduction à Colette*.

impassibilité supérieure qui confie à d'obscures forces cosmiques le soin de rétablir l'harmonie rompue. Aspirer à une transformation, forger des utopies, c'est, à ses yeux, se livrer à un jeu naïf autant que dangereux, puisqu'il dérange l'ordre de l'univers. Encore ne faut-il pas s'aveugler sur ce que cette attitude contient de ruse littéraire. Pas plus qu'elle n'épouse le jardinier, Colette ne se compromet avec les rebelles — Ramón Fernandez l'a flairé.

Rien n'est plus éloigné de mon tempérament que l'art de Colette. Cet éloignement n'a pourtant pas résisté aux séductions d'une prose dont Brasillach disait qu'elle est l'une des plus concrètes, des plus charnelles, avec celle de Montaigne, que la France ait produites. Pour désarmer la méfiance du sauvage que j'étais à vingt ans, il a fallu que cette langue possédât une puissance d'ensorcellement prodigieuse. Rétif à l'anecdote, je succombais au balancement lascif des phrases, à leur rythme langoureux. J'y cédais d'autant plus que, dans ma jeunesse, alors que je me trouvais, à Huesca, puis à Saragosse, étouffant de misère et de solitude, ce qui m'empêchait de couler, c'était l'image de la France. Une France rêvée, magnifiée, à laquelle je m'accrochais comme à une bouée, sans me préoccuper de la réalité cachée derrière ce nom resplendissant. Lorsque mon rêve enfin s'accomplit, mon amour de la France se glissa, tout naturellement, dans la langue de Colette.

La force de cet art réside en sa puissance d'évocation. Par ses harmoniques, par son rythme vif ou nonchalant, par la netteté de sa mélodie, ce style induit chez le lecteur, tantôt une vitalité joyeuse, tantôt une nostalgie enjôleuse. Sa faiblesse, elle, résulte de l'étroitesse de son registre. C'est une littérature sans horizons. « *Elle écrivit avec une sauvagerie charnelle, une impudence animale qu'on ne pratiquait guère de son temps*[1] » — François Nourissier cerne avec exactitude l'originalité de ce style.

Chez elle, seul le corps pense, seules les passions gouvernent les hommes. Du minéral, de la plante à l'animal, jusqu'à l'homme, un seul et même élan. Elle refuse que des croyances ou des idées puissent engendrer des passions aussi furieuses et dévastatrices que l'amour. Ou, pour mieux dire, elle n'est pas loin de tenir ces frénésies intellectuelles pour des maladies, des infirmités dont les hommes, principalement, sont affligés. Colette ne voit pas plus loin que les murs de son jardin, ni plus haut que la cime du vieux noyer. Elle contemple l'univers depuis le paradis de l'enfance, un éden étroit, confiné, dont elle se veut le centre.

Le prodige n'est-il pas que ce confinement, malgré son étroitesse, atteigne à l'universel ? En

---

1. *Le Point*, 10 juillet 1978.

étant, pas même d'un lieu, mais d'une famille, d'une maison, elle franchit les frontières, déborde sa langue. Parlant de son corps, elle touche, au sens propre, tous les corps, en leurs secrets élans. C'est d'ailleurs par le biais de cette quête de la volupté, de cette faim de l'amour charnel que je fus conquis et emporté, quand je découvrais moi-même le plaisir. Les premières lectures de Colette berçaient mes amours et ses phrases, telles des lianes, s'enroulaient autour des corps désirés. Et, parce que cet épanouissement voluptueux coïncidait avec ma découverte de la France, Colette m'ouvrait les grilles de ses jardins. Suis-je le seul à confondre Colette avec une France certes limitée, intime, cachée derrière les murs de ses jardins provinciaux?

Tout au bout de son île lointaine, une femme à la silhouette épaissie marche au bras de son amie pour entendre un disque où Colette évoque son enfance et son œuvre. Le lendemain, elle écrit dans une lettre : «*Comme dans* Pygmalion, *on peut suivre toute la vie au tracé de la voix : la riche et grasse Bourgogne, le côté canaille de Willy, le côté littéraire, le côté aussi, si j'ose dire, concierge-et-tireuse-de-cartes-adorée-des-petites-dames-du-quartier. Car elle a été tout cela. Elle a été incroyablement représentative d'une certaine France d'entre 1900 et 1946, avec sa saveur populaire emporte-gueule, ses maniérismes (car il y en a), sa douceur de vivre à elle, et tout son code du convenu et de l'inconvenant aussi compliqué qu'une vieille Chine. Une France qu'au fond je ne suis pas sûre d'aimer*[1]. » Cette femme s'appelle Marguerite Yourcenar.

J'écarte les inexactitudes : la Puisaye n'est pas tout à fait la Bourgogne, rien qu'une marche du puissant duché. Ni grasse ni riche, mais pauvre, un pays de charbonniers et de nourrices. Des bois, des marécages, point de vignobles. Comme tant d'autres, Yourcenar a été trompée par l'insistant roulement des « r » qui suggère une opulence lourde. Pour le reste, je souscris à tout, y compris à la réserve finale.

Qu'il y ait chez l'auteur de *L'Étoile Vesper* et du *Fanal bleu* un côté cartomancienne et diseuse de bonne aventure, qu'elle prodigue à tous vents ses conseils rustiques et domestiques, qu'elle ait des opinions péremptoires sur la manière d'élever les enfants ou de dresser un chien, comment le nier ? Que de pages où elle brode des truismes, tricote des lieux communs, ravaude les idées les plus éculées ! Des maniérismes ? Sans doute aucun. Des chichis de bourgeoise qui joue les natures franches et sans façons, croque des gousses d'ail à longueur de jour, se vautre et se répand, se plaît enfin à provoquer, campant, par ses attitudes libres, son person-

---

1. Marguerite Yourcenar, *Lettres à ses amis et quelques autres*, Gallimard, 1995.

nage de Huronne. Mais, aussi, sa douceur de vivre à elle, une avidité à humer, renifler, boire des yeux, écouter, palper. Un courage, enfin, magnifique, face à l'adversité, face à la souffrance.

Comment contester qu'elle soit représentative d'une certaine France que Yourcenar date avec justesse de 1900 au second après-guerre ?

« *Pour savoureux qu'il soit, ce "portrait-vocal" de Colette trahit une forme de distance qui, si elle n'exclut pas l'estime littéraire, la teinte d'une vague condescendance amusée. Décidément, chez Marguerite, le flacon de vitriol n'est jamais loin de la théière* [...] [1]. » L'explication de texte de Josyane Savigneau est elle-même réjouissante. La théière symbolise bien la différence de caste et de culture, si le vitriol, lui, abonde des deux côtés. Mais la lucidité serait-elle nécessairement empoisonnée ? Cette *certaine* France que Yourcenar n'est pas sûre d'aimer, je ne suis pas non plus certain de la chérir. Aucun Français que je connaisse n'affectionne l'ensemble des passions françaises, mais c'est peut-être cette tension, susceptible de dégénérer en conflit, ouvert ou larvé, qui constitue le moteur de la nation.

« *Sido, c'est ce miracle français d'expérience, de raison, de tolérance humaine, qui se transmet par l'air et par le sang de chez nous ; on n'y arrive,*

---

1. Josyane Savigneau, *Marguerite Yourcenar : l'invention d'une vie*, Gallimard, 1990.

ailleurs, que par une profonde culture ou par une vie de dressage et de manège. On y trouve l'infini de la France et ses limites[1]. » Paul Morand écrit cela en 1930, époque qui ne fit guère preuve de cette tolérance innée, il suffit de parcourir la presse pour s'en assurer. Sido elle-même se montra moins raisonnable, moins ouverte que l'écrivain-diplomate ne le pense.

Il reste ce fil blanc qui relie entre eux les plus subtils lecteurs de Colette : son identification à la France, à une certaine France. À l'autre bout de l'arc-en-ciel politique, Aragon ne dit pas autre chose : «*À des heures bien sombres de ce pays, vous êtes pour nous tous une des plus vivantes raisons de croire à notre pays et à son destin. Vous êtes ce qui encore enchante, quand il semble avoir perdu le sens même du chant*[2]. » Aragon ne glisse pas de la poésie vers des qualités innées, il ne fait pas de la France une supériorité quasi raciale, transmissible par le sang. Il s'en tient à la langue, à son chant où il voit le génie du pays, la source de son enchantement. Son texte renvoie à une vision dynamique, une vocation du bonheur cachée dans l'ordre des mots, dans leur musique. Ne pas désespérer du pays, même dans l'épreuve, c'est, pour lui, garder l'espoir en ce qui exprime sa civilisation.

Thomas Mann, dans sa période de fièvre ger-

1. Collection M. R.-B.
2. Collection M. R.-B.

maniste, opposait la *Kultur* allemande, qui serait esprit, art, liberté, âme, à la civilisation française, qui serait «*la société, le droit de vote, la littérature*[1]». C'est dans cette opposition qu'Aragon se situe, exaltant, à travers Colette, la civilisation, laquelle se confond pour lui avec le style, une manière heureuse de dire l'homme et sa vocation.

Relisant Colette, il m'arrive de me fâcher contre la trivialité des caractères, l'insignifiance des intrigues, la monotonie des situations, l'inspiration boulevardière du même triangle, toujours recommencé; je suis bien près de jeter le livre. À cet instant, une page m'empoigne, me bouleverse par sa cadence exacte, par sa mélodie simple et savante, par son rythme de créole lascive[2]. Un parfum de sensualité m'enveloppe. À moins que, transpercé d'une insidieuse nostalgie, je ne me retrouve dans le jardin de Saint-Sauveur-en-Puisaye, caché dans le feuillage du vieux noyer, guettant, avec les enfants sauvages et taciturnes, le tendre appel: «*Les enfants... où sont les enfants?*» Par la magie de cette poésie à la fois simple et raffinée, Colette parvient à m'attacher.

1. Thomas Mann, *Considérations d'un apolitique*, Grasset, 1975.
2. L'expression est de François Le Grix, mon mentor littéraire, dans *La Revue hebdomadaire*.

Pour l'écrivain que je suis, pour quiconque a choisi de s'exprimer en français, Colette constitue la pierre de touche de ce qu'il est convenu d'appeler le style, qui n'est pas le bien-écrire, la joliesse, ce qu'elle-même appelle avec drôlerie les « guirlandes » ou les « cabochons »[1], quand bien même est-ce à ces maniérismes que ses fervents, hélas, la réduisent. Nul mieux que Nabokov n'a défini ce qu'on appelle le style : « *Le style, je vous le rappelle, est la manière d'un auteur, sa manière particulière, qui le distingue de tout autre auteur*[2]. » Non pas un modèle, mais un ton, une voix.

Des critiques perspicaces ont très tôt décelé la magie de ces poèmes-évocations. En 1909, parlant des *Vrilles de la vigne* et de *La Retraite sentimentale* qui venaient de sortir au Mercure de France, André du Fresnois écrivait dans la revue *Akademos* : « [...] *elle ne cesse pas un moment d'être sincère, et son style n'est que l'impalpable et strict vêtement de son émotion. On découperait déjà, dans* La Retraite sentimentale, *de parfaits poèmes.* » Tout est dit : le charme ineffable des impressions, le tranchant d'une langue nette et concrète, le caractère bref de ces pages où l'émotion se condense.

---

1. À ce sujet, lire les entretiens avec André Parinaud, *Mes vérités*, qu'on peut également écouter en CD. Colette s'y montre non seulement lucide, mais dure envers elle-même.
2. Vladimir Nabokov, *Gogol, Tourguéniev, Dostoïevski*, Stock, 1999.

« *Si les plaisirs sont premiers, mais non hiérarchisés*, note Claude Pichois, *l'écriture ne peut s'organiser qu'en textes brefs : brefs sont aussi les plaisirs et rapide leur succession*[1]. »

Il y a, chez Colette, des longueurs et des préciosités ; il lui arrive, surtout à la fin de sa vie, de se parodier elle-même. Elle enchâsse alors les phrases en des périodes chatoyantes qui composent une de ces broderies dont, dans les provinces, on recouvre les pianos. Dans ses meilleurs livres, Colette n'en reste pas moins incomparable et n'eût-elle produit que ces chefs-d'œuvre, elle a sa place parmi les meilleurs écrivains français.

André du Fresnois, encore, situe avec exactitude la source et l'inspiration de ce style : « [...] *cette fille de la province et de la bourgeoisie françaises, conserve plus qu'elle ne le pense peut-être, le signe de son origine.* » Ici, chaque mot compte : non pas une paysanne, ainsi que des critiques distraits n'ont cessé de le répéter, mais une bourgeoise provinciale, née, élevée parmi des livres.

Si le style n'est pas le bien-écrire, la guirlande, qu'est-il donc ? On connaît la réponse, plus académique que pertinente : l'homme même,

---

1. Voir les introductions aux volumes de l'édition de la Pléiade.

ou, en l'occurrence, la femme. Cela veut tout dire, et rien. Suffirait-il d'être soi pour posséder le style, la France serait peuplée d'écrivains authentiques. La sincérité, comme du Fresnois le suggère ? Mais la sincérité se dilue le plus souvent en confidences informes. Dans le même article, on trouve un long passage qui éclaire la question. L'auteur y évoque les mensonges de Mme Steinheil dont le procès venait d'avoir lieu. Il compare sa mythomanie maladive à l'affabulation des artistes, montrant comment Colette cultive avec soin l'illusion : « *Tout d'un coup, c'est presque la nuit... J'hésite, égarée, privée du reflet de feu qui devrait éclairer l'ouest et me guider vers le gîte. Toute petite angoisse, factice, mais que je nourris, que j'exagère avec un plaisir de Robinson enfant... Allons, un peu plus d'imagination, un peu plus d'angoisse encore, rêveuse, éveillée*[1] *!* »

Cette culture de l'imaginaire, cette gymnastique de la sensation, du Fresnois les rapproche des jeux de l'enfance. On se trouve là au cœur de l'alchimie de l'artiste qui transmue ses frayeurs ou ses joies en émotions pures mais *augmentées*. Jouant à se faire peur, et davantage peur encore, jusqu'à ressentir la détresse du naufragé de la littérature, Colette filtre, tamise son angoisse pour obtenir une concentration d'angoisse.

« *Allons, un peu plus d'imagination, un peu plus*

---

1. *La Retraite sentimentale.*

d'angoisse encore... » : tout écrivain naît de cette exhortation à augmenter l'excitation, à la prolonger, à la magnifier. Aussi bien sa sincérité découle-t-elle moins de l'exactitude du fait rapporté que de la parfaite adéquation de l'événement à l'émotion induite. En soi, l'événement est un prétexte, au double sens du mot. Première est toujours l'émotion. Cette sensibilité n'est pas seulement innée ; elle se cultive et s'entretient. Les mots, leur ordre et leur nombre sont les trapèzes où s'exercent les athlètes de la langue. « *Entre le réel et l'imaginé, il y a toujours la place du mot, le mot magnifique et plus grand que l'objet*[1]. » Écrire, pour un artiste, ce n'est pas coucher des idées sur le papier, ni les ranger dans un certain ordre, c'est très exactement vivre dans et par les mots, si bien que la formule de Buffon n'est juste que si la phrase ou la rime ont déjà façonné le poète. Alors, oui, le style, c'est l'homme.

Cette émotion littéraire, Colette parvient, dans ses meilleures pages, à nous la rendre intacte, irréfutable, ce qui ne manque pas d'avoir des conséquences d'autant plus fâcheuses qu'elle mêle la biographie à l'œuvre, met en scène des personnages réels, reconnaissables sous leurs masques, si bien qu'on est plus que tenté, *contraint* de la croire sur parole. Comment résister à son éloquence ? Comment douter de la

---

1. *Journal à rebours.*

véracité des faits quand elle déploie une telle *sincérité de ton* à les évoquer ? Contre cette force de persuasion, que peuvent les protestations d'un Willy dont les calembours et les jeux de mots vieillis rendent un son misérable ? Colette le calcine, le réduit à l'état de momie recroquevillée. C'est peu dire qu'il ne s'en relève pas : il ne reste de lui qu'une poussière de cette vulgarité 1900, rageusement balayée par Morand[1].

Le style de Colette est un chant. Peu d'auteurs auront joué de cet instrument, la langue française, avec une telle virtuosité. «*C'est une langue bien difficile que le français. À peine écrit-on depuis quarante-cinq ans on commence à s'en apercevoir*», dit-elle avec coquetterie dans son *Journal à rebours*. Au passage, on relèvera ce que la confidence implique de respect pour la syntaxe et ses règles que jamais l'auteur ne bouscule ni ne piétine. «*J'admire qu'une syntaxe de grand style refoule l'alluvion d'argot, de patois sportif, de prétentieux humour qui afflue de toutes parts.*» On croit entendre l'élève de l'école de la République, pétrie de respect pour le beau langage. Celle que Jean Chalon appelle l'éternelle apprentie[2] a mis près d'un demi-siècle à conquérir cette aisance supérieure. Encore n'évite-t-elle

---

1. Paul Morand, *1900*, Gallimard. Le livre le plus intelligent, le plus caustique, écrit sur ce qu'on appelle la Belle Époque.
2. Jean Chalon, *Colette, l'éternelle apprentie*.

pas toujours les fioritures rococo dont ses fervents s'enchantent. «*Après 1930, on verra Colette raffiner sa langue jusqu'au mot rare, à la phrase en volutes*[1]», note Claude Pichois.

Ses livres les plus discutables et, pour reprendre un mot qu'elle affectionne, les moins honorables — *Mes apprentissages* et *Julie de Carneilhan*, règlements de comptes assez sordides —, montrent la tension pour surmonter ses échecs en se posant en victime et en noircissant ses maris. Ce qui est en cause, ce n'est pas la moralité, mais le style. Sa splendeur veut accréditer le propos. Elle y parvient pour Willy, tant le fiel s'accommode de cette syntaxe sinueuse et rampante, qui étouffe et broie. Colette poursuit inlassablement sa gymnastique langagière et elle rythme ses mouvements de : «*Allons, un peu plus d'imagination, un peu plus d'angoisse encore !...*» Si cette imagination s'exerce aux dépens des autres, c'est un effet secondaire de la maladie d'écrire.

Colette écrit à même la vie, sur sa peau, parfois sur la peau des autres. Elle en reste à la sensation, à l'impression. «*Moi, c'est mon corps qui pense*[2].» Est-il sûr qu'André Gide, pour ne citer que lui, n'ait pas d'abord pensé avec son corps ? Le cantique des *Nourritures terrestres* est-il si éloigné des enseignements que, mine de rien,

---

1. Introduction au tome II de la Pléiade.
2. *La Retraite sentimentale*.

Colette dispense dans ses ouvrages ? Ce que tous deux célèbrent, l'un dans une poésie biblique, la seconde sur le mode élégiaque, n'est peut-être que la vocation du bonheur par quoi, avec Aragon, on pourrait aussi définir une certaine France, bonheur aucunement étranger aux plaisirs du corps — la table, le vin, la chanson, les femmes, l'amour, la conversation même... Une France qui sent, ainsi que Mauriac, avec sa douce charité chrétienne, le chuchotait de l'œuvre de Colette, le dessous de bras.

Mauriac n'était d'ailleurs pas seul à s'offusquer de cette sauvagerie animale dont parle Nourissier. Pour beaucoup, les livres de Colette évoquent un désordre d'alcôve, fait de draps froissés et de linge éparpillé. Dans sa biographie, Geneviève Dormann[1] rappelle que la lecture des *Claudine* demeurait interdite aux jeunes pensionnaires des années 1950. Plusieurs ouvrages de Colette, *Chéri*, *Le Blé en herbe*, *Le Pur et l'Impur*, firent, en leur temps, scandale.

Cette tranquille impudicité constitue le meilleur de Colette.

« Il n'y a rien, dans un écrivain, que son langage : son langage est tout ce qu'il nous donne... » dit avec force Thierry Maulnier. Et il ajoute : *« L'acte de l'écrivain n'est pas autre chose que l'acte*

---

1. Geneviève Dormann, *Amoureuse Colette*.

qui fait choisir tel mot et rejeter tel autre...[1] » Écrire, c'est vivre, pour Colette plus que pour d'autres peut-être. À chaque tournant de son existence, elle s'arrête pour, dans un nouveau livre, regarder en arrière, s'orienter, puis reprendre la route. Yourcenar ne s'y est pas trompée : « *On peut suivre toute la vie au tracé de la voix.* »

Cette voix nous conte, de la maison de Saint-Sauveur-en-Puisaye à l'apothéose dans la cour du Palais-Royal, le dur combat d'une femme pour devenir elle-même. Sans doute lui arrive-t-il de mentir, de se montrer injuste, cruelle, rusée. C'est que cette femme, née au XIXe siècle, aura été tout, sauf naturelle. L'apparente désinvolture de son style ne doit pas nous tromper : c'est une langue travaillée, ciselée — un artifice. Son naturel est un effet de l'art.

Aussi compliqué qu'une vieille Chine ? — l'expression que Yourcenar applique au code social de Colette, on peut l'étendre à toute l'œuvre. Il suffit de rappeler que, comme la Chine, la France est un très vieux pays de civilisation et que jamais Colette ne songea à se couper de cet héritage, fidélité qui fait d'elle, ainsi que le montre Thierry Maulnier dans sa petite étude, un « classique ».

---

1. Thierry Maulnier, *Introduction à Colette*.

III

Colette a passé la cinquantaine quand elle tourne son regard vers la maison natale. Sa mère est morte depuis plus de dix ans, mort aussi Achille, l'«aîné sans rivaux», mort depuis longtemps le Capitaine, morte Juliette, la demi-sœur, fille du premier mari, Robineau-Duclos. Du noyau familial, il ne reste que Léo, le musicien-né. Encore vit-il sans vivre, égaré dans sa nostalgie, habitant toujours, en rêve, l'austère bâtisse et continuant, avec une minutie inquiétante, d'aligner des tombes dans le jardin de Saint-Sauveur, de rédiger des épitaphes et d'inventer des généalogies funèbres. Il n'est pas devenu le concertiste qu'il aurait pu être, il n'est rien devenu que ce vieux sylphe noyé dans son inguérissable nostalgie. Après avoir, un temps, joué dans des orchestres de bar, il assure, mal, sa subsistance en grattant du papier, grouillot chez un notaire de la banlieue parisienne. De temps à autre, il surgit à l'improviste chez sa célèbre sœur, replie son grand corps, se courbe, serre ses genoux entre ses mains, reste immobile, aussi taciturne qu'il l'était dans son enfance. Sort-il de son mutisme ? C'est pour s'asseoir au piano et jouer, ainsi qu'il le faisait avec Achille dans le salon familial, Schumann ou Ravel, puis, refermant le couvercle, regagne sa place, près de la cheminée, pour retourner aussitôt à Saint-Sauveur, à la maison, au jardin, aux bois et aux marais qu'il parcourait à grandes foulées avec son aîné, unique et plus profond attachement de son existence.

On se souvient de la scène, superbe, où, débarquant dans l'appartement du Palais-Royal, il garde longtemps un silence énigmatique avant de rapporter à Colette ce scandale inouï : *ils* ont huilé la serrure de la grille qui a cessé d'émettre ce gémissement...

Léo néglige de s'habiller, se nourrit de sucreries et de bonbons, vit seul, à la limite de la clochardisation. Sa sœur lui passe des vêtements de son mari, lui glisse un billet ; de son côté, Willy, vingt ans après son divorce, l'invite à sa table, le nourrit. Missy lui donne ses vieux costumes. « *Léo restera rivé au passé, et son appartenance au pays d'enfance sera du domaine de l'aliénation*[1]. »

Quand, en pleine guerre, la maladie l'abattra, il retournera chez Geneviève, la fille d'Achille, au village de Bléneau. À sa nièce, il voudra fre-

---

1. Nicole Ferrier-Caverivière, *Colette l'authentique*.

donner un air d'opéra et il mourra en chantant, lui, le musicien avorté...

Après des années de jalousie morbide, de scènes et de disputes avec son mari, Juliette, « *l'étrangère, l'agréable laide aux yeux tibétains*[1] », a fini par s'empoisonner, réussissant enfin ce suicide qu'elle a plusieurs fois raté. Elle a passé son enfance et son adolescence dans une solitude inaccessible, lisant jusqu'à l'hébétude. Parfois, elle s'arrache à son égarement, l'air ahuri de qui débarque d'une terre lointaine et tarde à reconnaître les lieux. Elle a « *le regard des monomanes, ce regard qui n'a ni âge ni sexe, chargé d'une défiance obscure*[2] ». Ses frères, sa sœur, sa mère elle-même renoncent à briser son isolement farouche, se désintéressent d'elle au point, quand elle épouse un voisin, le Dr Roché, de remarquer à peine son absence.

Son mariage tardif avait indigné sa mère. Passionnée, excessive, Sidonie soupçonnait ce gendre des plus noirs desseins ; il ferait, prédisait-elle, le malheur de Juliette. Avec la douce perfidie des provinces, les commères jetaient de l'huile sur le feu, la félicitant avec hypocrisie, ce qui déclenchait chaque fois les mêmes diatribes. On peut faire confiance à ces charitables

---

1. *Sido.*
2. *La Maison de Claudine.*

voisines : le Dr Roché ne tardait pas à être informé des accusations et des invectives de sa belle-mère. Emportée par sa sauvagerie, Sidonie préparait la guerre qui, bientôt, déchirera la famille, au grand amusement de Saint-Sauveur.

Il était inévitable, cet âpre conflit d'intérêts. Juliette n'était peut-être pas mécontente de se venger de la tribu des Colette, si fière de la beauté des trois enfants de l'amour, de leur élégance, de leur distinction et de leurs talents. Sentant peser sur elle la fatalité d'une hérédité inquiétante — la mère de son père, un de ses oncles étaient morts dans un asile d'aliénés —, comment cette fille laide et dépourvue de charme n'eût-elle pas souffert de la préférence donnée à ses demi-frères et sœur ? Le Capitaine cachait mal l'aversion qu'elle lui inspirait, sa mère l'aimait, mais avec distance : ni sa conception ni sa naissance ne devaient rappeler à Sidonie de bien jolis souvenirs. Sa silhouette rabougrie, sa figure racornie, toute son apparence évoquait son père, le Singe[1], dont Colette fera le Sauvage. Elle fut bien la mal-aimée, l'étrangère dont parle Jean Chalon. Follement éprise de son mari, elle prendra son parti et demandera l'ouverture des comptes de la tutelle, dont Sidonie avait conservé l'administration.

La bataille juridique s'engage aussitôt. Dans quelle ville de province ne trouve-t-on pas une famille déchirée par des conflits sordides ? Les

---

1. S'il faut en croire Herbert Lottman dans sa biographie.

deux clans s'ignorent, refusent de se saluer dans la rue. Autour de Sidonie, déchaînée, hurlant que ce monstre de Roché manipule sa fille, conspire à sa ruine, veut la dépouiller et la mettre sur la paille, toute la tribu fait bloc. Quant à Juliette, bouleversée par le séisme qu'elle a provoqué, son équilibre chancelle.

Si ces violences ne suffisaient pas, les maisons des Colette et des Roché, mitoyennes, regardent chacune le jardin de l'autre, si bien que le drame se joue dans un huis clos étouffant : « [...] *le village n'a pas de pitié et personne n'y détourne la tête, par délicatesse charitable, sur le passage d'une femme que des plaies d'argent ont, en moins d'un jour, appauvrie d'une enfant* [...] [1]. »

Tout se terminera par un armistice conclu devant notaire : la fortune de Robineau-Duclos, ou ses restes, est divisée en trois parts, une pour Juliette, une pour Achille, légalement un Robineau-Duclos, la dernière pour Sidonie. Bien entendu, le fils aîné cède aussitôt la sienne à sa mère qui ne se dit pas moins ruinée par l'horrible Roché. Pour payer à Juliette ce qui lui revient de l'héritage de son père, il faut emprunter, vendre. À partir de ce moment-là, le remboursement des dettes, les terres et les fermes cédées à vil prix, ce manège de l'argent n'arrêtera plus. Dès l'âge de douze, treize ans, la petite Gabrielle n'entendra plus parler que d'argent,

---

1. *La Maison de Claudine.*

elle se pénétrera de la conviction que l'avarice des hommes, notamment des maris, accule les femmes à la ruine. Quand ils ne se montrent pas cupides, les hommes, tel son père, se révèlent imprévoyants, d'une insouciance coupable. En aucun cas, on ne saurait leur faire confiance.

Derrière ses rideaux, Juliette contemple la maison et le jardin de son enfance. Elle observe Sidonie, debout près du puits, le visage levé vers le ciel. De son côté, la mère épie, mine de rien, la fenêtre. À ce regard d'accusation, Juliette ne résistera pas. Le reproche insistant de sa mère, la vindicte d'Achille surtout, qui jamais ne lui pardonnera l'outrage fait à leur mère, cette tempête précipite sa chute.

Apprenant que Juliette est près d'accoucher, Sido est prise de « *demi-syncopes nerveuses, de vertiges d'estomac, de palpitations*[1] ». Le conflit ne casse pas le lien. Et quand arrivent, par-dessus le mur, les cris et les gémissements de la parturiente, la Petite assiste, dans la lumière de la lune, au plus primitif des spectacles : « *Alors je vis ma mère serrer à pleines mains ses propres flancs, et tourner sur elle-même, et battre la terre de ses pieds, et elle commença d'aider, de doubler, par un gémissement bas, par l'oscillation de son corps tourmenté et l'étreinte de ses bras inutiles, par toute sa douleur et sa force maternelles, la douleur et la force de la fille ingrate qui, si loin d'elle, enfantait.* » Transe

---

1. *Ibid.*

bachique dont le mouvement de la phrase, son souffle rendent la sauvagerie farouche. Par son rythme barbare, cette danse nocturne, furieuse et hallucinée, évoque cette goutte de sang noir que tant de commentateurs et d'analystes voudront oublier, quand ils ne la nient pas. Pourtant, l'écrivain ne la cache pas, ni non plus Sidonie qui montre à sa fille le portrait du magnifique métis «*haut cravaté de blanc, l'œil pâle et méprisant, le nez au-dessus de la lippe nègre qui lui valut son surnom*[1] », le Gorille.

Juliette est le cadavre que toute famille bourgeoise cache dans ses placards.

Officiellement fils de Jules-Joseph Robineau-Duclos, premier mari de Sidonie Landoy, Achille était probablement, sûrement même, l'enfant du capitaine Colette. Cette paternité était d'ailleurs le secret de Polichinelle, et le juge Crançon, dont le rapport[2] est abondamment cité par la plupart des biographes de Colette, l'affirme nettement. Enfant de l'amour donc, revanche éclatante contre le malheur où Sidonie s'enfonçait, ce fils sera passionnément aimé. «*Me voici contrainte, pour le renouer à moi, de rechercher le temps où ma mère rêvait dramatiquement au long*

---

1. *Ibid.*
2. Rapport rédigé au moment de la constitution du conseil de tutelle.

de l'adolescence de son fils aîné, le très beau, le séducteur[1]. »

On sait avec quel soin Colette choisit et pèse chaque mot, il convient donc de leur rendre leur pleine densité. Elle parle ailleurs de la figure de sa mère, enlaidie par la jalousie. La correspondance de Sidonie, jusqu'à la veille de sa mort, montre les transports de cette passion, exclusive et farouche. Pas une lettre où elle ne se déchaîne contre la femme d'Achille, Jane de La Fare, traitée de sotte, frivole, menteuse, coquette et, comble de l'horreur, dévote. Bien entendu, elle fait tout de travers, ne sait pas élever ses filles, s'occupe mal de son malheureux époux. Et il échappe à Sidonie ce cri, qui révèle l'emprise qu'elle exerce sur Achille : « [...] *ma "gendresse", une grosse bête en qui mon imbécile de fils a grande confiance* [...]. *Si je l'avais voulu, elle ne serait plus à la maison* [...] »[2]. Faut-il s'étonner que, avec ou sans la complicité de son mari, Jane ait procédé à un autodafé des réponses de Colette, dont on imagine la teneur ?

Passion partagée : Achille ne quitte pas sa mère, la soigne avec un dévouement aussi touchant que pudique ; chaque jour, il passe la voir, lui apporte une fleur, s'installe dans *son* fauteuil, boit l'infusion qu'elle lui a préparée, reste un long moment à causer avec elle. Sido-

---
1. *La Naissance du jour*.
2. Collection M. R.-B.

nie est alors pauvre, l'inventaire dressé à sa mort serre le cœur par ce qu'il révèle de dénuement, mais, trop fière pour se lamenter, elle garde la tête haute. Colette lui verse une pension, Juliette, habilement sollicitée en cachette d'Achille, apporte sa contribution; quant au fils aîné, il veille à ce que sa mère ne manque de rien. Jusqu'à sa fin, elle aura une domestique. Mais cette vieille femme orgueilleuse a perdu son indépendance. Elle ne vit plus que par et pour Achille. Alors qu'il accomplit sa tournée et va de hameau en hameau pour visiter ses malades, Sidonie, assise près de la fenêtre, l'accompagne par la pensée : « *Je n'oublie jamais ses itinéraires. Je le suis, tu comprends*[1]. » En vérité, elle ne le lâche pas.

Il est resté le sauvage qu'il était dans son adolescence. Entend-il la clochette de la grille d'entrée, il pâlit, bondit sur ses pieds, saute par la fenêtre. Ce père de famille, médecin respecté, garde une inaptitude à vivre en société. « *Des sauvages... des sauvages..., disait-elle* [Sido]. *Que faire avec de tels sauvages*[2] *?* » Enfonçant le clou, Colette trois fois répète l'épithète. Et, réfléchissant à cette panique de la société, elle commente ainsi les propos de sa mère : « *Il y avait, dans son découragement, une part de choix, un désistement raisonné, peut-être aussi la conscience de sa respon-*

---

1. Sido, *Lettres à sa fille*.
2. *Sido*.

sabilité. » Faut-il souligner les mots : *choix, responsabilité*, qui montrent la tyrannie féroce de Sidonie ?

Achille s'assied parfois au piano, déchiffre, ainsi qu'il le faisait dans son enfance et son adolescence, une partition. Telle une offrande, il apporte à Sidonie chaque article de journal publié sur sa sœur, et ils le commentent ensemble, suivant de loin la carrière de « la Petite ». Coquette, la mère n'oublie pas de se peigner et de se farder avant la visite du fils aimé.

Achille se plaint du peu d'empressement de Colette à visiter sa mère dont les forces déclinent. Toute la correspondance de Sidonie retentit de la même lamentation : « *J'ai un grand besoin de te voir... C'est vrai que tu m'oublies... Je veux t'entendre et te contempler à mon aise car... qui sait, je suis bien vieille... Tous les jours, je vais quatre fois voir dans la boîte aux lettres... À quel moment peux-tu venir*[1] ? » On remplirait des pages avec ses complaintes. Colette n'écrit pas davantage à son frère : « *avec un accent de tristesse il [Achille] m'a dit : "Mais jamais Gabrielle ne m'écrit !" Donc à toi, mon chéri, à adoucir sa peine. Tu le connais, tu sais combien il t'aime, mais combien il est peu démonstratif, même avec ses fillettes... Il n'y a que moi qui fais exception et son affection pour moi n'a pas de bornes*[2]. »

---

1. Sido, *Lettres à sa fille*.
2. Collection M. R.-B.

Atteinte d'un cancer au sein, Sidonie a d'abord été amputée de l'un, puis du deuxième. Elle glisse vers sa fin et le fils adoré l'observe avec épouvante. S'alite-t-elle, il vient l'ausculter le matin avant d'entreprendre sa tournée, puis, n'y tenant plus, il rebrousse chemin, s'écroule en sanglots sur le lit et lui, le muet, réussit à crier que non, il ne supporte pas de la voir malade. Ou encore, alors qu'ils examinent en famille cette nouveauté, le phonographe, Sidonie suggère qu'elle pourrait enregistrer un message qu'ils écouteraient, eux, après sa mort. « *Et Achille de sursauter sur son fauteuil et, avec une expression anxieuse : "Oh, non, Maman, pas ça surtout !" Le cher grand a dit cela avec un tel élan que j'en ai été émue* [1]. » Il ne supporte pas l'idée de la perdre, il ne supportera pas sa disparition, et il la suivra très vite dans la tombe.

Le dernier billet rédigé par Sidonie, la veille ou l'avant-veille de sa mort, d'une écriture déformée, tremblante, à peine déchiffrable, commencé à l'encre, terminé au crayon, avec ses lignes qui s'affaissent, ce pauvre billet s'achève par ces mots : « *Je ne vois plus clair… On n'a plus le droit de compter sur soi, et ça ! Étant sur une chaise peu stable et remplie d'eau chaude, je suis tombée et restée dans l'eau jusqu'à ce qu'Achille soit venu…* [2] » À la dernière heure, le prénom du fils chéri.

1. Sido, *Lettres à sa fille*.
2. Collection M. R.-B.

On devine la tristesse et l'amertume d'Achille quand, malgré ses appels, Colette rechigne à venir. Elle n'assistera pas aux obsèques, ce que son frère ne lui pardonnera pas. Le moment venu, il s'en ira mourir à Paris, isolé, définitivement, dans sa surdité et dans sa maladie — le cancer, bien sûr. Pourquoi serait-il resté à Châtillon-Coligny alors que Sidonie ne s'y trouvait plus ?

C'est pour le rejoindre, pour ne pas être séparée de lui, que sa mère avait quitté, en 1891, la maison de Saint-Sauveur et vendu à la chandelle les meubles et les objets qu'elle ne pouvait pas emporter. Départ et vente qui furent, pour Colette, un choc qu'elle évoquait encore dans sa vieillesse. Il y avait eu, dans une bicoque étroite et mélancolique, la peur d'être enterrée vive, condamnée à faner et à sécher dans ce bourg sinistre ; il y avait eu la terreur de rester là, à jamais oubliée. Alors : « *Comment négliger [...] l'intense jalousie de Colette à l'égard de son demi-frère Achille ? [...] "La jalousie brûlante" est sans nul doute le sentiment le plus douloureux que Colette éprouva tout au long de son enfance et de son adolescence*[1]. »

Elle n'a rien de surprenant, cette « brûlante jalousie ». Qu'on écoute plutôt Sido : « *Oui, oui, tu m'aimes, mais tu es une fille, une bête femelle,*

---

1. Nicole Ferrier-Caverivière, *Colette l'authentique*.

ma pareille et ma rivale. Lui, j'ai toujours été sans rivale dans son cœur[1]. »

«*Ne valions-nous pas, lui et moi, l'effort réciproque de nous mieux connaître*[2] *?*» Cela fait dix-sept ans que le capitaine Jules Colette est mort quand sa fille, interrogeant sa mémoire affective, constate qu'elle l'a peu et mal connu. Ce saint-cyrien, fils et petit-fils d'officiers de marine, a roulé sa bosse partout, jusqu'en Guyane, combattu en Algérie, en Crimée, en Italie enfin, où il a été amputé d'une jambe; ce baroudeur aime à pousser la chansonnette, déclamer des vers sonores et réciter des discours emphatiques, ornés de majuscules, la Patrie, les Héros, la France, la République; les filles en raffolent. Ce natif de Toulon, d'un caractère éminemment sociable, s'étiole s'il ne dispose pas d'un auditoire; il voudrait faire une carrière politique, devenir maire, député, ministre, qui sait — il a reçu pour tout bâton de maréchal le poste de percepteur de Saint-Sauveur-en-Puisaye, Yonne, 1 100 habitants environ. Sur cette scène étriquée, comment un tel homme, encombré d'ambitions et de chimères, ne se sentirait-il pas à l'étroit?

Il séduit toujours, et puis, «*mince comme une*

---

1. *La Maison de Claudine.*
2. *Sido.*

jeune fille », l'œil caressant, la voix de baryton persuasive, il plaît. On parle d'un ou deux enfants de la main gauche, mais la province exagère souvent. Voici pourtant que son regard pâle croise celui de Sidonie Robineau-Duclos qui, dans sa maison, dépérit de solitude avec son mari alcoolique, dégénéré, violent souvent. Elle n'est certes pas une femme soumise et résignée, Sidonie. Elle sait se défendre, elle a la réplique vive et mordante. Restent les heures, les jours où son mari, la joue sur la table de la cuisine, cuve son vin, à moins qu'il ne ronfle, couché sur le ventre, dans sa chambre, loin, très loin de celle de sa femme. La nuit, il se lève, pris de panique ; il a des hallucinations, voit partout des ennemis, tire au fusil, et Sidonie, affolée, se réfugie chez une amie. Trop fière, cette Sidonie, trop imbue de sa supériorité pour s'attirer la sympathie de ceux qu'elle méprise. Le village ne l'aime guère, l'accuse de délaisser son mari qui, lui, n'est pas un *étranger*.

Quand Achille naît, les sourires s'épanouissent. Rien, dans un village, ne reste caché : tous savent qu'il y a belle lurette que Sidonie ne couche plus avec son ivrogne de mari, lequel se console avec une servante. Ce que personne n'imagine c'est que, pour le percepteur, il ne s'agit pas d'une amourette sans conséquence. Il aime à la passion, jusqu'à l'adoration, il s'abîme dans cet amour. Plus rien, personne, pas même ses enfants, n'existera désormais à ses yeux que cette femme qu'il ne se lassera plus de contempler, d'admirer, de vénérer.

Après le décès de Jules Robineau-Duclos, l'affaire est rondement menée et, les délais de convenance à peine écoulés, les tourtereaux s'épousent. Le Capitaine s'installe avec Sidonie dans la grande maison du mort.

Dès cet instant, le mouvement s'arrête pour l'ancien capitaine des zouaves. Il aura bien encore des *velléités* d'action — la politique notamment, l'écriture —, mais, d'un mot, d'un regard, celle qu'il appelle Sido arrête tous ses élans. Même son amour pour elle, démesuré, elle le jugera encombrant. Et puisqu'il est interdit à cet extraverti de s'épancher, de lâcher le flot de sa rhétorique amoureuse, il va petit à petit se réfugier dans une extase muette. Il s'évadera dans ses rêves, perdra toute consistance, deviendra aérien, léger, transparent. «*Mais, lui aussi, nous échappait. Alors, si j'ai conservé dans mon caractère quelque forme de "l'évasion mentale", c'est à lui que je la dois. Il se dérobait assez facilement*[1]. »

La fuite, seule issue quand le chemin est barré. «*L'esquisse d'une tranche de vie — celle que Jules Colette passa auprès de Sidonie Landoy — se métamorphose en destin : celui de l'incompréhension et de l'échec*[2]. » Il renonce insensiblement à

1. *Mes vérités*, entretiens avec André Parinaud.
2. Nicole Ferrier-Caverivière, *Colette l'authentique*.

s'expliquer et, même, à se confier. Il garde pour lui ses souvenirs et ses illusions. Son regard gris clair ne verse «*ses secrets à personne*». Il s'éloigne, abdique. Seules de rares mais terrifiantes colères montrent encore l'homme qu'il fut.

«*Mon brillant, mon allègre père nourrissait la tristesse profonde des amputés. Nous n'avions presque pas conscience qu'il lui manquait, coupée en haut de la cuisse, une jambe*[1].»

Inconsistant, sans autorité, même les chiens refusent de lui obéir. Ce citadin a, sur les plaisirs champêtres, des idées aussi naïves que ridicules ; avec une gaieté et un entrain bruyants, il organise des repas sur l'herbe qui, bien entendu, tournent à la déconfiture. La mère et les enfants échangent des sourires entendus, bâillent d'ennui, se regardent avec ironie. Pour le Capitaine, la nature est un décor devant lequel les hommes se réjouissent ou pleurent. Pour Sidonie, pour les deux garçons, pour la Petite, c'est simplement l'air qu'ils respirent. Il renoncera à ses agapes champêtres. Il renonce à tout. Quand Sidonie l'accuse d'avoir, par son imprévoyance et sa mauvaise gestion, ruiné la famille, il ne se défend pas davantage. Pourtant, il aurait pu objecter que, l'eût-il voulu, il eût été bien incapable d'empêcher sa femme de dépenser à pleines mains, mais il l'aime trop pour imaginer de critiquer Sidonie. Il la veut heureuse et sa

1. *Sido.*

gaieté, il le sait, ne résiste pas aux soucis d'argent. Il prend donc sur lui. Il prend toujours tout sur lui.

Il ne parvient à établir une complicité amusée qu'avec la Petite. Est-ce parce qu'elle est la dernière ? que c'est une fille ? Il lui construit des maisons pour hannetons, lui montre le ciel, lui lit surtout ses odes et ses discours, qu'elle critique avec une impertinence qui le ravit. Père et fille s'affrontent : «*Trop d'adjectifs*», tranche la gamine, et il fait mine de s'emporter, tonne, rugit. «*Au premier moment nous nous toisions en égaux, et déjà confraternels*[1].»

Quand il décide de se présenter aux élections, il l'emmène dans ses tournées, riant lorsque, la réunion achevée, on lui sert à boire du vin chaud. Sans être tout à fait ivre, la tête tourne à la Petite qui s'endort parfois, la joue sur le comptoir, à moins qu'elle ne somnole dans la victoria, bercée par le pas tranquille de la jument. Sidonie, indignée, mettra le holà. L'air innocent, elle ne posera pas moins la question : «*Tu as renoncé à tes conférences ?... Il glissa vers moi un coup d'œil mélancolique et flatteur, leva l'épaule : "Parbleu ! Tu m'as enlevé mon meilleur agent électoral !..."*» Ne lui a-t-elle enlevé que son agent électoral, sa Sido trop aimée ? «*Je vous ai, moi... Lui ne vous a pas, en outre*» — aveu terrible.

Le Capitaine fera une croix sur sa carrière poli-

1. *Ibid.*

tique. Il n'avait d'ailleurs aucune chance d'être élu : on n'apprécie guère les Colette, dans le pays, ni leurs grands airs. Quant aux projections hygiénistes que le Capitaine organise dans les arrière-salles, ce combat contre l'alcoolisme eût certainement ravi le jeune Céline. Manifestaient-ils le même enthousiasme pour la tempérance, les paysans de la Puisaye ? On peut en douter. Il ne reste de cette ambition politique que des échos goguenards : on jugeait Colette ridicule de lorgner la mairie.

La Petite aime le bureau de son père, les plumes et l'encrier, le beau papier jaspé, l'odeur du tabac, la grande bibliothèque en acajou où la chatte, lovée sur une étagère, ronronne entre les volumes reliés de cuir.

« *Trop tard, trop tard...* » : la chanson du regret vient sous la plume de la sexagénaire qui tente de cerner cette silhouette floue. Elle s'aperçoit qu'il fut peut-être moins insignifiant, ce père, qu'elle ne l'avait longtemps cru. « *Mal connu, méconnu* » : les adjectifs montrent d'abord, creusent ensuite. Qui était-il donc, cet homme dont elle a choisi de porter le nom ? Quelle part de lui survit en elle ? « *C'est lui, à n'en pas douter, c'est lui qui me domine quand la musique, un spectacle de danse — et non les mots, jamais les mots ! — mouillent mes yeux. C'est lui qui se voulait faire jour, et revivre quand je commençai, obscurément, d'écrire*[1]. » La phrase, on

---

1. *Ibid.*

l'aura remarqué, révèle une contradiction réjouissante : «*jamais les mots*», mais : «*C'est lui qui se voulait faire jour, et revivre quand je commençai obscurément d'écrire.*» *Les mots, écrire* : n'est-ce pas toute l'ambiguïté de Colette envers son père ?

La sensibilité, voilà ce qu'elle met au crédit de ce père méconnu. Une sensibilité hostile aux effusions, rugueuse et teintée d'humour. «*Mon père et moi, nous n'acceptons pas la pitié. Notre carrure la refuse*[1].»

Pas d'attendrissement, en effet. Le capitaine Jules Colette mérite mieux que la pitié. Il ne fut pas malheureux. Diminué, oui, plein de l'affreuse tristesse des amputés, mais vaillant, drôle et, par-dessus tout, épris de Sido comme au premier jour.

Il eut la mort qu'il souhaitait, sa grosse main dans celles de «*sa chère âme*». Il n'en aurait pas voulu à sa fille d'arriver en retard à son enterrement.

---

1. *Ibid.*

IV

On sait presque tout sur Sidonie Landoy, tout sauf l'essentiel, bien sûr. Elle naquit à Paris et sa mère mourut peu après l'accouchement. Le père, à qui la seule vue de sa fille rappelait des souvenirs trop pénibles, la mit en nourrice en Puisaye, à Mézilles, non loin de Saint-Sauveur, où elle fut bien soignée, aimée; toute sa vie, elle conserva des sentiments de gratitude et d'affection pour ses parents nourriciers, les visitant souvent, ce qui devait avoir sur son destin une influence décisive. C'est en effet à l'occasion de l'un de ces séjours qu'elle rencontra celui qui devint son premier mari.

Pourquoi la Puisaye ? Les biographes apportent une double réponse, l'une évidente, l'autre bizarre : le pays était réputé pour ses nourrices, ce que toutes les sources confirment; une société secrète, probablement affiliée à la franc-maçonnerie, aurait procédé au placement de la fillette, détail auquel la rumeur semble donner crédit sans qu'on puisse rien prouver. On retiendra qu'une réputation de républicanisme précède Sidonie. D'autant que ses frères, Eugène et Paul, ainsi que leur sœur, Caroline (une deuxième, Irma, de mœurs légères, fait partie des fantômes qui hantent toutes les familles bourgeoises), ses deux aînés donc, vivent à Bruxelles, journalistes l'un et l'autre. Émigrés avant 1840, leurs opinions, républicaines et anticléricales, peut-être assaisonnées d'un zeste de fouriérisme, expliquent leur exil. On le déduit des articles qu'ils donnent aux journaux, des brochures qu'ils signent, des positions qu'ils adoptent à l'occasion des querelles entre les défenseurs du clergé et ses adversaires, où ils se rangent parmi les seconds.

Dans toute l'Europe, la Belgique était à l'époque le seul pays où la liberté de la presse fût reconnue et respectée, ce qui explique la fantastique profusion de journaux, de toutes les tendances. Il n'existe pas davantage une censure pour les livres ; pamphlets, libelles, manifestes et autres ouvrages « subversifs », prolifèrent, assurant l'expansion de l'édition. Cette tolérance attire les réfugiés politiques.

Sidonie, *la paysanne*, grandira, après avoir quitté la Puisaye, auprès d'Eugène, l'aîné, dans une atmosphère électrique de discussions et d'utopies. Certains biographes glisseront sur cette enfance et cette adolescence, répétant, pour évoquer les Landoy, le même mot, puisé chez Colette — *bohème* artistique et littéraire. Or les recherches démontrent l'impropriété du terme. Eugène n'était pas un folliculaire impécunieux. Il fit fortune en éditant des guides touristiques. Les deux frères devinrent des notables belges (ils prirent d'ailleurs la nationalité belge), opulents et rassis, habitant des maisons cossues, remplies de beaux meubles hollandais, de tapisseries et de tableaux[1], recevant à leur table des écrivains et des musiciens.

Comment s'étonner que Sidonie ait gardé toute sa vie la nostalgie des villes belges, de leurs chaudes odeurs, de leur architecture patricienne ? qu'elle ait souffert de n'être pas riche à la hauteur de ses goûts et de ses penchants ? qu'elle ait dépensé sans compter, dilapidant une fortune qu'elle ne possédait plus ? Dans le foyer d'Eugène, le ton était libre, les pensées les plus audacieuses s'y exprimaient hardiment. Sidonie n'était pas non plus timorée. Dans la chaleur de la discussion, elle défendait âprement ses opinions. Elle avait déjà « *cette manière intolérante [...] de discuter, de réfuter*[2] ». Elle ne se départira jamais de cette véhémence ni ne renoncera à ses sentences décrétales. « *Au premier choc, son intolérance reparaissait et se dressait contre le questionneur*[3]. »

---

1. De chats également, dont les Landoy sont passionnément épris.
2. Claude Francis et Fernande Gontier, *Colette*, Perrin, 1997.
3. *La Cire verte*.

Un caractère affirmé, un tempérament volcanique, des convictions dures. Typée plus que jolie, telle nous la montrent ses portraits, avec, dans la hauteur des pommettes, entre la bouche gonflée et les narines dilatées, un nuage d'Afrique, qu'elle évoque, pour s'en plaindre, dans sa correspondance à sa fille. Mise avec élégance, le buste droit, l'allure fière.

La jeunesse n'a qu'un temps et le destin de célibataire était alors inimaginable. Hostile au mariage (elle ne cessera de proclamer son horreur de l'institution), il lui faut pourtant se résigner : le couvent n'entre pas dans sa vision, la carrière de femme entretenue lui est interdite par l'ombre d'Irma, bannie de la famille.

Aucun autre postulant que Jules Robineau-Duclos, rencontré alors qu'elle rendait visite à ses parents nourriciers ? Peut-être leurs chemins s'étaient-ils déjà croisés ; elle le connaissait sans doute de nom et de réputation. Le plus beau parti de la région où elle avait grandi, une figure de légende, riche à millions. Certes son « *attitude et sa physionomie fatiguées annoncent une vieillesse précoce* [1] », mais un mari n'est pas, en ce milieu du XIXe siècle, un Prince Charmant, à peine un homme : c'est une raison sociale. Malgré tout, la

---

1. Marguerite Boivin, Saint-Sauveur-en-Puisaye. Sur toute cette affaire, R. Escholier, s'inspirant des documents exhumés par un érudit de l'Yonne, Émile Amblard, a par ailleurs publié dans *Le Figaro littéraire* une série d'articles aussi complets qu'accrocheurs (1956).

question se pose : comment une jeune fille de vingt et un ans, dotée d'un caractère aussi indépendant, a-t-elle pu envisager pareille union ? L'absence de dot, tous les biographes suivent Colette là-dessus. Négociée par ses frères, trop contents de se débarrasser d'elle. « *Mais une jeune fille sans fortune et sans métier, qui vit à la charge de ses frères, n'a qu'à se taire, à accepter sa chance et à remercier Dieu*[1]. » Telle qu'on la connaît, Sido, si elle avait été sacrifiée et presque vendue, n'en aurait gardé nulle rancœur à ses frères ? La fille suggère que sa mère fut à peine consultée. On souhaiterait la croire sur parole si elle n'était coutumière, dans l'adaptation littéraire de sa vie, de ces glissements. Toujours l'homme endossera le poids de la faute.

Sidonie comptait donc vingt et un ans quand elle fit la connaissance de Jules Robineau-Duclos, qui en avait le double mais en paraissait soixante ; qui, surtout, était un alcoolique, sujet à des crises de violence redoutables. « *Monsieur Robineau était un homme d'une probité exquise, laid à faire peur et à peu près idiot...*[2] » Si l'on songe à l'éducation que la jeune fille a reçue en Belgique, à la force de son tempérament, il devient difficile de se satisfaire de ce mot, la dot. En réalité, on ne comprend pas qu'elle ait épousé ce *magnifique monstre*[3], elle qui ne met

1. *La Maison de Claudine.*
2. Rapport du juge Crançon, Archives de l'Yonne.
3. L'expression est de Claude Pichois et Alain Brunet.

rien au-dessus de la beauté et de la prestance. On découvre, par-dessus le marché, une sordide machination, une partie de la famille Robineau ayant tenté de faire déclarer irresponsable le malheureux pour s'emparer de la fortune ; l'autre partie, se démenant pour déjouer la manœuvre. Au procès, Robineau, sevré, dûment chapitré, paraîtra propre, mis avec distinction, mais il ne s'en montrera pas moins incapable de parler, bégayant et tenant des propos confus. Choisis pour leur « honorabilité », les témoins le sauveront pourtant de la déchéance : le juge le déclarera sain d'esprit, apte à gérer ses biens. C'est au milieu de ces intrigues fétides que Sidonie apparaît.

Dans ses lettres à sa fille, on glane des indices : hostile au mariage, qu'elle qualifie de *forfait*, elle ne lui trouve qu'une excuse, *la fortune*. Or, nous dit le juge Crançon : « *Monsieur Jules Robineau est devenu de bonne heure maître par la fortune de ses parents d'une fortune considérable.* » L'excuse au forfait est donc là : des fermes, des bois, des étangs, des centaines d'hectares de bonne terre agricole, des vignes. Un calcul banal à l'époque. « *Je n'ai pas le droit de me plaindre puisque je l'ai voulu*[1] », écrit-elle à une amie.

Il y a un *hic*, certes : « *J'étais du nombre de celles qui ne savaient rien du mariage*[2]. » En raccordant

---

1. Lettre citée par Claude Pichois et Alain Brunet, *Colette*.
2. Sido, *Lettres à sa fille*.

les deux assertions, on lit : le mariage étant, dans tous les cas, un forfait, la fortune est sa seule excuse ; mais nul n'avait averti Sidonie du prix à payer.

L'affaire fut vite conclue — après toutefois que le contrat eut été âprement discuté ; le mariage, civil, célébré en Belgique. Par la suite, pas une fois Sidonie ne blâme ses frères ni ne songe à les rendre responsables de son mariage. Toute sa vie, elle continuera de vanter leur élégance, leur distinction. Elle se rendra souvent en Belgique, jusqu'à son extrême vieillesse ; eux viendront la visiter en Puisaye. Nul relent d'amertume. L'image de l'orpheline sans le sou, sacrifiée par ses frères, cadre mieux, il est vrai, avec la légende édifiée par Colette…

Le rapport du juge Crançon, sans rien expliquer ni affirmer, jette cependant une lueur : « […] *La passion de l'ivrognerie à laquelle Monsieur Robineau se laissait aller de plus en plus amène chez lui un abrutissement complet. Du matin au soir, il y avait toujours une bouteille remplie d'eau-de-vie qu'on remplissait au fur et à mesure qu'il la vidait. Sa mort était imminente. Il ne s'agissait plus que d'attendre* […]. » Il feint de s'étonner que personne, à Saint-Sauveur, n'insinue que Sidonie l'ait aidé à se suicider, suggérant que l'épouse, avec la complicité de l'amant, eût été capable de hâter sa délivrance. C'est écrit, il faut le préciser, quand la liaison avec Jules Colette est devenue notoire. Mais l'inconduite de Sido remonte aux premiers temps de son mariage : « *Elle a passé pour être la maîtresse de Monsieur Adrien Jarry* [le riche notaire de Saint-Sauveur], *qui ne s'en défend, dit-on, qu'à demi.* »

En épousant un malade qui avait le double de son âge, abruti par l'alcool qui l'avait rendu à moitié fou, Sidonie, ou bien l'aimait et pensait naïvement réussir à le guérir, ou, si elle ne l'aimait pas, pouvait se dire à voix très basse qu'elle ne tarderait pas à en être délivrée.

À vingt et un ans, Mme Robineau-Duclos gravit le perron boiteux de la maison de Saint-Sauveur, inspecte les chambres et le salon, ouvre les armoires, compte l'argenterie, range la porcelaine et les verres de cristal, se familiarise avec les servantes, les cuisinières, les valets, le cocher... Il lui reste à payer l'addition. Là-dessus non plus, pas une confidence, hormis le mépris des maris, la compassion pour les filles mères et pour leurs bébés. Un aveu toutefois, de taille : « *Jules Robineau, un jour, après boire a essayé de me battre (deux mois après mon mariage). Ah! ça a été un joli carnage. Je lui ai jeté à la tête ce qu'il y avait sur la cheminée, entre autres choses un porte-lampe rempli d'aspérités : il l'a reçu en pleine figure et a emporté la cicatrice en terre. J'étais contente de moi*[1]. »

---

1. Sido, *Lettres à sa fille*.

«*Deux mois après mon mariage*» : si lune de miel il y eut, elle fut de courte durée. On devine dans quel climat Juliette fut conçue et que Sidonie, malgré sa bonne volonté, ne parvint jamais à la chérir à l'égal de ses vrais enfants. «*Je l'ai toujours dit : il faudrait laisser les femmes choisir les pères de leurs enfants*[1].» Jules Colette sera choisi, lui, encore n'engendrera-t-il, avant de devenir mari, qu'un fils d'élection pure, Achille.

Les beuveries ont repris, ponctuées d'hallucinations, de terreurs nocturnes, de menaces et de cris. Sidonie se réfugie à l'autre bout de la maison ; de son côté, Jules renoue avec Marie, sa servante, dont il a un fils. On imagine que Sidonie est, après une telle expérience, dégoûtée des hommes. Or, bientôt, la rumeur lui attribue un amant, puis un second. Au lieu de s'abandonner à la mélancolie, elle se redresse, fait front, brave l'opinion. Mieux encore : là où on s'attend à découvrir une peinture à la Zola, sinistre et nauséabonde, on rencontre une Sidonie Robineau mondaine. Elle fréquente la meilleure société de la province, suit les chasses à courre, danse dans les châteaux. À l'église du village, elle est fière d'occuper son banc, orné d'une plaque à son nom. Une stupéfiante avidité de vivre, de jouir, de s'étourdir. Son mari se noie dans l'alcool ? Il ne sera pas dit qu'elle se laisse entraîner dans sa chute. Heureuse ?

1. *Ibid.*

Pas au sens ordinaire du mot, car il faut bien rentrer dans la grande maison froide, retrouver l'angoisse, se barricader dans sa chambre, s'échapper en chemise de nuit, parfois... Tout de même heureuse pourtant, dans le défi relevé, dans l'âpre volonté d'arracher à l'existence chaque joie, chaque plaisir. Heureuse de se tenir debout, envers et contre tout. Elle dépense également, avec prodigalité, car elle se croit très riche. Elle va à Bruxelles, à Paris, s'achète des parfums, des toilettes, des gants et des chapeaux. Elle visite les expositions de peinture, court les théâtres et les salles de concert, visite sa belle-sœur Caro et, dans son salon, éblouit par son esprit caustique et son sens de la repartie. Étrange existence pour celle qu'on s'obstine à traiter de paysanne[1] !

Pourtant, le vide se creuse en elle. Jour après jour, Jules Robineau glisse dans la pire déchéance. Alors, le regard de Sidonie croise celui du percepteur...

Comment une liaison poursuivie au vu et au su de tous ne scandaliserait-elle pas les habitants de Saint-Sauveur ? Elle peut écrire dans sa vieillesse : « *Voilà ce que c'est : je suis venue trois cents ans trop tôt au monde et celui-ci ne me comprend pas, même mes enfants...*[2] » Une femme moderne par l'esprit, libre, dégagée des préju-

---

1. Ceux qui emploient ce mot ont-ils une idée, même vague, de la condition des paysans vers 1865 ?
2. Sido, *Lettres à sa fille*.

gés et qui, un siècle plus tard, aurait sûrement poursuivi des études supérieures, serait devenue médecin, avocat, biologiste...

Il ne semble pas que Sidonie ait détesté Robineau. Tout se passe comme si, après avoir défendu son territoire, elle avait conclu avec le Sauvage un pacte tacite de non-agression. On croit même deviner que, dans le brouillard de l'alcool, Jules Robineau ressent pour sa femme une affection maladroite, mêlée de respect. Sauvage par le caractère et par l'ivrognerie, c'est, par les mœurs et l'éducation, un homme délicat. Rien d'une brute : un naufragé. D'où ce ton dépourvu d'animosité avec lequel Sidonie évoquera sa mémoire, rappelant des attentions touchantes. L'armistice renfermait aussi une clause d'indépendance mutuelle... Et quand Sidonie se sent grosse, sa joie éclate : cette fois, l'amour n'est pas un forfait.

Relevons toutefois cette coïncidence : ses deux maris seront, l'un un alcoolique, le second un amputé, deux hommes diminués. Des inférieurs, non des égaux.

« *Monsieur Jules Robineau est mort d'une attaque d'apoplexie foudroyante, mort, la nuit, dans une chambre écartée, où, bien que malade, bien que succombant aux excès de son ivrognerie, sa femme le laissait seul...* [1] » La réprobation du magistrat ne se dissimule pas : Sidonie n'est pas une

---

1. Rapport du juge Crançon.

épouse dévouée, c'est le moins qu'on puisse dire. Peut-on s'attendre à autre chose d'une républicaine enragée, d'une athée ?

Après la mort de Robineau, le mariage a lieu aussi vite que le permettent les délais de viduité, trop vite au gré de l'opinion qui, une fois encore, critique cette précipitation. Quand donc Sidonie ne scandalise-t-elle pas ? Le Capitaine entre avec elle dans la grande maison revêche *qui ne sourit que d'un côté*. Il faut vite constituer le conseil de famille, ce qui n'est pas une mince affaire : on doit à tout prix éviter que les Robineau fourrent leur nez dans les comptes. Heureusement, Adrien Jarry veille : les Colette garderont la gestion de la fortune des deux enfants mineurs, Juliette et Achille. À cette occasion, Sidonie découvre qu'elle est moins riche qu'elle ne le pensait : domestiques, valets, fermiers, métayers, intendants, tous volaient et dépouillaient leur maître, depuis des années. Dans le bilan, les dettes pèsent lourd. Il convient toutefois de remettre les idées en place : au fil des ans, le notaire, Me Jarry, consentira à Sidonie des prêts dont le montant représente des sommes coquettes. Il y a certes des frais, sans doute considérables, pour l'entretien et la réparation des fermes et des métairies, pour l'achat de matériel ; en outre, les loyers rentrent mal ou pas du tout... Le train de vie n'en reste pas moins celui d'une très honnête aisance et les restrictions ne viendront que plus tard, après l'apuration des comptes et le remboursement à Juliette de sa part de l'héritage paternel. Bien administrée, gérée avec prudence, la fortune eût permis de vivre sans soucis. Mais gérer, compter, ces mots n'appartiennent pas au vocabulaire de Sidonie, pas plus que ménage, rangement, ordre. Essuyer une tasse suffit à assombrir son humeur. Plus tard, elle feindra de s'extasier devant les armoires de sa fille, impeccablement rangées... Pourquoi Sidonie s'échinerait-elle à passer le plumeau quand elle dispose de cinq domestiques[1], chiffre que Herbert Lottman, l'un des biographes de Colette, juge excessif? Sûrement. Mais en quoi Sidonie n'est-elle pas excessive?

Comblée par ses maternités, Sidonie paraît s'assagir. Elle instaure son ordre capricieux, ses horaires fantasques, ses lubies diététiques. Les enfants grandissent, chiens et chats circulent librement; dans le jardin, les plantes s'épanouissent. Une atmosphère de quiétude méditative règne dans ce monde enchanté. Rien ne bouge, tout se répète avec une régularité merveilleuse. La lecture, la musique surtout, des conversations libres et détendues. Seuls les voyages en Belgique ou à Paris rompent la monotonie des

---

1. À l'époque, cela n'avait rien d'exceptionnel. On est dans la bonne et solide bourgeoisie provinciale.

jours. Sido en revient agitée, traînant avec elle des parfums, des cadeaux inutiles et prodigieux, des friandises exotiques et du chocolat, dont elle raffole. Elle parle, rit, flatte une joue, caresse une chevelure, se penche pour admirer la chatte, raconte les derniers potins, enfile les anecdotes, s'esclaffe, va d'une pièce à l'autre...

Sido commande aux éléments, reconnaît les grandes voix du vent, interprète les nuages. Avec sa goutte de sang africain, cette druidesse un peu sorcière jette sa sagesse par-dessus les moulins et, saisie d'une inspiration dionysiaque, part d'un rire frénétique en regardant le merle se goinfrer des belles cerises qu'elle a pourtant voulu protéger en installant un épouvantail. À cet instant, une joie terrible la transporte et Sido consent à toutes les cruautés, à toutes les astuces du vivant. Mais ces accès de folie retombent dans une sapience ordinaire. Elle redevient, non pas une mère, mais la Mère, jetant son appel biblique : *« Les enfants... où sont les enfants ? »* Cœur de la maison, Sido assure la permanence de ce qui compose un organisme, la tribu familiale. Elle fonde l'orgueil, dispense la joie, écarte la tristesse et la maladie. Mari et enfants s'abreuvent à sa source, s'alimentent de son allégresse, se fortifient de son alacrité.

Républicaine, elle a choisi pour sa fille l'école laïque. Elle ne s'oppose pourtant pas à ce que

Gabri, désireuse de ressembler à toutes les autres élèves, étudie son catéchisme. Elle n'interdit jamais rien, c'est son principe et sa règle. Elle fait seulement en sorte que le ridicule de ces inquisitions apparaisse à la Petite. Avec malice, le Capitaine et les enfants s'amusent d'ailleurs à relever les contradictions de Sido : pourquoi, puisqu'elle ne croit à rien, aller à la messe ou faire maigre le vendredi saint ? Mise au pied du mur, Sidonie se défend : elle ne veut pas, dit-elle, prêter aux médisances. Encore tient-elle à marquer son indépendance d'esprit : à la messe, soit, mais, dissimulés dans son missel, Corneille ou Saint-Simon. Parfois même, elle amène son chien qui, entendant la clochette au moment de l'élévation, se redresse pour aboyer, ce qui ne plaît guère au curé. « *Je voudrais bien voir qu'il n'ait pas grondé pendant l'élévation ! Un chien que j'ai moi-même dressé pour la garde et qui doit aboyer dès qu'il entend une sonnette*[1]*!* » se récrie Sido avec humour. Quant aux homélies, d'une longueur insupportable, Sido les écourte en tirant sa montre et en la secouant d'un air excédé, jusqu'à troubler le prédicateur, qui perd le fil, s'embrouille, s'arrête de parler. Ainsi se montre-t-elle conventionnelle et sage, soumise, en apparence, aux usages, mais intérieurement rebelle.

À la communale, de jeunes institutrices chi-

---

1. *La Maison de Claudine.*

chement payées ont enseigné à celle qui se prénommait encore Gabrielle l'orthographe et le calcul, toutes les matières figurant au programme. De leur mission, c'en était une à leurs yeux, elles se faisaient une idée aussi haute que scrupuleuse. Elles ont, avec Gabrielle Colette, pleinement réussi. Elle était, il est vrai, encouragée dans une maison remplie de livres, envahie par toutes les revues paraissant à Paris, retentissante de musique et de chant. La *petite paysanne* baignait en réalité dans la culture, son esprit s'imbibait, par Sido, par le Capitaine, par sa sœur et par ses frères d'un respect quasi religieux de la littérature, s'imprégnait de la meilleure musique.

La liberté et la tolérance se manifestent également dans la maison où tout se discute ouvertement, où aucune question ne reste sans réponse. Nulle lecture n'est interdite et si Sido répugne à ce que la Petite plonge dans Zola, ce n'est pas par crainte d'une mauvaise influence ; c'est que le naturalisme, la description crue des fonctions animales dans l'homme, lui semblent une injure faite à la nature. Dans cette peinture des tares et des malformations, des débauches et des vices, elle flaire un moralisme à l'envers. Cela existe, il suffit de regarder autour de soi pour le constater, mais à quoi bon frapper les imaginations avec les ratés de la machinerie cosmique qui ne s'occupe ni du beau ni du laid, ni du bien ni du mal, se contentant d'engendrer des formes plus ou moins réussies? Du reste, le monstrueux, l'anormal possèdent leur beauté. Toujours, Sido aimera les cataclysmes. Elle admire en eux la force terrible, qui meut et bouleverse l'univers. À ces destructions, elle dit un oui quasi mystique. Sa propre sauvagerie — l'épithète *sauvage* ponctue toutes les évocations que Colette fait de son enfance —, sa rage et sa révolte embrassent ces commotions. Tout, dans la nature, l'émerveille, la fourmi au même degré que la roche, l'araignée autant que l'homme. Chaque forme contient son achèvement, qui se manifeste dans la parfaite adéquation à sa fonction. Il n'y a point, pour Sido, de coupure ni de hiérarchie, et la pensée, dont l'homme s'enorgueillit, n'est qu'une ruse supérieure de la nature. Dans sa vieillesse, Sidonie exprimera le regret de n'avoir pas rencontré Fabre, l'entomologiste, l'anti-Pasteur, l'autodidacte qui, par l'observation patiente, a révélé l'organisation supérieure des insectes. Elle vit, Sidonie, non dans la matière mais dans son fantastique. Suivait-elle un système, obéissait-elle à ce qu'on appelle une philosophie? Des biographes ont tenté d'y répondre. On peut penser que c'était, chez elle, quelque chose de plus immédiat et de plus primitif, de l'ordre de la sauvagerie justement.

La vie, comment la cerner avec des mots? Sido répand autour d'elle une lumière claire, elle apporte ce frémissement électrique. «*Elle riait volontiers, d'un rire jeune et aigu qui mouillait ses yeux de larmes...*[1]» Elle pleure aussi, s'emporte, se fâche, s'attendrit. Ses petites mains n'arrêtent pas de bouger, son regard pâle va de la chienne au rosier infesté par les pucerons, du visage émacié du Capitaine au pélargonium assoiffé. Elle manie l'arrosoir et le sécateur, brosse le chien, peigne la chatte. Sa pensée saute par-dessus le mur du jardin, s'envole, anxieuse et compatissante, vers tout ce qui souffre : «*Il faut soigner cet enfant... Ne peut-on sauver cette femme?... Est-ce que ces gens ont à manger chez eux? Je ne peux pourtant pas tuer cette bête...*» Dès qu'elle s'éloigne, tout semble perdre sa saveur et s'étioler pour se ranimer dès qu'elle reparaît. C'est cela, le charme de Sido, sa magie : sa présence exalte et magnifie la vie.

Son regard d'avidité passionnée éclaire chaque chose, chaque être. L'alacrité de ses propos stimule l'intelligence, ridiculise la sottise; sa voix nerveuse arrache à la torpeur, empêche la routine de geler l'instant miraculeux. Qu'elle critique, se moque ou raconte, Sido capte et retient l'attention. Elle parle avec tout son corps, s'adresse, non à des entités — chien, chat, enfant —, mais à des individus uniques qu'elle rehausse et grandit. Elle n'est pas, n'a jamais été cette sage jardinière que tant d'admi-

---

1. *La Maison de Claudine.*

rateurs de l'écrivain voient en elle. Elle n'a rien d'une provinciale rangée. Elle n'incarne pas davantage la courte sagesse française. Elle porte en elle un peu de l'extravagance flamande, de son amour du faste et de la parade, beaucoup de l'Afrique inspirée. Tolérante ? Par idéal certainement ; dans le quotidien cependant, dans le monde tel qu'il roule ? « [...] *l'injustice me met en rage... et je tape.* » Écorchée vive, tout la blesse : « *Dieu ! qu'il fait triste, triste parce que j'entends qu'on frappe un cheval et que je ne puis l'empêcher sans me faire dire des choses désagréables par la brute qui le frappe... Oh ! les sales c... qui ne voient pas le regard plein de reproches et de tristesse de ces chères bêtes*[1]. » Compatissante ? « *Il y a des gens qu'on devrait bien supprimer pour épurer les autres qui sont un peu moins ignobles*[2]. » Surtout, loin des clichés d'une France raisonnable et parcimonieuse, ces vastes élans, ces mélancolies qui, de Villon à Aragon, soulèvent la langue : « *Je voudrais habiter un endroit où je ne verrais que vos chers visages, où je n'entendrais que le bruit du vent...*[3] »

À l'intérieur d'un invisible cercle tracé par la magicienne, chacun se meut librement. Au-

1. Collection M. R.-B.
2. Collection M. R.-B.
3. Collection M. R.-B.

dedans, il y a *nous*, la tribu, composée d'individus uniques, d'une rayonnante beauté, marqués au sceau du génie, des «*créatures d'élite*», leur répète Sido. Dehors, *les autres*, le monde de toutes les bassesses et de toutes les stupidités. Un monde dont on ne se défie jamais assez, brutal et superstitieux. Rien, dans le cercle, n'est défendu. Chacun demeure libre de courir les bois, de sauter par-dessus les murs et les haies, de battre la campagne. Libre de rêver ou de lire, de chanter ou de toucher le piano. Libre de refuser tels mets, de s'empiffrer de sucreries ou de confitures, libre de poser les questions les plus saugrenues. Chacun jouit d'une liberté miraculeuse à la seule condition de ne pas franchir la ligne. Non que cela soit interdit, Sido ne profère aucune interdiction, mais, sournoisement, elle tourne le monde extérieur en dérision.

Quelle autre issue dès lors, pour ces enfants lestés d'une prodigieuse et mélancolique liberté, que de fuir dans le silence ? d'opposer le mutisme à l'inquiétude maternelle qui, sans rien défendre, vous opprime d'un amour splendide et redoutable ? Ils se taisent donc, s'évadent par le rêve. Leur angoisse pourtant se manifeste par d'infimes signes, manie funéraire de Léo qui peint et aligne ses tombes, rédige des épitaphes, s'entretient avec un peuple de morts ; paniques d'Achille que tout visage inconnu terrorise ; envies de meurtre délicatement caressées par les deux frères ; hébétude de lectures pour Juliette ; résistance sourde de la Petite, qui s'accroche à Mélie, sa nourrice, écoute avec ravissement les contes et les légendes, rêve des fêtes religieuses et de leurs rites, se réfugie dans le bureau de son père et, comme lui, collectionne les encriers, les plumes, le beau papier et les cachets de cire... Chacun tente, à sa manière, d'échapper à la tyrannie du bonheur.

Il faudrait, pour évoquer cette maison et ce jardin, une plume plus que légère, immatérielle, des mots aériens et diaphanes, une *musique silencieuse*[1]. Car ils baignent, ces lieux, dans une félicité poignante, et, sans même disposer des mots pour le dire, les enfants devinent que jamais le monde extérieur ne leur rendra pareille béatitude. Ils étouffent de joie contenue, ils regorgent de l'amour de Sido, ils se sentent admirables sous son regard, resplendissent devant son sourire. Qui donc saura, plus tard, les chérir avec une telle intensité, les contempler avec cette admiration éperdue, leur accorder pareille importance ? Sans déranger cette paix, il faudrait, de la même voix de murmure, suggérer l'agonie suave — «*sommeil heureux*», dira Colette avec lucidité. Un songe, oui, éclatant et funèbre. En apparence, ce n'est qu'une maison et un jardin plus tranquilles, plus heureux que d'autres ; par-dessous, l'angoisse rampe, glisse sans bruit... *Choix, responsabilité*, accuse Colette,

---

[1]. La «música callada» de saint Jean de la Croix, dans *La Nuit obscure*.

sans qu'on puisse en déduire que Sido ait voulu inoculer à ses enfants cette obscure terreur du monde extérieur, ni qu'elle fût, au sens ordinaire, responsable de leur incurable nostalgie. Cela s'est fait, en elle-même d'abord, cela s'est ensuite propagé. Mal dont la virulence tient surtout à l'extase qu'il procure. Comment se défendre contre l'excès de bonheur ?

« *Je voudrais deux sous de pruneaux et deux sous de noisettes* », demande le sage Léo. Et Sido, distraite, de lui expliquer que les épiceries sont fermées mais qu'il les aura demain. Bien entendu, elle oublie sa promesse et la supplique revient, trois, dix fois, tournant au jeu, au caprice. Jusqu'au soir où : « *Maman, je voudrais... — Les voici, dit-elle. Elle se leva, atteignit dans l'insondable placard deux sacs grands comme des nouveau-nés, les posa à terre de chaque côté de son petit garçon, et ajouta : — Quand il n'y en aura plus, tu en achèteras d'autres.* » Il la regarde, «*offensé et pâle*», avant de fondre en larmes. «*Mais... mais... je ne les aime pas ! sanglotait-il. Sido se pencha, aussi attentive qu'au-dessus d'un œuf fêlé par l'éclosion imminente, au-dessus d'une rose inconnue, d'un messager de l'autre hémisphère : — Tu ne les aimes pas ? Qu'est-ce que tu voulais donc ? Il fut imprudent et avoua : — Je voulais les demander* [1]. »

---

1. *Sido.*

Ce pourrait n'être qu'une tendre et ironique saynète ; on assiste en réalité à l'une de ces tragédies de l'enfance où le désespoir manque de mots pour se dire. Ce que le sage petit Léo voulait, ce n'étaient pas des pruneaux et des noisettes, qu'il n'aime pas, c'était exprimer un désir personnel, mesurer une résistance qui lui permettrait, en s'opposant, de s'affirmer. En comblant sa demande, avec d'ailleurs un excès moqueur — non pas deux sous mais deux sacs —, Sido le ridiculise. Les images de *nouveau-nés*, *éclosion*, suggèrent en creux ce à quoi on assiste : l'avortement d'un petit homme. Penchée sur lui avec une attention d'entomologiste, sa mère l'observe comme la créature bizarre qu'il a, un instant, failli devenir. Tout se joue entre la mère et le fils dans l'en deçà du langage. « *Quand il n'y en aura plus, tu en achèteras d'autres.* » En clair : que peux-tu bien désirer puisque je te donne tout, et au-delà ? Bien entendu, le père est absent de la scène. Quant à la Petite, sa ruse se laisse deviner dans le commentaire : « *Il fut imprudent et avoua.* » Elle a déjà compris que, pour échapper au piège, il faut se taire, dissimuler, ne rien montrer. Elle se tient sur ses gardes, elle ne désarmera pas, même dans l'âge adulte. Elle sait qu'au moindre signe de faiblesse, l'amour féroce la ligotera. D'où la distance qu'elle maintiendra toujours entre sa mère et elle. Elle évite Sido, la visite rarement. Plus elle se sent faible, vulnérable, moins aussi elle se confie. Elle aime passionnément sa mère, lui écrit trois, quatre fois par semaine, lui envoie, dès qu'elle dispose d'un peu d'argent, des cadeaux ; elle lui verse une pension dans sa vieillesse. Mais elle fuit le corps à corps, se cache de ce regard qu'elle redoute. Entre la mère et la fille, c'est un combat sournois, fait d'évitements.

Toute l'enfance de Colette se lit comme une stratégie de fuite : auprès de Mélie, sa nourrice, fille mère recueillie par Sido ; auprès de son père ; à l'école, au catéchisme que la mère abhorre et méprise. De son côté, Sido ne manque pas une occasion de la retenir et de l'attacher par la moquerie. Elle autorise tout, accorde tout, l'aube naissante et les vagabondages dans les champs ; les caprices et les fantaisies ; elle a même failli lui offrir un Noël, renonçant tout de même à la dernière minute... Elle lui accorde sa considération surtout, s'adressant à la Petite, non d'adulte à enfant, mais d'égale à égale, sans bêtifier ni biaiser. Ce faisant, Sido lui retire, de manière oblique, ce que la fillette lui demande : de pouvoir être une enfant comme les autres. Ainsi souhaiterait-elle que sa mère vienne la chercher à la sortie de l'école comme le font les autres mères. Mais Sido déteste jusqu'à l'odeur de sa blouse, flaire sur elle les remugles de la promiscuité, examine ses manuels avec suspicion... La Petite aspire à se fondre dans l'anonymat. Rejoindre l'humanité ordinaire, n'est-ce pas sortir du cercle — exister, au sens propre?

Cette lutte sourde, cet opiniâtre combat pour devenir soi-même oppose la mère et la fille en ce que Marie-Françoise Berthu-Courtivron appelle *l'enjeu du pouvoir*[1]. Guerre souterraine, feutrée, qui n'exclut pas l'amour et, de ce fait, se nourrit de culpabilité. «*Notre seul péché, notre méfait unique était le silence, et une sorte d'évanouissement miraculeux*[2].» Cette lutte explique aussi l'*incroyable*, l'*inexplicable* tristesse que Jean Chalon lit dans son regard d'enfant. «*Et pourtant*, s'étonne-t-il, *jamais petite fille ne fut plus entourée par les siens.*» Est-il si difficile de reconnaître la maladie du bonheur et de deviner ses séquelles, cette *inguérissable nostalgie* dont parlera l'écrivain? Derrière la figure de tendresse, la Petite a appris à regarder l'autre face de Sido, «*son visage sauvage*[3], libre de toute contrainte, de charité, d'humanité*[4]*».

À l'approche de l'adolescence, le conflit s'exaspère. Sido ressent tout départ, tout éloignement de la maison — mais elle *est* la maison — comme une souillure et une trahison. Quelle désertion plus définitive que la transformation qui se fait, sous ses yeux, dans le corps de la

---

1. Marie-Françoise Berthu-Courtivron, *Mère et fille : l'enjeu du pouvoir.*
2. *La Maison de Claudine.*
3. *Décidément!*
4. *Sido.*

Petite ? Aussi vit-elle dans la hantise de l'enlèvement. Elle épie sa fille et, dès que celle-ci s'éloigne, la guette, debout sur le perron, mais, trop fine pour montrer son inquiétude, rentre vite dès qu'elle l'aperçoit au bout de la rue. Avec une identique rouerie, Gabrielle fait celle qui ne s'aperçoit de rien. Mère et fille jouent à cache-cache, mesurent leurs forces, sondent leurs faiblesses. Puisque Sido appréhende le ravisseur, Gabri se fera une peur délicieuse en rêvant qu'un chemineau se glisse dans sa chambre, l'enlève. Elle s'amuse à provoquer sa mère : « *Quand je serai mariée...* », lâche-t-elle d'un air innocent, causant la stupeur, l'indignation. « *Tu tiens de ton père le goût de la plaisanterie délicate* [1] *!* »

Nicole Ferrier-Caverivière [2] insiste avec raison : par tous les moyens, Sido tente de fermer à sa fille l'accès à sa condition de femme. Dès lors, cet apprentissage de la féminité, cette lutte pour l'autonomie deviendront la chair même de ses livres, chacun marquant une étape dans une émancipation qui ne s'achèvera qu'avec sa mort. *Éternelle apprentie*, la nomme Jean Chalon. Lente conquête de soi qui, non seulement se dit, mais se *fait* dans l'écriture, les mots s'arrachant au destin pour forger une destinée. Aussi bien ne suffiront-ils pas et Colette cherchera-t-elle,

---

1. *Ibid.*
2. Nicole Ferrier-Caverivière, *Colette l'authentique.*

sur la scène, la reconnaissance. Qu'était-elle, la petite Gabri, sinon le reflet de Sido ? « *Moi, c'est toi...* [1] » — lui déclare crûment sa mère. S'arracher à cette fusion exige qu'elle retrouve un corps. Mais parce que le théâtre, s'il permet d'imposer une présence, ne fait que substituer une illusion à une autre, il n'abolit pas l'angoisse. Dans les mémoires des contemporains, de Liane de Pougy à Rachilde ou à Lucie Delarue-Mardrus, l'accusation revient : Colette est factice, inauthentique, elle joue partout et sans cesse son personnage. « *Colette ne joue pas, elle* est *Colette* », rétorque Jean Chalon, superbe. Elle le devient plus qu'elle ne l'est. Combien d'années, combien de livres avant qu'elle n'ose signer ses œuvres de son seul patronyme, Colette ?

« *Elle écrivit avec une sauvagerie charnelle, une impudence animale qu'on ne pratiquait guère de son temps* [2] » — il faut s'arrêter au dernier membre de la phrase, car l'originalité de Colette tient en effet à la manière brutale avec laquelle elle rompt avec les contorsions morbides, les alanguissements où la littérature se complaisait en 1900.

« *Quelques styles simples, drus, serrés, pètent sec dans cette atmosphère irrespirable, aux basses élégances... C'est Colette* [3]. » La brutalité de cette

---

1. Sido, *Lettres à sa fille.*
2. François Nourissier, *art. cit.*
3. Paul Morand, *1900.*

langue exprime l'arrachement. C'est l'exacte traduction d'une révolte et d'une indépendance par ailleurs pénibles. Quand Jacques Laurent définit le style de Dostoïevski par «*sa rectitude*[1]», il met le doigt sur le rapport étroit qui lie l'écrivain à sa langue, si l'auteur consent à plonger en lui-même, à toucher son fond.

Nicole Ferrier-Caverivière, l'une des plus fines exégètes de Colette, pointe la dimension tragique de cette enfance choyée, quasi féerique, merveilleusement libre à l'intérieur de l'univers clos, étouffant, créé par Sido. Elle montre par ailleurs le levier qui a permis à Gabrielle de soulever la dalle : le Capitaine, ce père absent à tout et à tous, mais attentif à la Petite, qu'il distingue, encourage à vivre, à s'aventurer au-dehors. Mais si Gabrielle parvient à rompre l'enchantement, jamais elle ne guérira de sa nostalgie, emportant partout la mélancolie vague, la mystérieuse tristesse. Elle aussi, comme Léo, sera une amputée de l'enfance.

Le philtre bu dans le jardin enchanté rend compte de la forme, la poésie seule pouvant exprimer l'intensité des instants miraculeux qui suspendent et abolissent la durée. Mais ce choix explique aussi la difficulté des biographes

---

1. Voir l'introduction de Jacques Catteau à la *Correspondance de Dostoïevski*, Bartillat, 1998.

à dissiper le charme. L'extase hédoniste possède une force telle d'envoûtement que le lecteur plonge à son tour dans ce *sommeil heureux*. On comprend la méfiance amusée, vaguement condescendante que Colette inspire à beaucoup. Chantre du bonheur, de la joie de vivre, de la volupté et des plaisirs charnels..., ne serait-elle que cela ? « *La véritable conscience tragique,* écrit Nicole Ferrier-Caverivière, *est habitée, non par la tristesse, qui est vaine et laide, mais par une immense noblesse qui est le fait d'une acceptation sublime et conquise, d'une volonté de dire oui, même à la mort.* »

Ce consentement à tout, même à la mort, Colette y arrive sur le tard. Il fallait que la magicienne disparaisse pour que, délicatement, du bout de la plume, elle ose toucher au personnage. Elle le fait de plus loin que la vie, avec une poésie funèbre : « — *Où sont les enfants ? — Deux reposent. Les autres jour par jour vieillissent. S'il est un lieu où l'on attend après la vie, celle qui nous attendit tremble encore, à cause des deux vivants*[1]. » Reléguée au pays des ombres, Sido est désormais inoffensive. La férocité de son amour, son égocentrisme tyrannique qui boit, aspire ses enfants, n'est plus un danger pour personne. Mort, Achille ne lui dispute plus son affection. Dès lors, Colette, avec de plus en plus d'assurance, façonnera le mythe, sans occulter

1. *La Maison de Claudine.*

sa sauvagerie terrible mais en l'apprivoisant. D'où le choix d'une langue plus souple, plus musicale, dont le chatoiement atténue les violences, une langue qui puisse rendre la béatitude *et* l'angoisse, l'extase *et* la peur. Mais ces irisations debussistes empêchent le lecteur inattentif de discerner, derrière la magie, la cruauté de la fable : «*Ah! combien me plaît la façon d'écrire de Colette! Quelle sûreté dans le choix des mots! Quel délicat sentiment de la nuance!*» — s'exclame André Gide dans son *Journal*.

Là est la gageure de ce monument érigé en trois volumes à la gloire de sa mère : rendre, dans un même souffle, le bonheur et l'épouvante, l'angoisse et la félicité, la nostalgie et la terreur. Traduire l'enchantement, non par des oppositions, mais par des dissonances, par des ruptures de ton. On pensera que c'est une question technique, mais le style, c'est le fond : Sido avait beau avoir deux visages, de tendresse et de cruauté, de bienveillance et de mépris, d'indulgence et d'intolérance, elle n'en était pas moins une. Par le chant, la phrase rendra cette tonalité double. D'où les déformations, inévitables : devenue poème, Sido se dépouille de toutes ses impuretés. Détendue, sa figure de morte a cessé de souffrir de ses conflits.

Si elle change non seulement le style, mais le fond de la lettre qui ouvre *La Naissance du jour*, celle où, en réponse à une invitation de Henry de Jouvenel à séjourner à Paris avec le couple,

Sido *acceptait* avant de glisser en passant que l'un de ses cactus se préparait à fleurir ; si Colette transforme l'acceptation en *refus* motivé par la floraison du cactus rose, c'est évidemment pour des raisons littéraires. Quoi de plus banal qu'un consentement à venir voir sa fille ? Mais le renoncement à ce plaisir, voir sa fille qu'elle *adore* (le mot ne figure pas non plus dans l'original), parce qu'une floraison est près d'éclore, ce sacrifice enlève le personnage à la banalité, l'installe dans le mythe.

Il faut rappeler ici la phrase de Thierry Maulnier selon laquelle un écrivain n'est rien d'autre que son langage. On doit admettre qu'un changement de style marque une étape nouvelle. Quand, à plus de cinquante ans, Colette retourne à Saint-Sauveur avec son jeune amant, Bertrand de Jouvenel, le deuil et la douleur se sont atténués. Elle se sent la force de renouer les liens. Telle une baguette magique, le style réveille les gisants, les relève de leurs tombes. « *Il n'est jamais trop tard, puisque j'ai pénétré ce que ma jeunesse me cachait autrefois*[1]. » La langue tient le désespoir et la peur en lisière.

Ne serait-ce pas cela aussi, *une certaine France*, une manière de sourire pour cacher ses larmes, comme Sido, encore écrasée par le chagrin, éclatait de rire devant les cabrioles d'un chaton, peu d'heures après l'enterrement du Capitaine ?

---

1. *Sido*.

Pour évoquer cette enfance et parler de Sido, les mêmes mots, les mêmes expressions reviennent sous la plume des biographes : mère nourricière, déesse tutélaire. Emportés par leur admiration et gagnés à leur tour par la nostalgie du paradis perdu, d'aucuns s'identifient à l'écrivain, évoquent leur enfance provinciale : eux aussi ont eu une grand-mère, une tante qui soignait ses plantes avec amour, recueillait chats et chiens abandonnés, se chamaillait avec ses voisins, allait à l'église en maugréant. Ils ont pareillement joué et rêvé dans un jardin clos de murs, vagabondé à travers champs : il ne leur manque en somme que d'écrire avec talent... peut-être parce qu'ils n'ont pas, ainsi que le dit avec humour mon éditeur, rencontré le loup, c'est-à-dire l'angoisse et la mort.

Pas dupes du tableau édénique que Colette fait de son enfance, Claude Pichois, Alain Brunet et Nicole Ferrier-Caverivière résistent à l'envoûtement. « *Fantasque, extravagante* [1] », disent les premiers de Sido, pointant la folie qui se dissimule derrière un personnage en apparence sage et rangé. Plus nettement, Nicole Ferrier-Caverivière dit d'abord ce que cette mère *n'était pas*, « *une femme de la campagne, ni une femme conformiste ; ses goûts, son éducation ont été affinés*

---

1 · Claude Pichois et Alain Brunet, *Colette*.

au contact de ses frères ». Avec lucidité, elle parle de son *modernisme* et de sa *largesse de vues*, tout en ajoutant : « *assurément, il n'est pas aisé d'être sa fille* ». Sans céder à la psychanalyse d'hypermarché, elle scrute et fouille les textes pour constater : « *Appropriation et possession vont avec Sido jusqu'à la fusion et l'identification totales, voire la négation de l'identité propre et originale de l'enfant.* » Encore n'avance-t-elle rien que des citations explicites ne corroborent, notamment les paroles de Sido elle-même, ce qui empêche ses propos de verser dans l'interprétation gratuite. Chez elle, la lecture guide seule la pensée et la sensibilité ; les œuvres ne sont ni sollicitées ni tirées vers un autre domaine que celui de la littérature à laquelle elle accorde une confiance profonde. Amarrée au texte, elle pose la question : « *Comment tant de protection exclusive de la part de la mère pourrait-elle ne pas ouvrir sur l'angoisse et la crainte de la mort ?* » Elle montre aussi quelle foi habitait Sido : « *Elle ne reconnaît de sacré que la nature, et son rapport au monde apporte la contradiction à toutes les religions du monde* » ; ce qui, mot à mot, s'applique à toute l'œuvre de la fille, démontrant, s'il en était besoin, non seulement l'influence, mais l'imprégnation.

Nicole Ferrier-Caverivière a encore été l'une des rares à montrer la préférence de la mère pour son fils aîné, amour démesuré, fou, tout comme elle a su insister sur cette *brûlante jalousie* qui tortura Gabrielle dans son enfance et son adolescence. Elle montre enfin l'importance, pour la petite Gabrielle, de la figure du Capitaine. Sans lui, sans la reconnaissance qu'il accorda à la Petite, Colette aurait-elle trouvé la force de s'arracher à son *sommeil heureux* ?

Claude Pichois et Alain Brunet s'arrêtent sur l'acharnement de Sido à accuser son mari de la ruine de la famille, grief repris par la fille. Le Capitaine se montra, c'est incontestable, piètre gestionnaire, mais qu'eût-il bien pu gérer, quand Sido régentait tout ? Il aurait vendu à vil prix, l'accuse sa femme, une maison et une campagne qu'il possédait à Toulon, sa ville natale, sauf que, les deux biographes le démontrent, la fameuse campagne n'a jamais existé ; il n'a vendu la maison de Toulon, rachetée à la succession afin que sa mère pût y finir ses jours, qu'après la mort de celle-ci... Je n'entre du reste dans ces comptes d'apothicaire que parce qu'ils occupent, dans la littérature de la fille comme dans les lettres de la mère, une place démesurée. Jusqu'à sa fin, Sido remâche son amertume, accable le mort, revient, encore et encore, sur son incurie *napolitaine* — elle transmettra à sa fille le mépris du Sud et des Méridionaux, évidemment insouciants et paresseux. On imagine, devant ce ressassement, ce qu'ont été les années où, les dettes s'accumulant, le spectre de la ruine prenant forme, la terrible lionne lâchait la bride à son angoisse ; on pressent la solitude et la mélancolie du Capitaine qui, caché derrière ses sérénades, tentait de tenir sa bien-aimée dans l'ignorance de l'irrésistible glissade... On saisit peut-être mieux cette hantise de manquer, ce soupçon d'avoir été grugée, qui, tout au long de son existence, hantèrent Colette.

À écouter ces récriminations, on n'en éprouve pas moins un sentiment d'injustice. Mais justice, mesure, objectivité ne sont pas les mots qui s'appliquent le mieux à Sido. Aussi Nicole Ferrier-Caverivière écrit-elle avec justesse : « *La révélation du père, qui aide à dévoiler les entraves de la mère, nous place au cœur de l'âme blessée de Colette et de sa vocation d'écrivain.* »

Michèle Sarde[1] n'a pas, elle, de tels scrupules. Pourquoi du reste s'interrogerait-elle, quand elle possède les réponses, incluses dans l'axiome qui la guide dans son travail : « *Tous les hommes sont des brutes et des salauds, toutes les femmes des victimes.* » Armée de ce féminisme nuancé que vient appuyer l'artillerie lourde de la psychanalyse, elle tire allégrement, sans se soucier du texte. Pourtant, son livre porte ce sous-titre, *libre et entravée*. Mais de quoi, de qui une femme voudrait-elle se libérer, sinon des hommes ? Imperturbable, elle assène ses certitudes. Sido, qui a mis près de deux jours et deux nuits à mettre sa fille au monde[2], lui raconte

---

1. Michèle Sarde, *Colette libre et entravée*, Stock, 1984.
2. Elle était âgée de près de quarante ans.

que les enfants très haut placés répugnent à descendre afin de rester plus longtemps près du cœur de leur mère et qu'ils seront, de ce fait, les plus chéris. Légende tendre et poétique qui, naturellement, ne suffit pas à la biographe, laquelle interprète : « *D'entrée de jeu, une partie du destin de la future Colette était fixé. Si lente à descendre vers la lumière, elle serait de ces privilégiées qui, ayant eu leur comptant dans les eaux maternelles, en gardent cette nostalgie vague qui s'exprime, non l'indicible frustration.* » Passons sur le charabia, retenons qu'un accouchement difficile fait les écrivains heureux. Quant au père, il ne saurait y avoir, dans ce que Colette en dit, « *le regret d'une coupable lacune, mais la constatation qu'en face de la mère toute-puissante et puissamment aimée, le père et les enfants ne sont que des égaux* ». Mieux vaut en rire : tout est de la même veine.

Jean Chalon, qui sait à quoi s'en tenir, prend le parti de sourire : « *adorablement possessive* », consent-il à lâcher à propos de Sido, qu'il ne se cache pas d'aimer ; plus carrée, Geneviève Dormann admire sans réserve : « [...] *qu'on aimerait l'avoir pour mère, cette femme traditionnelle* [sic] *et fantaisiste à la fois*[1] ». Elle aborde avec la même légèreté l'aversion de Sido pour l'Église et les dogmes ; à la lire, ce serait une bagarre à la don Camillo, plus comique que sérieuse. Pourtant,

---

1. Geneviève Dormann, *Amoureuse Colette*.

Sido s'exprime dans ses lettres avec une particulière netteté. «*Ah! d'avoir été à la messe et au sermon presque tous les jours, ce n'est pas fait pour épanouir ce que l'on pourrait appeler l'intelligence... Puis, ils ont nasillé des psaumes accompagnés par un orgue. Horreur! Eh, là, là! Mais je crois ce pape assez intelligent pour en avoir assez de toutes ces niaiseries et ces fadaises mais... il y a l'argent* [...]. *Tu sais par expérience que l'on a l'habitude de faire un cadeau au curé, le jour des premières communions. C'est ce qu'il y a de plus agréable, pour ces messieurs, et ce qui leur fait accepter les stupides fadaises qu'ils inculquent à ces pauvres gosses... Moi, athée...*[1]» Faut-il poursuivre?

Geneviève Dormann a des excuses : Colette elle-même s'est plu à entretenir l'ambiguïté. «*J'ai été élevée dans un milieu bien-pensant et presque rigide...*[2]», déclare-t-elle à un journaliste en 1931. Ce n'est pas absolument faux : on sait que la vertu républicaine pouvait se montrer aussi vétilleuse que la morale catholique. Mais on verra, notamment lors de la liaison de sa fille avec Missy, que la tolérance de Sido, sa largesse de vues ne témoignent guère d'une rigueur puritaine. Quant à l'expression *bien-pensante* peut-on, sans sourire, l'appliquer à Sidonie Landoy?... Pour évoquer le Capitaine, tel qu'il apparaît dans les écrits de la fille, Geneviève

---

1. Sido, *Lettres à sa fille*.
2. Entretien paru dans *Sur la Riviera*, *art. cit*.

Dormann trouve en revanche les accents les plus justes et, même, les plus émouvants. Peut-être se rappelle-t-elle les propos de Sido elle-même : « *C'est son amour pour moi qui a annihilé, une à une, toutes ses belles facultés* [1]. » Constat terrible...

Inutile de s'appesantir sur tous ceux qui font de Sidonie une robuste paysanne, experte en bouturages et confitures ; du Capitaine un personnage pagnolesque, égaré dans ses rêves ; de la maison et du jardin un paradis où aucune ombre, jamais, n'assombrit le pur bonheur. La splendeur de la langue, le tremblement de la phrase traduisent bien l'euphorie et le ravissement de ce *sommeil heureux*, mais ils disent aussi la blessure et l'angoisse.

« *Les gens parfaitement contents, parfaitement équilibrés, ne font pas de bonne littérature, hélas* [2]. »

---

1. *La Naissance du jour.*
2. Collection M. R.-B., lettre à Missy, voir pages 32-33.

V

« *Barbare et bedonnant, avare, superficiel, exploiteur* » (Michèle Sarde) ; « *peu appétissant, plus ou moins flétri de réputation, adonné à diverses débauches* » (Françoise d'Eaubonne) ; « *chauve, ventru, viveur* » (Claude Mauriac) ; « *vieux faune trempé d'alcool* » (Pierre Brisson) ; « *l'abominable Willy* [...]. *Fiancé cynique* » (Mona Ozouf) : se trouve-t-on dans l'exégèse, la critique littéraire, la biographie ou le pamphlet ? Si Willy était vraiment ce personnage flasque et répugnant, comment expliquer qu'il ait pu inspirer à Colette un amour passionné ? Après tout, elle était la mieux placée pour juger de ses charmes, et Geneviève Dormann a raison de rappeler avec quelle violence elle lui fut attachée.

Ce déchaînement illustre l'ampleur de la victoire remportée par l'écrivain après que, séparée de lui, elle mit toute la puissance de son talent à le rabaisser et à le piétiner. Réduit en poussière, Willy n'existe plus. Au mieux, c'est un vieux birbe débauché, au pis, un négrier.

Après plus d'un demi-siècle, l'image du premier mari de Colette ne s'est guère améliorée, sauf chez les spécialistes et les érudits qui ont nuancé leur jugement sans que leurs travaux aient réussi à modifier le sentiment du public. Récemment, j'entendais l'un de nos bons auteurs déclarer que Willy enfermait sa femme à clé et ne lui ouvrait la porte que la copie rendue. En 1985, on lisait ces titres racoleurs sur la couverture du deuxième numéro de la collection « Grands Écrivains » consacré à Colette : « *Exploitée par son mari. Il lui vole ses premiers succès littéraires. Elle fait scandale et danse nue avec Mata-Hari* » ; on précisait à l'intérieur de la brochure : « *Son mari la force à danser nue avec Mata-Hari.* » Michèle Sarde reprend l'accusation lancée dans *La Vagabonde*, premier des livres règlements de comptes de l'ex-Mme Willy. « *Il lui arriva, quand je me montrais trop rétive, de me battre, mais je crois qu'il n'en avait guère envie. Un homme emporté ne bat pas si bien, et celui-ci ne me frappait, de loin en loin, que pour renforcer son prestige.* » Sans doute eût-il fallu recouper l'information avec d'autres sources, besogne fastidieuse autant qu'inutile à qui possède d'avance la réponse à toutes les questions. L'homme est une sale bête, qu'y aurait-il à chercher ? Michèle Sarde accepte sans sourciller les allégations les plus discutables de *Mes apprentissages*, ouvrage pourtant hautement suspect que la biographe (*sic*) appelle le livre *de la captivité*.

Écrit à soixante ans, après la mort de Willy, il mérite pourtant d'être regardé avec, à tout le moins, de la circonspection.

Parmi les admirateurs de Colette, la cause semble également entendue : Willy ne mérite pas qu'on veuille le connaître. Si ses perversions ne suffisaient pas, l'époque dont sa littérature constitue la triste illustration achève de le couler. Ces caleçonnades, ces fillettes qui, en minaudant, réclament la fessée du bon Papa, ces obsessions malsaines des bas noirs et des jarretelles, elles nous font sourire de pitié, au même titre que le succès navrant du Pétomane. De cette société faisandée dont les grimaces et les mots d'esprit s'affaissèrent dans les tranchées de Verdun, nous ne sauvons rien. Nous regardons avec dégoût le triomphe de ce que Jean Duché a appelé *la bourgeoisie absolue* et qu'Armand Lanoux décrit avec exactitude : «*La Bourgeoisie [...] a triomphé, non seulement de l'aristocratie mais aussi du peuple par trois révolutions confisquées ou écrasées, 1830, 1848, la Commune. Elle domine la finance et l'industrie; elle détient la presque totalité des sièges parlementaires et des ministères. Elle régit l'Université. Elle est maîtresse du quatrième pouvoir, la presse [...]*[1].» On pourrait ajouter qu'elle épure l'armée avec l'affaire Dreyfus et affaiblit l'influence de l'Église avec les lois de Jules Ferry et du petit père

---

1. Armand Lanoux, *Amours 1900*.

Combes, jetant à bas les derniers bastions de l'Ancien Régime. Derrière ses chansons grivoises et ses rires épais, l'époque est rien moins que pacifique, en effet ; une lutte féroce oppose les nostalgiques de l'ordre ancien à la Gueuse, guerre qui se prolongera jusqu'en 1940 et au-delà.

Comment nous montrerions-nous patients avec Willy, symbole et caricature de ce temps et de cette classe ? Nous le rejetons ainsi que Morand balayait les fausses élégances, les pâmoisons et les poses *artistes* : « *Pourquoi parler si haut et écrire si bas ? Pourquoi étaler des cravates de chez Charvet et avoir les pieds sales ? Pourquoi, à tout propos, avoir montré les dents et nous avoir légué la guerre ? Pourquoi avoir été si laid, si riche, si heureux ?* » On ne saurait mieux exprimer le dédain que cette époque inspire. Car si 1900 fut riche jusqu'à l'insolence, il faut regarder ses coulisses : en 1906, on dénombre 946 000 domestiques, 300 000 prostituées dont 60 000 clandestines ; quant aux conditions faites aux ouvriers : « *La durée légale du travail est de onze heures par jour. Six jours par semaine, sans congés payés, sans sécurité*[1]. » Les enfants sont mieux protégés : ils travaillent une heure de moins. Le résultat, le docteur Bertillon nous le donne froidement : « *Sur 1 000 enfants riches et 1 000 enfants pauvres nés à la même date, dix ans après il en est mort 62*

---

1. *Ibid.*

dans le premier groupe et 424 dans le second. » Pendant ce temps, le Tout-Paris s'enivre de fêtes. « *Lors d'une de ses réceptions, il* [Boni de Castellane] *déroule quinze kilomètres de tapis, afin que les belles rivales de sa femme ne mouillent pas leurs pieds dans la rosée ; deux cents musiciens, six cents valets en livrée rouge, et quatre-vingt mille lanternes vénitiennes ! On lâche des cygnes sur le lac. Trois mille invités...* [1] »

Après que plus d'un million de jeunes hommes eurent été, de la Marne au chemin des Dames, vidés de leur sang, broyés, amputés, s'étonnera-t-on que les rescapés n'aient éprouvé que haine et répugnance pour cette république bourgeoise ? De Bernanos à Céline, tous reprendront le réquisitoire de Morand, en plus furieux, en plus véhément.

Peut-être faut-il partir de là, de cette Belle Époque dont il fut l'un des personnages les plus représentatifs, pour tenter de cerner Willy. Son origine, sa classe, ses convictions, ses manières et son caractère, tout l'oppose aux Colette. Il est né à Paris, mais « *cette bourgeoisie est puissamment, ostensiblement provinciale, même quand elle est née à Paris* [2] », ce qui signifie qu'elle se glorifie de ses racines terriennes, tentant d'imiter l'aristocratie. Le fief des Gauthier-Villars, patronyme de Willy, se trouve en Franche-

---

1. *Ibid.*
2. *Ibid.*

Comté où les parents séjournent deux ou trois fois par an et où ils conservent leur maison de famille. Imprimeurs depuis plus d'un siècle, ils sont devenus éditeurs-libraires, quai des Grands-Augustins, à Paris, spécialisés dans la publication d'ouvrages scientifiques, de Camille Flammarion à Pasteur, la gloire de leur enseigne. Le père est polytechnicien, ce qui est bien plus que la reconnaissance d'une aptitude : avec le diplôme, on adopte un esprit de corps, l'orgueil mathématique et militaire. Il ne fréquente d'ailleurs que des polytechniciens et il édite les *Annales* de l'École. En famille, on pratique la religion avec la même rigueur algébrique : on est catholique jusqu'aux conséquences ultimes, mépris de la République, détestation de l'école laïque, haine des juifs et des métèques. Si les enfants — Henry Gauthier-Villars, notre Willy, a un frère, Albert, qui étudiera à Polytechnique avant de succéder à son père à la tête de la maison d'édition, ainsi qu'une sœur, Magdeleine —, si les enfants ne voient guère leur père, accaparé par ses affaires, ils recevront de leur mère, affectueuse mais sévère, l'éducation la plus rigide. Chez les Gauthier-Villars, on ne badine pas avec les principes. Bon élève, sinon brillant, Henry suit les cours du lycée Fontanes, plus tard Condorcet, ensuite du collège Stanislas, institution mieux en accord avec les convictions de ses parents. Il acquiert une solide formation en grec et en latin, en latin surtout, langue qu'il dominera au point de rédiger des chroniques et des critiques en cette langue, s'amusant à des coquetteries de style qui témoignent de sa parfaite maîtrise, non seulement du latin de Tacite et de Cicéron, mais des afféteries de la décadence. Il parle assez bien l'anglais et suffisamment l'allemand pour lire et traduire Goethe. Musicienne, sa mère lui a communiqué sa passion : il sait déchiffrer une partition, connaît les règles de l'harmonie et du contrepoint, touche le piano. À vingt ans, il possède tout le bagage de sa condition et la situation de sa famille lui ouvre les salons les plus huppés, où il est reçu, fêté, bientôt applaudi pour ses mots d'esprit et son sens de la repartie. Il se donne des airs affranchis, joue les cyniques et les blasés. C'est un bretteur prompt à s'enflammer, un jeune coq dressé sur ses ergots mais qui, devant les femmes, assourdit sa voix, la baisse jusqu'au murmure, jusqu'au chuchotement, avec une douceur enveloppante qui les trouble et les attache. « *J'ai connu un Willy, jeune homme du monde (et du meilleur), virtuose sur tous les claviers de la raillerie en sourdine* [...]. *Il parlait d'un ton doux, un peu bas, comme au confessionnal* [...] [1]. » Dans son âge mûr, il évoquera son vice, la passion des femmes, avec une préférence pour les plus jeunes, penchant qu'il fait remonter à ses dernières années de lycée. « *Anormal, je l'ai tou-*

---

1. Rachilde, *L'à peu près grand homme*.

jours été en ce sens que, très jeune, au collège, j'adorais les gamines [1]. » À sa correspondante, il raconte comment il rôdait, coiffé de son képi de collégien, autour des maisons closes où, piquées par ses airs adolescents, les tenancières le laissaient monter pour rien avec une pensionnaire de son choix, à la condition toutefois qu'il garde sa coiffure et sa vareuse, bizarrerie dont il ne perça que plus tard le secret : des birbes, dit-il avec humour, devaient se rincer l'œil en observant, par un trou, les ébats de l'adolescent. De telles anecdotes valent seulement par ce qu'elles révèlent ; par celle-ci, Willy suggère comment il devint, très jeune, non le séducteur qu'on a voulu faire de lui, mais le complice et le confident d'un certain type de femmes. De condition souvent modeste, en tout cas d'un milieu inférieur au sien, avec des airs et des attitudes d'innocence, mais néanmoins affranchies, capables d'initiative, car sa libido est paresseuse. Ce goût qu'il qualifie d'anormal, il le partage avec bon nombre de ses contemporains, ce qui explique en partie le succès de ses livres, même des *Claudine*.

La gamine vicieuse ou perverse, les deux adjectifs se rencontrent, appartient au répertoire des obsessions érotiques 1900. Pour jouer au bon Papa, sévère à l'occasion, Willy recrutera ses *adorables petites filles* parmi les théâtreuses, les

---

1. Collection M. R.-B.

danseuses, les chanteuses : « *Dans ses foyers, dans son existence officielle, 1900 est discret, vertueux, "comme il faut". Dans ses plaisirs, il est cynique, grossier, mufle. Le demi-monde empêche la marmite d'éclater*[1] », note Armand Lanoux. Aux marges de son monde, Willy trouve un refuge dans cette société louche. Dans sa lettre, il pointe aussi du doigt la composante voyeuriste de sa sexualité, essentielle si l'on veut comprendre sa tumultueuse union avec Colette. Ignorait-il vraiment la raison pour laquelle ces dames lui demandaient de garder son uniforme et son képi de lycéen ? On peut parier qu'il ne lui déplaisait pas d'exhiber sa jeunesse. Plus profondément, cet aveu, chez quelqu'un dont la pudeur frôle l'hypocondrie, exprime la mélancolie d'avoir si tôt dévié de sa route, de s'être enlisé dans un érotisme suspect. On trouvera mille explications, plus astucieuses les unes que les autres. Le fait est que le jeune Willy s'abandonne très tôt à une érotomanie morose, accompagnée d'une mélancolie durable. « *Je m'ennuie à périr, d'un ennui tenace et dense qui me pèse et me ronge, et je ferais tout, entends-moi bien, tout, pour me distraire, sans y parvenir d'ailleurs*[2]. » Tout, peut-être pas : il en fera cependant beaucoup, s'agitant et se démenant pour tenter de soulever ce couvercle. Au fil

---

1. Armand Lanoux, *Amours 1900*.
2. Lettre à Charlotte Kinceler, citée par Claude Francis et Fernande Gontier.

des ans, on assistera à l'alternance de périodes d'activité frénétique et d'abattements violents. Ce fond de tristesse, ses collaborateurs et ses amis le signalent : « *M. Henry Gauthier-Villars n'est pas gai, cascadeur, plaisantin comme on le représente [...]. Il est réellement grave, parfois mélancolique [...]* [1]. » Lui-même confie en 1906 : « *Pourquoi je souris ? Parce que pleurer me semble honteux, pour un homme, et rire, rire toujours, bien gaudissart* [2]. » Ce désabusement, il le tourne en cynisme : « *Les grands sentiments, les actes héroïques le font sourire, car il ne croit pas en eux, non pas qu'il mette en doute la sincérité de ceux qui montrent ces sentiments ou qui accomplissent ces actes, mais parce qu'il prévoit trop que le temps se chargera bien de modifier les uns et les autres.* » Willy érige sa neurasthénie en système, l'étend à l'humanité. Bien entendu, cet ennui distingué ne peut que toucher les femmes, qui se proposent de le consoler. Il se laisse faire, séduit et amusé. « *[...] le plus naïf et le plus doux des hommes...* », note Rachilde dans l'article cité, qui ajoute : « *[...] le cœur de cristal dont j'ai parlé plus haut, où s'est jouée, dans les reflets du prisme de sa vie de fêtard très racé, la tragédie des larmes rentrées, de l'amour sincère inavoué, même à lui-même, et du naïf étonnement devant quelque chose, sinon de*

---

1. Jean de La Hire, *Ménages d'artistes : Willy et Colette*, Adolphe d'Espie, 1905.
2. Collection M. R.-B.

quelqu'un de beaucoup plus fort que lui, et de tellement plus cruel […]. »

Ce cynique est un velléitaire frappé d'une étrange inertie. Un à quoi bon désabusé l'empêche de persévérer dans ses entreprises. Devant Colette, il adopte une stratégie d'enfant veule : petits mensonges, ruses, trahisons candides, chaque fois étonné par les tempêtes que sa conduite déclenche. Il feinte, dissimule, esquive. Il l'aime sincèrement, et plus sans doute qu'il ne le pense — les preuves abondent —, mais il est incapable de résister à une sollicitation. Plus imaginative que conquérante, sa sensualité l'entraîne et le domine. Willy est une coquille vide, sans caractère ni volonté. Alors que Colette lui demande tout, il n'a rien à lui offrir que sa douceur épuisée. (Elle l'appelle dans l'intimité Kiki la Doucette, surnom qui cadre mal avec l'image du mâle frappant sa jeune épouse pour renforcer son prestige.) Et que pourrait-il bien donner, quand il ne rencontre en lui que le néant ? Sa défense contre ce qu'il nomme son spleen (il cède très tôt à la mode anglophile, jusqu'à changer son prénom français, Henri, en Henry puis à adopter le pseudonyme de Willy), ce sera une boulimie de tapage et de publicité qui le fera surnommer M. Réclamier. Il ne se lasse pas de lire son nom dans les journaux, d'y voir ses portraits et ses caricatures, d'afficher partout sa silhouette, d'attirer par tous les moyens, même les plus douteux, l'attention. « *Notre Willy national, un type dans le genre de Vichnou aux innombrables incarnations* », lit-on dans *Fantasio*. On le rencontre partout, dans toutes les sociétés, dans toutes les fêtes, aux premières et aux générales, à tous les concerts, à l'Opéra comme à Médrano, toujours coiffé de son bord plat qui le rend reconnaissable entre tous.

François Caradec[1] note avec finesse qu'il devait avoir, pour courir après la plus suspecte notoriété, un sérieux problème d'identité. « *Mais pourquoi diable m'appeler toujours Gauthier-Villars au lieu de Willy ? Gauthier-Villars, c'est mon pseudonyme dans le monde où l'on s'embête*[2]. » C'est lui qui fera un prénom du patronyme Colette et il transformera de même les prénoms de toutes ses maîtresses, leur inventera des pseudonymes, anglais le plus souvent. Rien de bien original dans cette manie des travestissements. « *L'Exposition*, observe Morand, *c'est l'âge des incognito.* [...] *Tout le monde est neurasthénique, tout le monde s'appelle Lilian, Liliane, Liane, Éliane* [...]. »

La célébrité de Willy, qui fut prodigieuse, date des *Lettres de l'Ouvreuse*, chroniques musi-

---

1. François Caradec, *Feu Willy, avec et sans Colette*. Son livre, qui n'a pas eu l'écho qu'il mérite, reste jusqu'à ce jour l'un des plus honnêtes, des plus justes, non seulement sur Willy, mais sur le couple. Caradec ne croit ni dans la biographie ni dans l'autobiographie ; cette lucidité le rend modeste.
2. Collection M. R.-B.

cales dont le ton, d'une réjouissante alacrité, tranchait avec la componction de rigueur dans la profession. Se rappelant l'enthousiasme que leur lecture suscita chez elle quand elle les découvrit à Châtillon-Coligny, Colette écrit dans *La Revue illustrée* : «*Ah! les belles Lettres d'alors, si pleines de foi, de parti pris, de prodigue ardeur et de jeux de mots tout frais que n'avaient point encore pillé les revues de fin d'année, les Lettres si sincères, si hargneuses et si gaies...*» On ne saurait mieux dire ce qui faisait leur nouveauté : l'impertinence, le mélange cocasse de termes techniques, de considérations savantes et de calembours, d'allitérations, de jeux de mots, de plaisanteries, d'injures même, le tout dans un rythme endiablé qui secouait le monde clos, compassé, des compositeurs et des chefs d'orchestre, guère habitués à pareille désinvolture. Pour la technique, Willy s'entourait certes de conseillers, Pierre de Bréville, Vuillermoz, Alfred Ernst, Debussy, mais la manière lui appartenait. Cette frénésie joyeuse n'est d'ailleurs aucunement gratuite : mélomane averti, Willy met sa fougue au service des meilleurs compositeurs : «*Willy a un goût sûr, il n'a cessé de célébrer le dieu Wagner, de défendre Vincent d'Indy, Dukas, Chabrier, Chausson, Stravinsky et Poulenc*[1].» Colette, déjà lucide, relève les limites de ce style : «*Assurément, je rends grâce à* L'Écho de

---

1. Claude Pichois et Alain Brunet, *Colette*.

Paris *dont le fort tirage les rendit populaires, mais… je le fais responsable d'avoir, par une vogue tardive, exigé que s'abaissât jusqu'au procédé ce qui fut jaillissement spontané, originalité sans effort…* »

L'amour ne rend pas nécessairement aveugle. La jeune épouse ne s'illusionne pas sur la faiblesse de son mari dont le souffle s'épuise à courir après le succès. La restriction cache d'ailleurs plus qu'une simple critique : elle marque l'écart qui la sépare de Willy. D'une ténacité redoutable, elle aperçoit nettement les insuffisances de l'écrivain, incapable d'un effort soutenu. « *Monsieur Willy,* confiera-t-elle en 1935 à Jacques Gauthier-Villars, *a renoncé à écrire lui-même par une suite de défaillances pathologiques. La paresse est très souvent d'ordre pathologique*[1]. » Derrière la sécheresse du constat, on sent l'incompréhension de la bosseuse que le relâchement scandalise. Oisif, le mot revient souvent sous sa plume, toujours avec une nuance de mépris.

Les malentendus puisent dans la rivalité sourde entre deux auteurs, dont l'une, encore inconnue, jauge l'autre. À ceux qui vivent des mots, rien ne blesse davantage que l'abandon devant la page. Or Willy, en pleine gloire — le mot n'est pas trop fort —, ne croit pas en la littérature. Il le répète à tous ses collaborateurs : pour lui, la littérature est une plaisanterie ; il

---

1. Collection M. R.-B.

n'y voit qu'un moyen de gagner de l'argent. Il méprise pareillement le public qui, lâche-t-il, ne discerne aucune de ces beautés que les écrivains glissent avec gourmandise dans leurs ouvrages. De la fesse, du cul, des clins d'œil salaces, des allusions grivoises, voilà ce qui amuse le lecteur, ce qu'il réclame. Il faut donc le satisfaire. On imagine ce que Colette, imbibée de la foi paternelle en la littérature, qui ronge son frein, tournant et retournant les phrases dont elle se sent grosse, on imagine ce que cet auteur frustré ressent en écoutant de tels propos... Là, au cœur des mots, se cache la haine sans merci qui les dressera l'un contre l'autre. Colette ne se pardonnera pas, ne pardonnera pas à Willy d'avoir rabaissé et avili son talent. Pour exister, pour s'affirmer, Colette devait assassiner Willy. Dans cette bataille, les chamailleries d'alcôve ne sont que des prétextes. L'enjeu se situe dans les mots, dans l'idée que chacun s'en fait. Pour Willy, les livres sont des produits; on les fabrique à la chaîne, selon des recettes éprouvées; pour Colette, les livres baignent dans un songe d'enfance, éclatant et lumineux.

Pour bien saisir la distance entre eux, il faut rebrousser chemin et retrouver Willy après ses années de lycée et son service militaire, alors qu'il s'inscrit à la faculté de droit — cet hôpital pour les enfants éclopés de la bourgeoisie. Bien entendu, il obtiendra son diplôme. En attendant, il travaille dans la maison paternelle où il dispose d'un bureau à l'entresol. Poètes et romanciers y défilent, s'y attardent volontiers. Derrière sa façade de noceur désabusé, Willy cache en effet une vaste et réelle culture. Il aime la littérature qui le lui rend mal, ce qui explique sans doute leur divorce. Il voit bien l'impasse où elle se trouve, entre symbolisme décadent, froid classicisme d'un Parnasse académique et naturalisme lugubre. On mésestime son apport qui fut de dégager la langue de la transcription mécanique, de considérer le mot, non comme signification dune chose, mais comme élément d'un organisme — la phrase, le paragraphe —, qui, selon la place qu'il y occupe, change de couleur et de tonalité, conception essentiellement musicale, guère éloignée de celle d'un Mallarmé dont il deviendra l'ami et le fervent admirateur après l'avoir longtemps brocardé. Eût-elle été soutenue par des émotions fortes ou un point de vue original, cette exigence tonale aurait pu donner des œuvres puissantes. Hélas, Willy ne possède d'idées fixes sur rien. Dès lors, sa fantaisie langagière se déchaîne et tourne à vide, sauf quand elle rencontre un sujet à sa mesure, la musique justement.

Si l'auteur ne vaut pas tripette, l'éditeur se révèle doté d'un flair subtil. Il sait reconnaître et attirer les bons écrivains — Curnonsky, Veber, Jean de Tinan, Toulet; il les stimule, les soutient, les conseille avec lucidité. «*Il fut, par excellence, l'éditeur responsable mais non coupable*[1]», dit joliment Rachilde (la formule a connu depuis un succès inattendu). Elle sait de quoi elle parle : femme de Valette, le directeur du Mercure de France, Rachilde a vu défiler dans son salon les meilleurs écrivains de son temps. Elle distingue en Willy le sourcier et le critique, dupe de rien et de personne. S'il y a une chose qu'il déteste, c'est la déclamation, l'enflure. Il était servi : «*Alice, alanguie de cette lassitude qui la fait toujours comme brisée, s'était jetée au travers d'un divan, à même un écroulement de coussins où sa longue robe de dentelles blanches s'évasait et flottait avec des pâleurs de linceul*[2].» Encore cet échantillon est-il de l'un des meilleurs auteurs, Jean Lorrain : on imagine ce que pouvait être le moins bon.

Avait-il tort, Willy, de rire et gouailler? Ses affinités le portaient vers les Hydropathes, Hirsutes et autres Humoristes, vers le Chat noir qu'il aimait à fréquenter. Tout en respectant les codes et les conventions, ce grand bourgeois avait son milieu et son époque en horreur. Son je-m'en-fichisme n'allait toutefois pas jusqu'à la rupture, laquelle supposerait une foi qui lui

---

1. Rachilde, *L'à peu près grand homme*.
2. Jean Lorrain, *Histoires de masques*, C. Pirot, 1987.

manquait. Un anarchiste radical, mais de droite toute, type moins rare qu'on ne le pense. Ses privilèges, il les défend bec et ongles, sans croire à leur légitimité. L'ordre bourgeois lui semble méprisable ; il s'en accommode parce que cet ordre l'arrange, sans chercher à le justifier. Dans leur biographie, Claude Pichois et Alain Brunet notent qu'on ne trouve pas, dans toute son œuvre, une seule notation qui trahisse la compassion, la pitié. Serait-ce dire qu'il ne voit pas la misère sociale ? Il ne voit que cela, la misère, partout et dans tous les milieux. Se faisant une piètre idée de l'homme, il se console en pensant que le socialisme serait tout aussi injuste, mais plus grossier et plus bestial. C'est évidemment une défense, mais Willy ne fait que cela, se défendre, contre lui-même d'abord. Il n'y aurait pas à gratter bien loin pour retrouver, derrière ses affectations de cynisme, la face ricanante de la première partie du XVIIIe siècle, avant l'embrasement des Lumières. Ce réactionnaire désabusé ne croit qu'au plaisir.

Il s'est épris d'une femme mariée, Marie-Louise Servat, épouse Courtet, et s'installe très bourgeoisement avec celle qu'il a baptisée Germaine (?), boulevard Arago, cachant sa liaison à sa famille qui n'aurait jamais accepté de rencontrer une *créature*. Il n'avouera pas tout de suite la naissance d'un fils, Jacques. Willy projette d'épouser sa maîtresse dès que le divorce aura été prononcé, ce qui n'aurait, pour sa mère, rien changé : elle n'aurait pas davantage adressé la parole à une divorcée. Rien ne montre mieux le conformisme de Willy que sa soumission : non seulement il accepte, mais il comprend sa mère. Il la respecte assez pour s'incliner devant ses convictions, sans protester ni élever la voix. Il se sent, non pas coupable, mais indigne, conscient d'avoir déçu ses parents en choisissant un mode de vie et des fréquentations qui ne peuvent que les froisser. Il se coule dans son personnage de marginal déclassé. À lire sa correspondance, on a tout de même l'impression que sa vie, auprès de Germaine, aurait pu s'assagir. Tout indique qu'il l'a passionnément aimée. En outre, il atteignait la trentaine, l'âge où les bourgeois se rangeaient. Las, peu de temps après avoir accouché de leur fils, sa jeune maîtresse tombe gravement malade : affolé, désemparé, Willy se tourne vers les Colette, notamment vers Achille. Germaine souffre, il ne supporte pas de l'entendre gémir, il demande donc à son ami médecin de lui fournir de la morphine. Des années plus tard, ce détail ressortira : avec le sens de la mesure qu'on lui connaît, Sido conseille à sa fille d'accuser son mari d'avoir volé de la drogue dans l'armoire d'Achille et d'avoir empoisonné la malheureuse. Colette le fera, bien entendu, sans insister, une insinuation glissée entre deux phrases. La sauvagerie caractérise assez bien cette étrange famille.

Les biographes discutent encore pour savoir à

quelle date précise et dans quelles circonstances les Colette connurent Willy. On sait que ce dernier abonna le Capitaine à la revue éditée par son père, que Jules Colette se rendit plusieurs fois dans la librairie des Grands-Augustins. Le père de Willy se trouvait à Marignan lorsque le Capitaine fut blessé et amputé ; chargé du rétablissement des lignes télégraphiques, le premier n'eut sûrement pas l'occasion de rencontrer le capitaine des zouaves. La coïncidence suffisait toutefois à créer une complicité, même vague : les deux hommes appartenaient à des milieux trop différents. Suffisante cependant pour se parler, pour échanger des impressions et des souvenirs. On sait aussi qu'en 1889, à l'occasion de l'Exposition universelle, la jeune Colette, âgée de seize ans, accompagna son père à Paris et qu'ils allèrent ensemble dans la librairie des Gauthier-Villars. Comment Willy n'aurait-il pas remarqué cette gamine aux longues tresses et à l'œil intelligent ? Lors d'un second séjour, alors que Colette est hébergée par une amie de la famille, Willy l'emmène au spectacle, l'invite au restaurant. Dans le fiacre qui les ramène vers le Champs-de-Mars, la jeune Colette se serait jetée sur Willy et lui aurait déclaré que, si elle ne couchait pas avec lui, elle se tuerait, ce qui est assez dans le ton de la famille Colette. Galant homme, il la console, l'embrasse. S'il se sent flatté, il n'est pas outre mesure ému, étant encore épris, furieusement, de Germaine. Jamais

Willy ne ressentira pour Colette l'ébranlement que Germaine lui a causé. Il l'aimera, l'estimera, l'admirera, sans toutefois être remué dans ses viscères. Peut-être était-elle trop intelligente, trop forte pour cet homme faible et mélancolique ?

« [...] *je m'étonnais sans arrière-pensée qu'un homme encore jeune se donnât tant de mal pour paraître vieux ; pipe désabusée, chapeau revenu de bien des choses, cravate morte à toute espérance* [...][1] » — on admire la finesse du croquis ; on relève que, sans arrière-pensée, elle le trouvait plus jeune que son apparence ; on devine une curiosité plus attendrie que vicieuse, contrairement à ce qu'elle affirmera plus tard. Quoi qu'il en soit, les liens entre les familles Gauthier-Villars et Colette sont assez intimes pour que, à la mort de sa maîtresse, Willy songe à leur confier son fils, âgé de moins d'un an. En tant que médecin-chef du canton, Achille a en effet pour mission d'inspecter les nourrices : il se charge donc de placer le petit Jacques que Sido et sa fille surveilleront. Père attentif, Willy vient souvent à Châtillon-Coligny. Il est alors déboussolé, meurtri. « *Je la pleure sans vergogne... et je maudis l'obligation de la copie "rigolo" qu'il faut écrire le cœur en larmes*[2]. » Comment la jeune

---

[1]. *La Revue illustrée*, art. cit.
[2]. Lettre à son frère, citée par Claude Pichois et Alain Brunet.

Colette ne voudrait-elle pas consoler cet homme qu'elle admire et vers qui elle se sent attirée ? Surtout, elle aperçoit l'occasion d'échapper à Châtillon-Coligny où elle étouffe.

Willy est alors un auteur célèbre, grassement payé. Il connaît tout le monde, c'est-à-dire les deux mille personnes dont parlent les journaux ; la France entière le connaît, lui, avec son bord plat, sa canne, sa moustache, ses foucades et ses bons mots. Sido, dont l'ambition secrète fut toujours, on se souvient de sa jeunesse, de mener une existence brillante, parmi des gens intelligents et cultivés, pousse à la roue. Elle l'écrit à Juliette : « *C'est un enfant* [Jacques, bien sûr] *qui doit faire entrer par la grande porte Gabri dans la famille Gauthier-Villars parce que le grand-père est fou de ce petit et il faudra qu'il consente au mariage de son fils avec une fille sans dot à cause de ce petit, sans cela je crois qu'il faudrait les sommations respectueuses...*[1] » Est-ce vraiment Willy le plus cynique ?

Ce texte nous renseigne sur plusieurs points : les parents de Willy connaissent maintenant l'existence de leur petit-fils — ils le prendront bientôt chez eux ; Willy a d'ailleurs pu reconnaître légalement son fils, qui porte son nom. Dans l'esprit de Sido, cet enfant a besoin d'une mère de remplacement : qui mieux que sa fille saurait remplir ce rôle ? Par ailleurs, les Gau-

---

1. Lettre à Juliette, citée par Claude Pichois et Alain Brunet.

thier-Villars, sans s'y opposer, voient d'un mauvais œil le mariage de leur fils avec une jeune fille sans dot. Il semble d'ailleurs qu'ils aient un autre parti en vue. « *Gabri part pour quelques jours avec son père à Paris pour être présentée à la famille Gauthier-Villars... Ils voudraient si bien marier leur fils à une bonne et riche héritière ! Ils en ont sous la main qui n'attendent que l'occasion*[1]. » La librairie du quai des Grands-Augustins est une affaire prospère, une enseigne prestigieuse : pas question qu'une jeune provinciale ambitieuse y mette son nez ! Pour rompre cette résistance, Sido n'hésite pas à envisager les sommations... Y avait-il donc matière à en appeler à la conscience des Gauthier-Villars pour exiger réparation ? Tout n'est pas que sentiment dans cette affaire et ce mélange de calcul et d'effusion, on le rencontrera tout au long de la vie de Colette — de sa littérature également.

Et Willy dans tout ça ? Le connaissant, on se doute qu'il ne se défend guère, « *tout à fait abruti surtout par la grâce voltigeante de ma jolie petite Colette*[2] », écrit-il à Marcel Schwob. Abruti est bien le mot : tout se passe dans une sorte de brouillard. « *L'amour, le grandiose et le cuisant et le perforant, c'est, je crois bien, une blague de romancier. Et, quand c'est des fragments de cette chose idéale, on les enfouit à Bagneux* [cimetière

---

1. François Caradec, *Feu Willy, avec et sans Colette.*
2. Lettre citée par François Caradec.

où Germaine est enterrée], *on ne les remplace pas, mon cher vieux.* » L'ombre de la morte voile encore son regard ; il se laisse entraîner par le mouvement enjoué de la jeune Gabri, mais sans illusions. Le voudrait-il pourtant qu'il ne saurait envisager de se dérober : « *J'épouse la fille du Capitaine (de Châtillon), heureux de témoigner ma reconnaissance à une famille qui a été, pour Jacques, d'une bonté absolument touchante. Elle n'a pas de dot, d'ailleurs, ce qui ne réjouit pas nos parents. À leur point de vue, ils ont raison de tiquer. En conscience* [on n'insistera jamais assez sur le poids, chez Willy, des conventions], *je ne pouvais agir autrement* [...][1]. » On le retrouve tel qu'en lui-même : respectueux des usages, parfait homme du monde selon les codes en vigueur. Ce serait trop dire qu'il montre de l'enthousiasme pourtant : « *Enfin, tu me dis que je me marie sans grande joie. — Tu as raison, c'est vrai, je n'y peux rien, tout le monde croit que je me suis secoué les oreilles comme un chien mouillé après le coup que j'ai reçu et que tous jugent oublié ; c'est peut-être un peu faux*[2]. »

Se faire le biographe de quelqu'un, est-ce nécessairement adopter ses chicanes et ses aigreurs ? Michèle Sarde ne se pose pas de telles

1. Lettre à son frère, citée par François Caradec.
2. *Ibid.*

questions. « *Willy était superficiel dans ses sentiments*[1] », assène-t-elle avec la belle assurance des idéologues. Ce qui l'autorise à trancher de la sorte, on l'ignore. Mona Ozouf, historienne fine, lui emboîte le pas ; des documents cités, elle tire la conclusion que Willy, qui, selon son propre aveu, se mariait sans amour véritable, était un fiancé cynique. Elle n'ignore pourtant pas l'énorme charge sociale, en cette fin du XIXe siècle, du mot dot, qui se trouve au centre de toute l'intrigue ; pas davantage n'ignore-t-elle que la majorité des mariages étaient alors de convenance, réglés par l'usage, et que l'amour, tel que nous l'entendons aujourd'hui, n'entrait guère en ligne de compte. Ignorer ces deux termes, la dot et l'usage, n'est-ce pas renoncer à entendre quoi que ce soit ?

Dans la circonstance, Willy se montre plus naïf que rusé. Si quelque chose étonne dans sa conduite, c'est, j'insiste, son conformisme. À moins, et c'est ce que suggère Rachilde, que ce cœur d'artichaut ne se trompe lui-même. Nous verrons qu'il a aimé sa jolie petite Colette plus qu'il ne veut bien l'avouer. Les témoignages de cet attachement ne manquent pas. Ce qui reste sans doute vrai, c'est que son amour pour Colette fut plus fait de complicité et de respect que d'entente charnelle, son *anormalité* (*sic*) le portant vers des femmes plus légères, moins

---

[1]. Michèle Sarde, *Colette libre et entravée*.

saines que la fille du Capitaine. Ce divorce entre les fantaisies d'une sexualité imaginative et l'affection du cœur ne devrait pourtant pas surprendre des auteurs par ailleurs si férus de psychanalyse.

Tout, quoi qu'il fasse ou dise, se retourne contre lui. « *Willy est avare* », décrète Michèle Sarde, qui a l'air de savoir de quoi elle parle. Considérons les faits : puisque ses parents s'opposent au mariage à cause de l'absence de dot, il renonce à sa part dans l'affaire. « *Je ne fais pas, oh non ! un mariage d'argent* [...] [1]. » La voix de Sido, guère favorable alors à son gendre, lui fait écho : « *Il est fâcheux que Willy ait accordé si peu d'importance à la valeur de l'argent* [...] [2]. » Avare ou insouciant ? Claude Pichois épuise la question — mais il a pris la peine de l'étudier : « *Willy* [...] *en épousant Gabrielle pauvre renonçait du même coup à sa fortune familiale* [3]. » Pour un avare, ce désintéressement paraît curieux.

Des années plus tard, Colette prétendra que Sido, hostile à ce mariage, avait percé Willy à jour, allégation que la mère reprendra à son compte. Là encore, les lettres et les documents infirment la version. Peu après les fiançailles, Willy disparaît un temps ; Sido se confie à Juliette : « [...] *il est bien malade, l'amoureux de*

---

1. Lettre à son frère, citée par François Caradec.
2. Sido, *Lettres à sa fille*.
3. Claude Pichois et Alain Brunet, *Colette*.

Gabri, et je crains bien que ça ne finisse pas bien tout ça ; aussi suis-je très tourmentée[1]. » Il faut beaucoup d'aveuglement ou de mauvaise foi pour affirmer qu'elle voyait ce mariage d'un mauvais œil.

Claude Pichois met les choses au point : « *Le mariage fut comme l'alliance [...] de deux bonheurs perdus : du désarroi de la jeune fille déracinée et de la mélancolie d'un homme vieillissant qui aimait une morte*[2]. » S'il est excessif d'affirmer qu'il renâcla à épouser Gabri, on peut néanmoins dire qu'il n'alla pas à l'autel dans l'enthousiasme. « *[...] il semble bien*, opine Pichois, *que ce fût elle* [Colette] *qui voulût ce mariage, non lui* [...][3]. » Il semble, oui.

La palme revient sans conteste à Françoise d'Eaubonne : « *Si la jeune Colette se maria si brusquement avec un homme bien plus âgé qu'elle, déjà connu mais peu appétissant, plus ou moins flétri de réputation et adonné à diverses débauches, et venu soudain de Paris pour débusquer et épouser une petite provinciale obscure* [...][4]. » Autant d'allégations, autant d'erreurs ou de contrevérités ; le mariage fut tout, sauf *brusque* ; les fiançailles durèrent un an, le délai prescrit par l'usage ; on a vu par ailleurs que Sido s'impatientait de l'attente. *Bien plus âgé ?* Gabri avait vingt ans, Willy trente-

---

1. Sido, *Lettres à sa fille*.
2. Préface à l'édition de la Pléiade, t. I.
3. *Ibid.*
4. *Album-Masques* consacré à Colette, Persona, 1984.

quatre, écart en effet considérable. Quand on consulte les statistiques, on s'aperçoit toutefois que la moyenne d'âge des mariages dans la bourgeoisie se situe autour de trente ans pour les hommes, de vingt pour les filles. *Peu appétissant ?* Il est tout de même étrange qu'un biographe mette en avant ses goûts. Tout ce qu'on peut dire, c'est que Colette ne partageait pas cet avis. *Plus ou moins flétri de réputation, adonné à diverses débauches ?* On est surpris d'une telle pruderie chez des gens qui se proclament de gauche. Par ailleurs, Willy n'est jamais venu de Paris pour *débusquer une petite provinciale obscure* : il venait rendre visite à son fils, peut-être aussi se reposer auprès d'une jeune fille charmante qu'il connaissait, sinon depuis toujours, ainsi que Colette l'écrira, du moins depuis cinq ou six ans, une jeune fille qui se penchait vers lui avec plus que de la compassion...

La cérémonie du mariage baigna dans cette indécise mélancolie : les parents de Willy n'y assistèrent pas, façon de marquer leur distance, et tout se passa dans une simplicité qui laissa à Sido une impression pénible. Une bénédiction à l'église, un repas vite expédié avec les deux témoins de Willy, Veber et Haudouard, ceux de la fiancée, Achille et un Landoy, venu exprès de Belgique — le départ, enfin, pour Paris. À Sido qui écrivait : « *J'aime assez que les forfaits, tels qu'un mariage, soient entourés de fleurs, de musique et de belles madames en toilettes. Ça aide à dorer la pilule*[1] », ces noces champêtres durent paraître mornes.

Gabri avait épousé l'homme qu'elle aimait; victoire à la Pyrrhus cependant : ce n'est pas d'un pareil mariage que sa mère avait rêvé. Sido lorgnait la fortune des Gauthier-Villars, leur influence et leur prestige. L'éditeur lui donnait son fils, un littérateur certes célèbre et fêté, mais enfin...

Lorsque le couple se déchirera, toute la rancœur accumulée resurgira.

---

1. Sido, *Lettres à sa fille*.

VI

En jetant son dévolu sur Willy, en réussissant à l'épouser, Gabri faisait plus qu'échapper à cette bourgade où, depuis le départ de Saint-Sauveur, elle étouffait et languissait : avec lui, elle rejoignait son destin, c'est-à-dire les mots. Il allait devenir son Pygmalion, celui qui la révélerait à elle-même. Tout éditeur connaît l'ingratitude des auteurs : tant que les écrivains doutent d'eux-mêmes, ils se montrent souples ; rencontrent-ils le succès, ils s'empressent d'oublier celui qui fut leur premier appui. Rien là que de naturel : à l'adolescence, les enfants font pareillement preuve d'une salutaire cruauté. Toute vie s'édifie sur des reniements.

Parce que l'influence de Willy fut décisive, parce qu'il marqua Colette d'une empreinte profonde, elle poussera l'ingratitude jusqu'à la férocité. Dans cette exécution implacable, elle modifiera les circonstances de leur mariage, se peignant en provinciale naïve, victime de sa curiosité sensuelle, dévoyée et pervertie par celui que Léautaud, dans son *Journal*, traite avec justesse de *juponnard*.

Pour des motifs plus dignes, elle reniera ces *Claudine* qui la rendirent célèbre, mais d'une célébrité équivoque, encombrante. Elle méprise ces livres qu'elle attribue à l'influence dissolvante de son premier mari ; pourtant, elle les revendique avec âpreté, niant, contre l'évidence, que Willy y ait le moins du monde collaboré, réussissant même à faire disparaître son nom de leur couverture — il faudra, en 1946, l'intervention de Jacques Gauthier-Villars pour que le nom de Willy soit enfin rétabli, encore le sera-t-il de manière fantaisiste, sur la page de titre mais pas sur la couverture. Malheur aux vaincus ! le tort de Willy, c'est de n'avoir pas le talent de celle qu'il surnommera sa veuve.

Une fois encore, on saisit Colette en contradiction avec elle-même, et cependant fidèle au double mouvement qui l'anime : littérairement, elle écarte ces livres, qui font, pense-t-elle, honte à son talent ; financièrement, elle veut toucher seule des droits dont elle estime, non sans raison, avoir été dépouillée. Le calcul va plus loin : quand, à plus de quarante-sept ans, elle entreprend d'évoquer, pour la première fois, la figure de Sido, quel titre donne-t-elle à son livre ? *La Maison de Claudine*. Mais si Willy est vraiment l'inspirateur de cette littérature faisandée, ce choix constitue un hommage ambigu. Au fond, elle ne se dégagera jamais tout à fait de l'influence de Willy, ce que son second mari, Henry de Jouvenel, lui reprochait avec impatience. N'écrira-t-elle pas autre chose, lui demande-t-il que des histoires de collage et d'adultère ? À quoi, avec une ironie plus fine encore, elle répond par une autre question : parce qu'il existe autre chose ?

Sa gêne devant les *Claudine* avait en réalité des causes plus sérieuses que leur immoralité. Elle les traite de *mauvaise action*, parle *de remords et de regret*, va jusqu'à écrire qu'elle ne se pardonne pas d'avoir *sali* ses souvenirs, termes dont la sévérité surprend. Quelle faute a-t-elle donc commise avec ces romans qui nous semblent aujourd'hui bien innocents ? Ce n'est certes pas d'avoir suivi les conseils de Willy, ni de s'être soumise à son influence : dans la hardiesse du propos, elle fera mieux avec *Chéri* ou avec *Le Pur et l'Impur*, livres qu'elle défendra contre les hypocrites et les puritains. Ni les amitiés saphiques des institutrices, ni les batifolages de ses condisciples, dessinées au vitriol, rien de ce qui fit le succès du livre n'explique son malaise. Sa contrition provient du sentiment lancinant d'une déloyauté. Temple, pour Sido, du progrès par l'émancipation des esprits, l'école républicaine est moquée, égratignée, dans ce premier livre. Willy est un défenseur de l'école dite libre, il prend également parti pour l'armée contre Dreyfus, il se montrera toujours d'un antisémitisme viscéral : ainsi qu'elle le fera tout au long de sa vie pour chacun de ses maris, Colette épouse ses passions. Comment toutefois n'en ressentirait-elle pas une vague démangeaison ?

Les journaux catholiques ne s'y trompent d'ailleurs pas ; ils font leurs choux gras de la peinture de cet antre de toutes les turpitudes : voilà, crient-ils, ce que l'école du Diable fait de nos enfants ! (Le livre a paru au plus fort de la querelle entre défenseurs et adversaires de l'école laïque.) Colette se tait, mais quelque chose en elle s'agite, emplit sa bouche d'un arrière-goût d'amertume. Rappelons que Sido l'inscrivit par choix à l'école laïque : il y avait une école catholique à Saint-Sauveur. Ce fut de sa part une décision hautement symbolique. N'oublions pas non plus que la petite Gabri demanda et obtint de suivre les cours du catéchisme, qu'elle aimait les processions, les cérémonies religieuses, les cantiques et le parfum de l'encens, mais aussi les contes et les légendes de sa nourrice. Elle courait vers tout ce qui l'opposait à une mère adorée et redoutée, vers tout ce qui la dégageait de son emprise : dans son mouvement profond, son premier roman continue cette fuite. Faut-il s'étonner que Claudine n'ait pas de mère, rien qu'un père absent et rêveur ?

Tout écrivain se peint en creux dans son premier livre ; Colette n'échappe pas à la règle. Elle n'est pas Claudine, certes ; Claudine ne lui est pourtant pas étrangère. Quand Rachilde, qui écrivit l'un des premiers articles importants sur le livre, dit de l'insolente écolière qu'elle se tient debout, intrépide et terrible, elle montre la force qui durcit le texte. Choqués par l'aigreur de la charge et la rosserie des portraits, les habitants de Saint-Sauveur ne s'y trompèrent pas davantage : Colette se vengeait, en les caricaturant, des ragots et des sourires fielleux. Les cicatrices n'étaient pas fermées du souvenir des notes impayées chez le boucher et le boulanger, des regards narquois quand Sido fuyait par les ruelles, cachant sa honte, son panier sous le bras. On trouve bien, dans ce premier roman, les éléments de ce qui fera la gloire de Colette, une célébration élégiaque de la nature, l'amour des bois, des plantes et des bêtes, la revendication joyeuse de la liberté, l'exaltation des instincts. La satire pourtant, plus virulente d'être enveloppée d'ironie, l'emporte. Elle s'exerce aux dépens de ces institutrices dont Gabri avait pu admirer la dignité dans la pauvreté, le courage et la probité ; ces pédagogues l'avaient aimée et distinguée, elle, parce qu'elle se détachait déjà du troupeau. C'est d'ailleurs à l'une d'elles, blessée et mortifiée lorsque le roman parut, c'est à Mlle Terrain que Colette écrira, des années plus tard, son regret : « *Quelles qu'aient été ma jeunesse, mon inconscience, mon irresponsabilité, je ne me pardonne pas d'avoir joué, d'avoir laissé jouer avec des souvenirs qui me deviennent plus chers au fur et à mesure que je vieillis*[1]. » On aura remarqué le

1. Collection M. R.-B.

double mouvement : *avoir joué-avoir laissé jouer* qui, habilement, suggère que le responsable pourrait bien être Willy. C'est oublier qu'avant d'écrire *Claudine à l'école*, Colette, depuis des années, se taillait de jolis succès en racontant, dans les salons parisiens, les souvenirs épicés de son enfance à Saint-Sauveur ; c'est négliger que, si elle a, ainsi qu'elle l'affirme, entrepris la rédaction du roman en cachette de son mari, ce dernier n'aurait pu lui souffler les scènes ni les personnages. Mais il s'agit, pour Colette, de se réconcilier avec Saint-Sauveur, de conforter sa légende en l'épurant de tous les éléments douteux. Elle ne veut plus être que la bonne dame du Palais-Royal, penchée à son balcon, la saine paysanne qui célèbre son terroir.

On trouvera excessifs les scrupules de Colette ; on aura tort et raison. Raison parce que la peinture, guère indulgente, n'est pas non plus bien cruelle ; tort parce que, à travers ces malheureuses jeunes femmes, c'est la mère qui était visée dans sa foi la plus intime. On comprend mieux alors ce sentiment de culpabilité diffus, ce remords persistant, le désir enfin d'écarter ce livre, de l'ensevelir sous le mépris — d'en attribuer l'inspiration déplorable à Willy, ce mauvais génie

Le déchirement se produit avec le départ de Châtillon, avec l'abandon de Sido qui, levée avec le jour, se tient debout devant la cuisinière, touillant dans une attitude mélancolique le chocolat du petit déjeuner; avec le voyage dans le train vers la capitale, au milieu des rires et des plaisanteries des camarades de son mari; avec la découverte de la garçonnière du quai des Grands-Augustins, cette tanière où traînent des lingeries féminines et des images égrillardes, où tout sent le renfermé, le moisi, où tout soudain paraît gris, étouffant. Colette en rajoute? Sûrement. Si les faits paraissent discutables, le sentiment rend un son juste, irréfutable. Il y eut sans doute, en quittant Sido, en la laissant à sa solitude, ce violent accès de mélancolie, aggravé par la découverte d'une ville maussade. On admettra que le deux-pièces où, après la mort de Germaine, Willy s'était retiré, ne devait être ni très gai ni très rangé. On prendra toutefois garde de ne pas oublier que, s'il y introduisait sa petite Colette, ce n'était pas par muflerie. « *Willy lui a fait la surprise de lui montrer son nouvel appartement tout emménagé jusqu'aux casseroles rangées et brillantes comme si on allait faire la cuisine dedans demain*[1] » — la lettre de Sido a été écrite six mois avant l'arrivée à Paris. On y retrouve un Willy tel qu'en lui-même, à cheval sur les usages. Si donc le couple n'a pas pu s'installer immédiatement dans ses meubles, rue Jacob, c'est que la char-

1. Sido, *Lettres à sa fille*.

mante gamine n'a pas eu la patience d'attendre que tout fût prêt.

Après qu'ils eurent emménagé rue Jacob, l'humeur littéraire de Colette ne s'éclaircira pas. Elle adoptera toute la gamme des gris pour rendre l'atmosphère de ses premières années de mariage. À l'en croire, elle offrait le pitoyable spectacle d'une jeune campagnarde effarouchée, timide, niaisement soumise à son goujat de mari qui la traîne derrière lui comme un pékinois. Elle se peint de profil, nuque baissée, ses doigts jouant avec ses longues tresses, le regard triste, bouche toujours close, recluse dans l'appartement sinistre, décoré par un fou, entourée seulement de deux ou trois amis, aussi solitaires qu'elle. Dans les rédactions des journaux, dans les brasseries, elle se tait, mortifiée. « *On ne voyait que lui. Si on me regardait un instant, c'était pour le plaindre, je crois. On me faisait si bien comprendre que sans lui je n'existais pas*[1]. » Ce qu'une telle phrase contient de revendication sourde, de rage mal contenue, trahit d'abord une jalousie d'auteur. Colette souffre de se tenir à l'ombre de la célébrité de Willy dont elle profite par ailleurs. Avant de lui apprendre à écrire, de l'aider à révéler son talent, il l'introduit dans les cercles journalistiques et littéraires où se tissent ces réseaux d'influence dont, plus tard, elle saura si bien se servir.

1. *La Vagabonde*.

En contraste avec cette peinture maussade, les souvenirs et les mémoires des contemporains nous montrent une rue Jacob bruyante, des allées et venues incessantes, une compagnie facétieuse, des repas fins préparés par la cuisinière, arrosés de bons crus ; on assiste à des comédies bouffonnes ; on entend des cris, des hurlements. On voit Colette se déchaîner. Lorsque Jacques Gauthier-Villars, âgé de sept ou huit ans, vient rendre visite à son père (il est élevé par ses grands-parents, rue Singer), il pénètre dans un logement qui n'a rien de triste. « *L'ambiance qui y régnait était fort divertissante et tenait même du "canular", un canular soigneusement entretenu par les maîtres de la maison, pour la plus grande joie de leurs hôtes, gens de lettres, musiciens, artistes et comédiens*[1]. »

Inutile de chercher la vérité : entre les faits et le sentiment, il y a, je le redis, la littérature, qui exprime une autre vérité, non moins réelle. Colette et Willy menaient une existence trépidante ; ils sortaient chaque soir, au théâtre, au concert, à l'Opéra, au restaurant ; ils rencontraient une foule de gens. On les voyait partout, jamais l'un sans l'autre, au point qu'on les surnommait Colettévilli, en un seul mot. De Châtillon, Sido se moque de sa fille : « *Te voilà bien fière, mon pauvre Minet-chéri, parce que tu habites Paris depuis ton mariage... Toi, te voilà comme un*

---

1. François Caradec, *Feu Willy, avec et sans Colette*.

pou sur ses pattes de derrière parce que tu as épousé un Parisien[1]. »

À qui veut connaître ce que fut la vie de Colette dans les premières années de son mariage, il suffit de lire la biographie de Claude Pichois et Alain Brunet : aucun nom n'y manque, suivi de son pedigree. Mieux vaudrait d'ailleurs énumérer les célébrités qu'elle ne rencontre pas, ce serait plus court. D'Anatole France à Gourmont, de Montesquiou à Jean Lorrain et à Marcel Schwob, de Curnonsky à Jean de Tinan, de Rachilde à Proust : peu manquent à l'appel. Elle fréquente les salons littéraires, des plus fermés aux plus mélangés. Taciturne ? Renfermée ? Paralysée par la timidité ? Sa causticité, sa rosserie font mouche. On rit de son accent, de sa manière presque russe de rouler les « r » ? Elle en rajoute, s'installe dans son personnage de sauvageonne aux allures brusques et au verbe cru. C'est peu dire qu'elle existe : on la recherche, on s'empresse pour écouter ses histoires, si piquantes, sur l'école laïque. Willy l'introduit pareillement dans les salons musicaux, plus feutrés, où elle fait la connaissance des compositeurs en vogue, de Ravel à Chausson et à Debussy, sans oublier Chabrier, Vincent d'Indy, Poulenc qui ne tardent pas à s'apercevoir qu'elle connaît *vraiment* la musique et qui, l'un après l'autre, se tour-

---

1. Sido, *Lettres à sa fille*.

nent vers cette étrange jeune femme, si belle, si énigmatique... Ils sollicitent ses avis, discutent avec elle... Non, elle ne passe pas inaperçue.

Au début, le conformisme de Willy, qui jamais n'oublie les bonnes manières, s'agace des allures rudes de sa gamine. Il la rappelle à l'ordre, c'est-à-dire au respect des convenances ; devant le succès que ses enfantillages remportent, il prend le parti d'en rire, amusé mais pas dupe : il voit trop bien la part de comédie.

Au portrait d'une jeune provinciale confuse et résignée, Colette ajoute des touches de noirceur : Willy la laisse sans le sou ; au plus froid de l'hiver parisien, elle n'a même pas un manteau pour se garder de la pneumonie et c'est Sido qui, outrée, lui en offrira un, solide et bien chaud. On sait quel parti Michèle Sarde tire de ces notations misérabilistes. Dans la réalité, on voit Willy débarquer rue Jacob, demander en riant à sa femme de tendre et d'ouvrir ses mains, y déverser une pluie de louis d'or — des louis de 1898 ! — avec ce commentaire : « *Maintenant, je pense que vous* [il la vouvoie, elle le tutoie — on ne se défait pas d'une éducation] *ne me demanderez plus d'argent pour la maison avant deux mois !* » Elle compte ses louis : huit cent vingt francs ! Perplexité de Caradec qui glisse : « *On ne comprend plus très bien ce qu'elle veut dire, sinon qu'elle n'a jamais eu la notion de l'argent*[1]. » On peut croire cela, oui...

---

1. François Caradec, *Feu Willy, avec et sans Colette*.

Les théâtres, les concerts, les restaurants et les salons, les amis et les célébrités, cela n'a jamais guéri personne des mélancolies plus profondes. Colette semblait enjouée, heureuse, fière de sa nouvelle vie — l'était-elle vraiment? Willy passait bien, lui, pour un auteur gai... Comment se fier aux apparences?

La jeune femme tombe malade, gravement, elle semble près de mourir. Aidés et embrouillés par les médecins, ses biographes se chamaillent : Claude Francis et Fernande Gontier diagnostiquent une syphilis et fournissent toutes sortes d'indices troublants, dont le nom du médecin, spécialiste des maladies vénériennes — mais s'agit-il bien de lui ou d'un homonyme? —, la nature du traitement; le fait aussi que la syphilis était largement répandue, notamment parmi les artistes, et que Willy... D'autres tiennent pour la typhoïde. Avec sagesse, Claude Pichois et Alain Brunet optent pour une affection psychosomatique, conséquence du déracinement. Va pour psychosomatique, c'est un diagnostic prudent. Appelée par son gendre, Sido accourt, s'installe au chevet de sa fille, la veille et la soigne durant près de deux mois. Colette décrit sa mère penchée au-dessus de l'abîme, la tirant vers la lumière. Marcel Schwob, l'ami fidèle, Mme Armand de Caillavet, l'égérie d'Anatole France, Masson, le camarade burlesque et désespéré, Marguerite Moreno, tous se relaient à son chevet, lui font la lecture, lui apportent des friandises. Quant à Willy, hébété, penaud aussi, il ne se sent pas la conscience tout à fait tranquille : ce mal étrange aurait-il un lien avec le fait que Colette ait découvert qu'il entretenait une liaison ? Pour lui, ces passades ne tirent pas à conséquence ; la plupart des épouses s'en accommodent et ferment les yeux. Pour Colette, dont on connaît le narcissisme, la haute idée qu'elle se fait d'elle-même, pour elle qui a connu, auprès de Sido, l'amour absolu — cet amour dont elle dit qu'il prépare si mal à la vie —, qui, à cause d'Achille, a souffert d'une jalousie torturante, comment ne se sentirait-elle pas niée, anéantie ? La trahison, c'est la chute vertigineuse du paradis de l'enfance au plus noir de l'abandon.

« *Non, c'est fini, j'ai trop, trop de chagrin, pourquoi as-tu fait ça ? — Elle ne t'aime pas tant que moi, va, celle-là, — elle est donc bien plus jolie ? [...] je ne sais donc pas si bien t'aimer qu'elle ? Ce n'est pas ma faute, — et puis ce n'est pas vrai*[1] *!* »

À preuve que ce glissement dans la mort avait bien quelque chose à voir avec la découverte de l'infidélité de son mari, c'est que, lorsque voulant obtenir son pardon et lui démontrer son amour, Willy l'emmène à Belle-Île pour y passer sa convalescence, elle ressuscite, reprend goût à l'existence, gambade et folâtre. Consciente de l'attirance de son mari pour les gamines, elle fait

---

1. Collection M. R.-B., lettre datée de 1893.

des manières et des agaceries : « *Je me fais des rêves, en lisant dans mon lit le soir...* [*Le Livre de Monelle* de Schwob, qui vient de paraître]... *et Willy a dû me calmer beaucoup dans mon lit et m'endormir contre lui pour me calmer, et il t'a envoyé au diable pour t'apprendre à m'énerver comme ça...* » Ce qui nous vaut ce commentaire du docte Lottman : « *Toujours la femme enfant*[1]. »

Willy, que cet accident a ébranlé, se montre empressé, plus épris que jamais : elle liera ce retour du bonheur à la Bretagne qui, pour des années, deviendra son pays d'élection, un décor et une lumière entre tous chéris.

La blessure ne guérira pas. Colette vient de découvrir qu'elle n'est pas ce Soleil d'Or, cette créature unique et rayonnante, mais une femme semblable à toutes les femmes.

---

1. Herbert Lottman, *Colette*.

VII

L'inertie du genre autant que sa nature hybride tirent la biographie vers les événements de la vie où elle s'enlise. Enfermés dans le mécanisme des faits et de leurs conséquences, les auteurs perdent de vue l'élan profond qui seul donne sens à une existence. S'agissant d'un écrivain, ils oublient que leur œuvre ne reflète pas leur vie : leurs livres la magnifient ou la subliment, décrivent autant ce qui fut que ce qui aurait pu être ou qui, peut-être, adviendra. À partir de son expérience, un auteur réfléchit, médite, hasarde des hypothèses, bâtit des vies possibles.

Cette myopie est utile quand elle sert la recherche, quand elle permet, à l'aide de documents étudiés et critiqués, de rétablir des faits : c'est ce que Claude Pichois, Alain Brunet, Jacques Dupont poursuivent avec obstination, depuis des années. Elle devient anecdotique si elle se propose uniquement de raconter. Le récit d'une vie n'est jamais neutre[1] : dans son essence, il appartient à la fiction ; il relève parfois de l'essai, ainsi de la biographie de Michèle Sarde qui veut démontrer comment toute l'œuvre de Colette, bâtie avec les matériaux de sa vie, symbolise et incarne le mouvement de la libération des femmes, thèse nullement absurde. Encore faut-il préciser de quoi ou de qui l'auteur de *Sido* a voulu se libérer. Si c'est seulement de la domination masculine, on quitte l'étude pour le pamphlet. « *Toute femme est une victime, tout homme est un bourreau, tel est l'axiome du néo-féminisme américain*[2]. » : seulement américain ? Pour Michèle Sarde, chaque étape de l'existence de Colette illustre et conforte sa thèse ; brandis comme autant de preuves à charge, les livres ponctuent le dur combat contre tel mari, évidemment mufle, grossier, le pire de tous étant l'abominable Willy... La littérature y laisse plus que des plumes : hachée menu, elle est transformée en bouillie idéologique. Plus sensibles, plus proches sans doute de la vérité intime, Geneviève Dormann et Jean Chalon ramènent ce long fleuve de mots à sa source : le bonheur de l'expression — liée pour l'une à l'amour de la vie, à sa spontanéité, à sa force ; à l'apprentissage littéraire autant que sentimental

---

1. Voir sur ce sujet l'excellente étude de Daniel Madelénat, *La Biographie*, PUF, collection « Littératures modernes », 1984.
2. Mona Ozouf, *Les Mots des femmes, essai sur la singularité française.*

pour le second, qui insiste à juste titre sur le travail. Il y en a, enfin, tel Herbert Lottman, qui s'imaginent que raconter suffit, pourvu qu'on ne néglige aucun détail, fût-il minime : le résultat est un roman lourd et bavard, sans style.

À aucun moment de la vie de Colette comme en ces années décisives où elle opte pour la littérature, les équivoques de la biographie ne se révèlent plus ouvertement. Il y a, d'une part, les tribulations de la vie privée, avec la découverte que son mariage avec Willy est condamné ; il y a, de l'autre, l'apprentissage du métier. Les deux interfèrent puisque son mari se trouve être aussi son conseiller et son guide. Il n'en subsiste pas moins deux ordres de faits, les uns anecdotiques — les tromperies de Willy —, les autres essentiels pour un écrivain, le choix d'un style, c'est-à-dire de sa manière. Selon qu'on privilégiera l'un ou l'autre, on aboutira, soit au roman d'une vie, soit à la vie du roman, ce qui, on l'admettra, n'est pas tout à fait la même chose.

Si je me suis attardé aux circonstances du mariage de Gabrielle avec Willy, c'est qu'il paraît clair dès ce moment que leur couple était voué à l'échec. Il ne l'aimait pas de la façon dont elle l'aimait. Il finira par s'attacher à elle, profondément, mais jamais elle ne... Personne, pas même Colette, ne sait ce qui, au juste, stimule certaines parties de l'homme. Il est probable que Willy lui-même l'ignorait. Naïvement, il pensait que le respect des convenances réglerait la question. La fidélité ? L'usage, là encore, fixait les conduites. Homme moderne, large d'esprit, Willy consentait même à les élargir, ces conventions : une saine liberté réciproque devait suffire à chasser les aigreurs. Un bourgeois de son espèce et de son temps n'aurait pu aller au-delà. N'avait-il pas, *en conscience*, fait son devoir en épousant une provinciale sans dot et en renonçant pour elle à sa fortune ? Son imagination dépasse rarement les bonnes manières, qui sont son être même. Sa marginalité bohème l'isole de sa classe, elle ne l'en retranche pas : bourgeois déchu, il reste bourgeois, et d'abord parisien, en chacune de ses réactions. Il faisait erreur sur la personne, bien sûr — il s'en apercevra à ses dépens. Autant il se montrait traditionaliste, autant Colette était impétueuse, violente, sauvage. Écrivain, Rachilde l'a parfaitement saisi qui parle de son *naïf étonnement*. À mainte reprise, on le verra désarçonné par la brutalité des réactions de sa « veuve ». Veut-il répliquer, il se montrera, ainsi que Claude Pichois le signale, plus maladroit que cruel. Des piques, oui ; l'estocade, non. Son désabusement finit par l'emporter. « *De mes plus grands chagrins j'ai toujours fait de petits à-peu-près* [1] », concède-t-il lucidement.

---

1. François Caradec, *Feu Willy, avec et sans Colette*.

N'est-ce pas cette bourgeoisie définitive qui le condamne aux yeux de tant d'auteurs? Ils le haïssent de se montrer si parfaitement installé dans les préjugés de son temps et de son milieu. Contre cette inertie sociale, Colette butera pareillement, avec rage. Elle veut le saisir, le retenir, il glisse. Il n'a pas le courage de ses petites intrigues, lui dont la bravoure — il n'arrête pas de se battre en duel — est aussi superficielle que ses perversions. Il ne va au bout de rien, même pas de ses voluptés, tièdes, elles aussi. Dans son combat contre lui, rien, au contraire, n'arrête Colette. « *Elle m'a toujours donné l'impression, note Léautaud dans son journal, d'une femme extrêmement sensuelle, un peu chienne, même, une femme qui porte extrêmement à la peau... Extrêmement grossière, même vulgaire.* » La sensualité de Willy n'avait certainement pas cette violence animale ni cette belle simplicité.

Ce point admis, qu'ajoutent les prénoms de Charlotte, de Meg ou de Madeleine? Willy cherche ailleurs ce qu'il ne trouve pas chez Colette : on ne tire pas de ce constat de quoi bâtir un roman, sauf un roman de Willy justement. De son côté, elle essaie de le garder par tous les moyens et, flairant la composante voyeuriste de sa sexualité, se donne en spectacle, avec d'autant moins de peine que ses penchants exhibitionnistes l'y poussent. Ils deviennent, pour les contemporains, le type même du ménage affranchi, moderne, *artiste*. Ils jouent à se provoquer mutuellement, sans grand succès, sauf de tapage et de scandale. «*En dévoilant leurs amours, leurs haines, en se justifiant à travers leurs personnages, en vivant leur propre légende, Colette et Willy finissent par vivre dans l'imaginaire*», observent avec pertinence Claude Francis et Fernande Gontier. C'est remettre les choses à l'endroit, c'est-à-dire dans la littérature, laquelle, plus qu'un métier, est leur vie même — jouée, mimée, racontée, mise en mots.

Le narcissisme aveugle Colette qui s'imagine que seul le vice peut détourner d'elle l'homme qu'elle aime. «*Avez-vous donc*, lui demande-t-elle *après* leur séparation, *de ces sens impérieux qui obligent à avoir sous la main, à toute heure, une compagne? Si oui, vous me trouverez*[1]. » Le ton suggère à tout le moins une bonne entente charnelle; la question, elle, surprend et attendrit par sa candeur : Colette pense-t-elle que le désir se puisse commander, qu'il lui suffirait de se trouver là, disponible, pour que les fantaisies de son mari soient satisfaites? Rien n'est moins sûr que l'existence, chez Willy, de ces sens impérieux. Ses lettres à ses maîtresses le montrent plus popote que vraiment obsédé.

S'il n'avait cherché auprès de ses petites amies qu'un soulagement à sa mélancolie? Ce que la femme ne comprend pas, ne parvient pas à admettre, l'écrivain pourtant le devine : dans

---

[1]. Collection M. R.-B.

La Retraite sentimentale, Colette se dédouble, deux femmes, éprise l'une d'un valétudinaire qui finira par mourir — c'est à partir de la parution de ce livre que Willy l'appelle « ma veuve » —, la laissant seule avec son chagrin, mais réconciliée, par le contact avec la nature, avec elle-même; attirée, la seconde, par la chair fraîche, et incapable de résister à ses obsessions. N'est-ce pas, pour Colette, le dilemme qu'elle n'ose pas affronter? Lassitude, fatigue, écœurement : ces mots reviennent sous la plume de Willy. À la même période, Colette lui propose de vivre en camarades, ce qui tendrait à prouver qu'elle ne le croit guère tant obsédé par la bagatelle.

Si, malgré ses rebondissements et son tumulte, le roman de la vie semble banal, la vie du roman, elle, est autrement palpitante.

La jeune Gabri n'avait pas épousé qu'un homme, elle n'avait pas fait que céder à la curiosité sensuelle, elle avait choisi un littérateur célèbre, adulé. Toute sa vie, elle se défendra d'avoir, dans son enfance et son adolescence, songé à écrire; elle niera avoir jamais eu la vocation des mots. Doit-on la croire sur parole? Car l'écriture assure tout de même l'unité de son existence, d'un bout à l'autre. Chaque jour la trouvera penchée au-dessus de la page bleue, son fidèle Parker à la main, biffant, rayant, remettant la phrase sur le métier avec un souci obsédant de l'expression exacte. Elle a, depuis l'enfance, baigné dans les livres, rêvé dans le bureau de son père, caressé le papier, joué avec les plumes et les cachets de cire. Dès la publication de son premier livre, Sidonie l'encourage, la met en garde lorsqu'elle se consacre au journalisme — *la mort du romancier*, dit-elle —, la blâme quand elle semble délaisser l'écriture pour la scène. Jamais la mère ne doute du talent de sa fille comme si, pour Sidonie, il allait de soi que Minet-chéri était née pour écrire. La répugnance de Colette, qui fut sans doute réelle, il convient donc de la nuancer. Il lui en coûte d'abandonner le beau soleil, le grand air, les bêtes, les marches et les siestes, mais elle s'attelle avec ténacité à sa tâche, jour après jour. N'est-ce pas cet élan poursuivi qui, au bout du compte, importe, plus que ses dénégations et ses protestations ?

Au cœur des mots, dans l'alchimie des phrases, se déroule la guerre qui l'oppose à Willy. Il ne croit pas à la littérature, ne se voit ni ne se considère comme un écrivain, il fabrique, là aussi, «*de petits à-peu-près*».

Fascinés par les personnages de la vie, certains biographes négligent de considérer l'enjeu véritable de leur antagonisme. Il l'aurait exploitée, voilà qui retient leur attention. Le mot convient-il ? N'aurait-elle d'aucune manière contribué à cette entreprise suspecte ?

Déjà l'impulsion première n'est pas aussi claire qu'on le croit. Il existe au moins deux versions : la première, confortée par ce qu'elle a fixé sur le papier, attribue à Willy la responsabilité de ce qui va devenir son destin. À court d'argent (il sera toujours dans la dèche, c'est-à-dire qu'il vit très largement au-dessus de ses moyens), il lui demande de rédiger ses souvenirs de Saint-Sauveur, qu'elle sait si bien raconter. Elle s'exécute sans enthousiasme, avec une sage application, remplissant ses cahiers qui lui rappellent l'école. Quand elle a fini, il les parcourt, les range et les oublie, persuadé qu'on ne peut rien en tirer. Il existe cependant une autre version, confiée par elle à un journaliste : « *Il faisait des livres, ça m'intéressait. Un jour, je lui dis que j'écrirais bien aussi, moi, un livre. Il rit aux éclats, se moqua de ma prétention et de mon inexpérience. Cependant, sans rien dire, je me mis à griffonner* sur du papier [c'est moi qui souligne] *tout ce qui me passait par la tête…* »

François Caradec signale qu'il aurait existé, selon plusieurs témoins, un premier manuscrit, écrit sur de grandes feuilles de papier. « *Un jour, Willy me mit entre les mains un fort paquet de feuillets* [aucun cahier, on l'aura remarqué] — *environ six cents — couverts d'une écriture ronde, épaisse et encore mal formée*[1] », a raconté Pierre

---

François Caradec, *Feu Willy, avec et sans Colette*.

Varenne. Les fameux cahiers seraient, dans ce cas, une seconde version, sans doute remaniée et abrégée. On voit la difficulté : comment décider de l'ampleur des corrections et des ajouts de Willy ? D'autant qu'au moment de leur séparation, les cahiers, subtilisés à Willy par un secrétaire tout acquis à Colette, disparaîtront, réapparaîtront, les deux premiers, les plus importants, n'ayant jamais été retrouvés. Il y a bien un roman du roman.

Incitée et poussée par Willy ou, au contraire, moquée par lui, la différence peut sembler négligeable. Elle modifie pourtant l'éclairage. On comprend que Colette, vivant auprès d'un littérateur, entourée d'auteurs, ait eu le désir de montrer ce qui en elle s'agitait. Déjà Willy avait, avec son équipe de nègres, créé ce qu'elle appelle « les ateliers ». Sous sa marque de fabrication, des succès de librairie sortaient à la chaîne — quatre titres en un an ! Si elle a pris seule la décision de montrer à Willy ce dont elle était capable, on devine que son entrée en littérature se fait dans le cadre des « ateliers ». Elle ne rédige pas *contre* son mari, mais *pour* et *avec* lui. C'est d'abord à ses yeux qu'elle veut exister. Mais surtout, *Claudine à l'école* dément, dans chacune de ses phrases, l'image d'une Colette écrivant avec ennui, en tirant la langue presque.

« *Je m'appelle Claudine, j'habite Montigny ; j'y suis née en 1884 ; probablement je n'y mourrai pas.* » Dès qu'il s'agit d'un écrivain, ce n'est pas à ce qu'il dit qu'il faut se fier, c'est à ce qu'il écrit. Ce début réfute sa version, et le rythme endiablé de tout le récit confirme l'impression. Non, ce livre n'a pas été rédigé comme un devoir d'école : il dégage une allégresse tonique, une causticité ravigotante. Il *montre* le bonheur d'écrire, d'égratigner, de railler. Il pète sec, ainsi que le dit Morand. Par sa bonne santé, il ridiculise les alanguissements et les entortillements de la littérature 1900. Une force terrible — Rachilde voit juste — s'en dégage. On peut sourire, aujourd'hui, de ces histoires d'écolières, de leurs fausses audaces. Il reste la manière, le style : ce galop intrépide, cette joyeuse chevauchée à travers bois, ces instants de repos, contemplatifs et d'une gravité soudaine. Aucune construction, une architecture floue, pas de chapitres, à peine une intrigue : des heures, des jours accolés et soudés avec une liberté insolente. De la gaieté, une joie moqueuse et cruelle plutôt, mais un fond de mélancolie qui affleure en certains passages. On devine la perplexité de Willy : il ne perçoit pas, au premier abord, l'originalité de cette manière abrupte, si éloignée des romans gais qui constituent son fonds de commerce. Il range le manuscrit, l'oublie et quand il le retrouve et, même, le découvre, il reste stupéfait : « *Quel c... je fais !* » Encore n'a-t-il dû flairer que le possible succès de scandale.

Il s'en attribue la paternité, il vole sa femme, il la dépouille, clame-t-on avec indignation.

Son usine ne marche que sur la notoriété de son nom, qui fait vendre. C'est à cette fabrique que Colette a remis son manuscrit, au jugement de Willy qu'elle confie son livre. N'est-ce pas cette soumission qu'elle se reprochera plus tard ? Quand elle entreprend la rédaction de *Claudine*, la vérité est que Colette ignore encore qu'elle est, non pas un auteur, mais un écrivain. Elle accepte que son mari, dont elle respecte le métier, fasse un livre de ce qu'elle tient pour un brouillon. Elle se trompe, bien sûr, et lui s'égare pareillement : il leur faudra du temps pour, chacun de son côté, s'apercevoir du malentendu. Alors, la rancune littéraire éclatera. En attendant, elle croit naïvement lui avoir remis un «produit». L'homme travaille plus qu'on n'a bien voulu l'admettre. Il brosse les textes, les ébouriffe de jeux de mots et de calembours, les épice d'allusions et de clins d'œil, il en fait de l'*inimitable Willy*. Jean de Tinan, bien d'autres de ses collaborateurs le disent : quand ils les lisent imprimés, ils reconnaissent à peine les romans qu'ils ont écrits. Avec *Claudine à l'école*, Willy se trouve devant un objet insolite, différent de ceux qu'il a coutume de traiter. Paul D'Hollander[1], qui a longuement étudié les manuscrits disponibles, conclut sagement que sa collaboration fut plus importante que

---

1. Paul D'Hollander, *Colette, ses apprentissages*, Klincksieck, 1978.

Colette ne l'a admis, moins que les amis de Willy ne le prétendent. Encore prend-il soin d'ajouter qu'il manque les premiers cahiers, essentiels pour trancher la question de sa participation. Et puisque ces cahiers, si par miracle ils étaient retrouvés, ont bien pu être précédés d'un premier manuscrit...

Willy a fait plus que corriger et pimenter le texte d'allusions grivoises : « *Willy améliore la précision, développe les indications de mise en scène, veille à la brièveté incisive des dialogues, soigne les liaisons et les transitions, contrairement à la tendance spontanée chez Colette à composer par juxtaposition de séquences peu étendues*[1] », commente Jacques Dupont à propos des travaux de D'Hollander. Willy, surtout, insuffle son esprit. « *Il la mit en garde contre l'abus des adjectifs, il lui interdit le style de l'ébriété naturiste où elle aurait pu faire des naufrages aussi éclatants que ceux d'Anna de Noailles* », déclare P.-H. Simon. Il a les épanchements en horreur. « *Je ne savais pas, ma chère, que j'avais épousé la dernière lyrique* », jette-t-il à Colette, qui retiendra la cinglante raillerie, pas toujours cependant, ni de manière définitive... Il affectionne la nervosité, la concision ; il exige le sens du concret, l'attention prêtée au détail — *quelle cravate ? de quelle couleur ? où se passe la scène ? Préciser* — note-t-il en

---

1. Jacques Dupont, *Colette*. Livre court qui constitue une excellente introduction à Colette.

marge. Loin de surcharger le texte, il en adoucit la rudesse, car la jeune Colette ne fait pas toujours dans la nuance : « ... *un jeune youpin de lettres* » écrit-elle à propos de Marcel Proust, et son mari atténue : « *Un jeune et joli garçon de lettres* » : toujours les convenances.

Plus que des corrections, lesquelles cependant abondent, c'est une leçon de style qu'il donne à Colette.

Willy force Colette à se concentrer sur le texte, à éviter les effusions et les idées générales pour s'en tenir à la sensation. Il lui inculque aussi le pire, hélas : l'art d'exercer des vengeances en caricaturant les adversaires, de titiller le lecteur par des allusions et des scènes égrillardes. Bonne élève, elle retiendra le meilleur avec le pire.

Pas plus elle que lui ne conçoivent que le livre paraisse sous un autre nom que Willy. D'abord, il y a le code : une femme ne peut pas signer de son nom sans l'accord du mari. Sur plainte de son époux, le tribunal a ordonné à Juliette Adam de retirer le sien d'une couverture. Surtout, le roman n'a une chance d'attirer l'attention que sous la marque de fabrique. Enfin, Colette ne tient pas à ce qu'on sache qu'elle en est l'auteur : « *Fichtre non, il ne faut pas me nommer dans* Claudine *! Raisons de famille, convenances, relations, patati, patata — Willy tout seul ! À Willy toute cette gloire !* » écrit-elle à Rachilde.

Elle pense, bien sûr, aux réactions des habitants de Saint-Sauveur, à celle de Sido, alors que convenances et relations renvoient à Willy...

Sa réponse montre que Rachilde connaissait le véritable auteur du roman. Était-elle la seule ? Dans sa chronique, Maurras parlait d'un *effet de travesti*, ce qui, pour un théoricien, est assez bien vu. Il avait sans doute été guidé par Willy qui avait insisté pour faire précéder le roman d'une préface où il affirmait avoir reçu le manuscrit d'une femme. Pure convention, certes. Assez adroite cependant pour piquer la curiosité. Il cache d'ailleurs à peine la collaboration de Colette. Il n'a jamais dissimulé la fabrication collective de ses produits, insistant même pour que le nom de certains de ses collaborateurs figure sur la page de titre. Pourquoi s'attribuerait-il seul le mérite de livres qu'il méprise ouvertement ? Il se voit en amuseur, en boulevardier, sans autre prétention que de divertir. Rachilde, Maurras ne sont pas les seuls : dans le Tout-Paris littéraire et journalistique, la rumeur va bon train. On ne se fait pas d'illusions sur ce qui se cache sous l'étiquette Willy. Dans son *Journal*, Jules Renard note : « *Willy : son verre n'est pas grand, mais il boit dans celui des autres.* » Et ce mot de Pierre Varenne, lorsque Willy refuse de signer la pétition en faveur de l'innocence de Dreyfus : «*C'est bien la première fois qu'il refuse de signer quelque chose qu'il n'a pas écrit.* » Colette non plus ne se cache pas longtemps. En 1903, elle déclare à un journaliste de

La Dépêche républicaine de Franche-Comté : «*Mais oui, je l'avoue; je m'en suis longtemps défendue, car j'aurais préféré que Willy en fût reconnu le seul père. Mais il crie si obstinément ma participation que je dois m'incliner.*» Loin de tenir cachée sa collaboration, il l'ébruite donc. Ces évidences n'émeuvent pas Mme Sarde qui assène, impavide : «*Après la traite des nègres, la traite des blanches. Willy touchait au pactole et il mit sa femme au travail dans des conditions infiniment plus dures que celles de ses autres employés*[1].» À quoi bon produire les témoignages, nombreux, de ses collaborateurs qui insistent sur la ponctualité et la générosité avec lesquelles Willy les rétribuait? Il ne servirait non plus à rien de montrer que Willy faisait tout pour que Colette pût écrire dans les conditions les meilleures.

Pour l'idéologie, les faits ne comptent guère, seule la démonstration importe.

---

1. Michèle Sarde, *Colette libre et entravée.*

VIII

Si imposture il y eut — mais tout, pour Willy, est canular et fumisterie —, elle fut partagée. L'aigreur et les récriminations ne viendront que plus tard.

Sorti en 1900, *Claudine à l'école* passe d'abord inaperçu : deux mois s'écoulent dans l'indifférence générale. Un article de Maurras (Willy est, bien sûr, son ami et un farouche partisan de ses idées), un second de Rachilde, lancent le livre, qui va devenir l'un des plus retentissants succès de librairie en France. Mieux qu'un succès, pour être précis : un triomphe, donc une mode.

Emportés et grisés par ce tourbillon, les Willy vont exploiter à fond cette mine. On a vu que Colette n'était pas indifférente à l'argent, qu'elle aimait le luxe, rêvait d'une existence fastueuse. Ils commencent par déménager dans les quartiers neufs de la plaine Monceau, rue de Courcelles. Ils décorent un appartement clair, ouvert à la lumière. Ils ont quatre domestiques, roulent dans une calèche conduite par un cocher, montent à cheval au Bois, dans l'allée des Acacias où le Tout-Paris parade et se salue. Mme Willy a maintenant son jour : le dimanche, elle tient salon et reçoit les journalistes, les écrivains et les musiciens. Tard levée, elle court les boutiques l'après-midi, se commande des toilettes et des chapeaux. Elle pratique la gymnastique, fait de la bicyclette. Elle se couche tard également, après le théâtre — où elle reçoit, dans sa loge, les hommages du Tout-Paris —, après le souper dans les meilleurs restaurants ; ses journées ne laissent pas beaucoup de place à l'ennui. Elle voyage, fait le pèlerinage de Bayreuth, car Willy rédige toujours, pour l'*Écho de Paris*, ses *Lettres de l'Ouvreuse* — le tirage du journal aurait, grâce à lui, augmenté de cinquante mille lecteurs, ce qui explique sa rémunération, faramineuse pour l'époque. Pourtant, elles sentent de plus en plus l'usure et le procédé, ses chroniques ; elles s'essoufflent, se gonflent de mauvaise graisse. Colette a bien discerné cet épuisement qui est, en réalité, celui de l'auteur. Elle seule, par son énergie farouche, par son talent, lui maintient la tête hors de l'eau.

Colette pose pour les peintres et les sculpteurs, «*avec l'air pensif, presque triste, qu'elle se prêtait déjà pour la postérité, alors qu'elle était rieuse, moqueuse, spontanée*», note Claude Pichois. On retrouve la dualité entre la personne et l'écrivain. La première vit pleinement, follement, la seconde baigne dans cette mélancolie que Jean Chalon remarquait dans ses photos d'enfance. Ce qui cause cette mélancolie est à chercher dans les livres, non dans ses démêlés conjugaux. Les seconds n'expliquent pas les textes, si même ils en fournissent souvent l'anecdote. C'est l'écriture, au contraire, qui creuse et aggrave le malentendu. «*Je m'éveillais vaguement à un devoir envers moi-même, celui d'écrire autre chose que les* Claudine[1].» Tout est dit. Elle souffre, violemment, des infidélités de son mari, mais elle souffre plus encore de s'enliser dans une littérature qu'elle méprise. Le succès de *Claudine à l'école* lui a révélé l'écrivain qu'elle porte en elle. Sa rancœur contre Willy, qui s'obstine à ne voir en elle que l'auteur, ne cessera pas de s'aiguiser et l'échec de leur usine va l'exaspérer.

Willy vit très au-dessus de ses moyens, et sa passion du jeu achève de le ruiner. Il possède une écurie de courses, engage un entraîneur et un jockey. Il fréquente des cercles, passe des nuits devant le tapis vert. En joueur pathologique, il ne mise pas pour gagner mais pour perdre, et il y réussit très bien. Peut-être les courses et le baccara servent-ils de dérivatif à l'ennui qui le ronge? Chacun à sa manière, la femme et le mari vivent à la fois au-dessus de leurs moyens et en dessous de leurs talents, sauf que Willy ne parviendra jamais à s'élever

---

1. *Mes apprentissages.*

alors que Colette souffre de sentir qu'elle peut et désire faire mieux. Sa force la pousse à secouer l'agitation du succès, sa passion de vivre la tient enchaînée à ce manège de la célébrité. Elle se méprise de s'abandonner à la facilité — humiliée, le mot reviendra avec insistance à propos de cette époque de sa vie. Mais l'humiliation, malgré qu'elle en ait, résulte moins des frasques de son mari que du sentiment d'une indignité littéraire.

Avec le succès qui ne cesse de s'enfler et de grossir, les solliciteurs et les pique-assiettes affluent. Dès les premières heures du matin, un flot de visiteurs défile rue de Courcelles, une avalanche de «bleus», de télégrammes et de lettres se déverse sur le bureau de Willy, qui, tôt levé, travaille à ses articles, à la correction des épreuves, tout en recevant les uns et les autres, en répondant au courrier, en pressant ses «collaborateurs» et en les bombardant de notes.

La machine s'emballe, ils ne réussiront pas à freiner sa course. Avec ce curieux mélange de conservatisme et de modernisme qu'on a constaté chez lui, Willy invente la publicité à l'américaine. Exploitant habilement la vogue inouïe du personnage de Claudine, il promeut toutes sortes d'«articles dérivés», qui doivent amplifier le succès. Claudine devient col, bien sûr, robe-sarrau, mais aussi cravate, parfum, assiette, cendrier, carte postale ou statuette — un gâteau même. Il s'arrange pour faire insérer des échos égrillards dans les journaux. L'insolente écolière est connue dans toute la France et la silhouette de son bon Papa aussi célèbre, dit plaisamment Sacha Guitry, que celle du capitaine Dreyfus ou de Dieu lui-même. «*Ah! si cet homme-là consentait à se faire un peu de réclame... Mais il est inflexible,* soupire-t-il comiquement. *Mais cet homme-là est intraitable*[1].» Parce qu'il n'existe pas alors de gloire établie sans le théâtre, qui tient lieu de cinéma et de télévision, qui fait les réputations et permet de gagner de l'argent, Willy adapte le roman et choisit une interprète qui, pour la France entière, s'identifiera au personnage : Polaire en effet ne joue pas, elle devient Claudine.

Son génie de la réclame suggère à Willy de prolonger le succès de la pièce en transformant l'actrice et sa «collaboratrice» en panneaux publicitaires. Habillées et coiffées à l'identique, il promène en tous lieux Polaire et Colette, deux jumelles équivoques : manifestations d'un goût douteux qui augmentent le scandale, provoquent des articles indignés ou fielleux. À ces démonstrations tapageuses, Colette se prête. Avec réticence? Jamais elle ne se montrera très scrupuleuse quant aux moyens ni ne reculera devant le scandale. Sa double nature, relevée par tous les biographes attentifs, désire à la fois le bruit de la gloire et le recueillement au sein

---

1. Dans le *Gil Blas* du 4 juin 1904.

d'une nature dont elle garde une nostalgie tenace. Vagabonde et sédentaire, elle souhaite le mouvement et le repos, la publicité et la solitude, l'amour fidèle et la liberté. Elle aime l'argent et se voudrait assez riche pour se fixer à la campagne, y rêver longuement des livres chastes et graves ; mais elle se gardera bien de s'installer en province, sauf pour des vacances, car elle a besoin de Paris et de sa nervosité trépidante — de ses réseaux aussi, qu'elle tisse avec patience. Sans ces contradictions, elle n'écrirait sans doute pas. C'est parce qu'elle passe son temps à faire des choses qu'elle regrette qu'elle les écrit d'une manière un peu personnelle, dit-elle à Missy. Elle les fait cependant, quitte à s'en repentir ensuite.

Willy n'entend pas laisser refroidir le succès : Colette se remet donc à l'établi. Après l'école, il y aura une *Claudine à Paris*[1], *en ménage*, qui *s'en va*, qui revient, une Minne — *L'Ingénue libertine* —, délayée et tirée en longueur, qui revient encore dans *La Retraite sentimentale*. Un titre par an. Parce qu'il tient à ce qu'elle écrive à son aise, dans un décor bucolique, Willy achète une propriété, Les Monts-Boucons, flanquée de sept hectares, au-dessus de Besançon. (Des années après leur séparation, Sidonie, apprenant la ruine de Willy, écrit à sa fille : « *Ce que tu me dis du pauvre Willy m'attriste plutôt. Mais comment*

---

1. L'un des meilleurs titres de la série.

peut-on être si intelligent et si bête à la fois! Il y a qu'il ne peut rien refuser à personne [1]. » À sa petite Colette, il ne sait non plus rien refuser : elle aime la campagne, elle rêve d'une belle maison au milieu des collines et des bois, alors…)

Colette s'abandonne au bonheur de se sentir propriétaire, fait de longues retraites dans le Doubs, joue à la paysanne. Elle y médite aussi, se recueille et se rassemble. Dans cette vieille bâtisse qui se donne des airs de gentilhommière, entre ses chats, son chien, son cheval, ses fruitiers et ses fleurs, elle regarde avec lucidité et mélancolie sa vie factice auprès de Willy et *à pas de chat* — c'était le titre qu'elle voulait donner à *La Retraite sentimentale,* ce dernier titre trouvé par Valette — elle envisage donc la séparation. C'est moins la femme que l'écrivain qui hésite et louvoie.

Toutes les raisons qu'elle donne à cette rupture et auxquelles, par fatalité, les biographies s'attachent, les livres les corrigent. Willy, comblé par ce triomphe, le premier de bon aloi qu'il remporte, trouve logique de le prolonger. Ça marche, pourquoi changer? Colette, elle, ne se satisfait plus des gamineries d'une Claudine qu'elle prend en grippe, elle en a assez de ces personnages frelatés, de ces pédérastes de caricature, toujours le miroir à la main pour épier et traquer leurs ridules, des aventures saphiques,

---

[1]. Sido, *Lettres à sa fille.*

des portraits-charges et des mots douteux. Elle aspire à autre chose — mais quoi ? En attendant la réponse, qui viendra avec la fin de *La Retraite sentimentale*, elle fait dialoguer des bêtes, signe ainsi son premier ouvrage — sans que Willy s'y oppose. Il est d'ailleurs d'accord pour qu'elle écrive et signe tels livres qu'elle voudra, pourvu qu'elle n'abandonne pas l'usine. Lui aussi a fini par comprendre qu'elle n'était pas un auteur, il espère seulement que l'écrivain continuera d'alimenter la fabrique. Elle soutire une préface à Francis Jammes, le chantre des ânes et des petites fleurs de montagne. Il lui servira de caution morale, lui le catholique franciscain : «*Madame Colette Willy n'a jamais cessé d'être* la femme bourgeoise *par excellence...*[1]» Anouilh se montrera plus perspicace : «*Vous n'êtes pas du tout une femme convenable, madame Colette !*»

Les monologues d'un charmant petit bull français auraient pu difficilement remplir les quinze tomes des *Œuvres complètes*... Ce que Colette cherche confusément, ce n'est pas une matière, ni des sujets : elle cherche sa manière originale, son style, et elle pressent qu'elle ne le trouvera qu'en elle-même, en creusant son fonds. Or Willy la disperse, la précipite vers des sujets anecdotiques, vers des personnages futiles. Son angoisse de manquer, son besoin de se sentir

---

1. Préface aux *Dialogues de bêtes*.

matériellement rassurée la retiennent auprès de son mari, dont elle ne veut pas voir la situation. Puisque c'est sa manière légère et triviale qui remplit les caisses, elle se soumet — avec de plus en plus de réticence pourtant. C'est l'époque où elle assure le secrétariat des «ateliers», où elle traite avec les collaborateurs, qui la surnomment «la patronne», relit leurs textes... Plus que solidaire de Willy, elle est sa collaboratrice, sa complice.

Entre eux pourtant, tout est fini : la rupture et la séparation ne seront qu'une formalité, douloureuse certes. Ce qui les éloigne l'un de l'autre? Les infidélités de Willy, bien sûr, ses mensonges puérils. Le spectre de la ruine surtout qui, chez Colette, ravive des souvenirs insupportables. Elle déteste le malheur, les infirmités, la laideur et la mort, et, de tous les malheurs, elle redoute plus encore celui qui l'arracha à la maison de Saint-Sauveur, au jardin enchanté, au paradis de l'enfance — ce malheur qui fit de Sido une vieille femme. On n'aime pas, en France, parler d'argent, tout en y pensant beaucoup. La correspondance de Colette est pourtant remplie de ce souci obsédant, elle aborde la question avec une rude franchise.

Malgré ses jongleries, malgré des expédients douteux, les créanciers assiègent Willy qui ne voit qu'une issue pour échapper au naufrage : liquider l'appartement, couper dans les dépenses, se restreindre. Il l'aurait alors mise à sa porte, dira Colette, qui prétendra avoir été congédiée comme une domestique. La correspondance montre la fausseté de l'accusation : « *J'ai eu avec Tétette, rue de Villejust, une explication, assez pénible, au cours de laquelle elle m'a exprimé le désir de ne plus me voir ! (C'est pour moi un chagrin que vous comprendrez, mieux qu'elle-même, et qui vient s'ajouter aux emmerdements [pardon] innombrables, ignorés d'elle, qui me tombent sur le poil.) Je n'ai pas l'habitude de me cramponner, je ne commencerai pas à quarante-huit ans. Seulement, puisqu'elle reste avec vous, je vous demande non seulement de ne pas l'exciter contre moi — ce qui n'est pas dans votre caractère — mais d'empêcher autant que possible qu'elle ne s'aigrisse contre un homme qui a été plus fou que méchant* [...][1]. » Cette lettre adressée par Willy à Missy, la marquise de Morny, montre qu'il s'était, le lendemain du départ et du déménagement de sa femme dans un petit appartement de la rue de Villejust, précipité pour la convaincre de revenir avec lui. Sont-ils d'ailleurs brouillés ? Colette a pris du recul, elle s'est réfugiée auprès de Missy, mais elle hésite encore. Pendant près de deux ans, la situation reste incertaine. Même si cela paraît inconcevable à Michèle Sarde, Colette aime toujours Willy : « *N'empêche que nous — que vous avez commis une boulette après quelques autres (pardonnez-moi !). Il y a trop de femmes dans votre*

---

1. Collection M. R.-B.

vie, Doucette, et la seule qui vous convienne vous fait défaut maintenant, comme me fait défaut le seul homme avec lequel je pouvais vivre... Si la vie matérielle redevient meilleure, redevient possible et à peu près assurée pour vous, chère Doucette, voici le coupable arrangement que je vous propose en secret : revenez, revenez auprès de moi, dans un appartement qui sera si près du mien que ce serait presque le même. Foutez-vous des gens, de tous les gens, comme je le ferai moi-même. Et je continuerai de travailler de mon côté, et vous du vôtre. Et je coucherai avec Missy, qui ne demande pas mieux... Il faut que vous soyez fou, et moi folle, pour avoir organisé l'arrangement actuel... Ce n'est pas un marché que je vous mets à la main, chère Doucette, c'est que je ne saurais, physiquement et sentimentalement, supporter qu'il en fût autrement[1]. »

Arrangement, non congé, et dont la cause est désignée sans détour : la situation matérielle de Willy, en effet déplorable. De son côté, Willy, le pudique, se plaint : « *Je ne croyais pas, moi, qu'il me serait impossible de me passer d'elle, vitalement impossible ! Oh, ne croyez pas à des besoins de couchage*[2] *! Mais sa présence me manque, ses sourires ambigus, la rapidité folle de sa compréhension, le livre qu'elle me jetait sous les yeux ouvert à la page qu'il fallait — jamais d'erreur ! — marquée*

---

1. Collection M. R.-B.
2. Hélas, les besoins de couchage existent toujours chez Colette et ils rendent la réconciliation impossible.

d'un coup d'ongle; il me manque ses joies absurdes, ses chagrins violents et brefs, la puérilité bavarde dont elle masque, comme une tare, sa sensibilité aiguë...[1] » Il faut en revenir à la situation matérielle de Willy, de jour en jour plus désespérée : « *Elle ne demanderait — je le sais trop — qu'à plaquer l'anormal pour se terrer avec moi quelque part. Mais manger ? Mais affronter le potin vraisemblable : "Ils boulottent ensemble ce qu'ils ont volé à la Belbeuf"*[2]. » On ne sera pas surpris de le retrouver, dans le chagrin, soucieux du qu'en-dira-t-on, homme du monde qui repugne à l'idée qu'on puisse l'accuser de vivre aux dépens de Missy. Et puis, la vie n'étant jamais simple, ni conforme à l'idéologie, il vit avec une danseuse-comédienne, Meg Villars — la seconde partie de son patronyme, oui —, qu'il finira par épouser. En somme, la fin ressemble au commencement : ils s'aiment passionnément mais pas de la même façon...

L'étau cependant se resserre : Willy vend tout, meubles, tableaux, objets d'art (vrais et faux), chevaux, la propriété des Monts-Boucons enfin, ce qui bouleverse Colette qui s'en croyait propriétaire. (Il y aurait tout un roman à écrire sur ses maisons.) Cela ne suffit pas : les créanciers ne

---

1. Lettre à Vuillermoz, citée par François Caradec.
2. Lettre à Curnonsky.

lâchent pas leur proie. Pour leur échapper, Willy devra bientôt s'exiler à Bruxelles, en Suisse ensuite. Plus que lessivé, il est en réalité mort. Il accusera Colette de l'avoir ruiné, elle l'accusera de l'avoir spoliée : la vérité est qu'ils n'ont pas été assez de deux pour accumuler les dettes, le jeu étant sans doute le premier responsable de cette débâcle. Si jamais Sido n'a pu pardonner au Capitaine de s'être montré imprévoyant, on imagine que la fille, plus violente et plus sauvage encore, n'aura guère de pitié pour Willy.

Dos au mur, Willy va d'ailleurs accomplir l'action qui scellera la rupture. Pis qu'une faute, ce sera, aux yeux de Colette, une félonie. Bien entendu, elle concerne la littérature : sans la consulter ni la prévenir, il vend pour un prix forfaitaire les droits des *Claudine* aux éditeurs. Quand elle l'apprend, elle semble hébétée presque : « [...] *est-il vrai, est-il possible que toutes les Claudines* [sic] *et les deux Minne soient à présent la propriété des éditeurs ? Est-il possible que tout cela soit à jamais perdu pour vous et pour moi*[1] *?* » Il a, sans en avoir conscience, porté la guerre sur le seul terrain qui la rendra inexpiable. Pour lui, qui n'a jamais pris la littérature au sérieux, cette cession ne représente qu'un expédient ; pour elle... Désormais, Colette ne lui fera aucun quartier. Elle veut plus que sa défaite, elle veut son anéantissement...

---

1. Collection M. R.-B.

Ulcéré, il se plaint à Rachilde : «*Au temps où, séparés, nous étions restés bons amis, j'avais mis sous son nom, pour éviter les saisies d'huissier, mes meubles personnels. (J'avais cru lui faire injure en lui demandant une contre-lettre.) — Aujourd'hui, forte de ma négligence, elle me réclame par huissier ces meubles qu'elle prétend lui appartenir... Mais vous, Rachilde indépendante plus qu'aucun homme, je vous demande : Dites à Colette que je vous ai écrit ceci, que j'admets les rosseries dans les journaux, bien d'autres choses encore, mais ça, ce vol sournois, non, non*[1].» À son fils, il confiera que, parmi ces meubles, il y avait le bureau de son père dont on imagine ce qu'il représentait pour Willy.

Vengeance? Assurément. Mesquinerie, soupirent Claude Pichois et Alain Brunet. Quand une indélicatesse se répète, en des circonstances et avec des personnes différentes, comment la qualifie-t-on?

Willy a porté le fer à l'endroit le plus sensible : l'orgueil littéraire. Il a touché le fond de la personne, l'écrivain. Elle en avait assez de ces livres «claudinesques» — le terme est d'elle —, mais c'étaient ses enfants. Elle n'aura de cesse que d'en retrouver la propriété — elle y parviendra, bien sûr —, éliminant jusqu'au nom de Willy. Elle tuera l'écrivain qu'il fut, ce qui n'était guère difficile. Elle déchirera et piétinera l'homme, ce qui était injuste. Elle agira d'ailleurs avec ruse et

---

1. Collection M. R.-B.

méthode. « *Et l'exécution sera d'autant plus sévère, note Geneviève Dormann, que Colette, habilement, l'organisera sur des éléments contrôlables*[1]. »

Sans attendre, Colette tend ses filets : «*Paul Barlet* [le secrétaire de Willy] *est chargé d'aller récupérer les manuscrits des* Claudine *composés sur les feuilles craquantes d'un papier américain et qui se sont retrouvés nettement recopiés sur des cahiers d'écolière avec* marginalia *de Willy. D'après Willy, Paul Barlet lui a aussi volé des lettres qu'il a vendues à Colette*», avancent Claude Francis et Fernande Gontier.

Affirmation gratuite autant qu'absurde : on admet que Colette ait soigneusement recopié sur des cahiers son manuscrit, mais comment eût-elle pu rapporter à la marge les corrections et les annotations de Willy dont l'écriture est reconnaissable entre toutes ? Les auteurs seraient bien en peine de démontrer leurs allégations, puisque personne n'a jamais vu ce premier brouillon, ni palpé ce papier américain (*sic*). Il semble plus probable que les cahiers constituaient la seconde version et que Willy les avait annotés et corrigés avant leur parution. L'accusation de vol n'en est pas moins fondée : «*Le fauteur de ces misérables infamies est Barlet… qui a quitté la rue Chambiges* [le domicile de Willy, dans une rue située derrière l'hôtel Plaza-Athénée] *dès qu'il m'a vu sans argent pour courir offrir*

---

1. Geneviève Dormann, *Amoureuse Colette*.

ses services rue Torricelli (ses loyaux services !)... et les papiers qu'il a chipés dans mes tiroirs[1]. »

Colette dispose maintenant des preuves que les cahiers sont de sa main et que la collaboration de Willy fut mince, nulle même. Elle les montre aux uns et aux autres, organise une campagne adroite, inspire des articles et des échos. Elle attire à elle certains des collaborateurs de Willy, leur prête des jugements féroces sur leur patron, fait même parler les morts. Parfois, l'un ou l'autre se rebiffe et proteste, écœuré par la façon. Paul Barlet, l'un de ces homosexuels qui ont tous les défauts qu'on attribue aux femmes sans en posséder les qualités, exulte au milieu de ces intrigues. Il signe de sa main le courrier de Colette, la conseille, jette de l'huile sur le feu. Il frétille, s'agite et se démène.

Je passe sous silence un épisode juridique, plus nauséeux encore, où ni l'un ni l'autre ne jouent un bien joli rôle, Willy, parce qu'il a escroqué l'une de ses anciennes maîtresses, Mme de Serres, Colette qui, sournoisement, l'enfonce... Peut-être n'existe-t-il pas, dans une histoire d'amour, de fin digne ? Colette et Willy n'échappent pas au lot commun : après s'être passionnément aimés, ils se déchirent avec la même passion, sauf que lui n'a ni le sombre égoïsme ni la ténacité de la première.

Plus que l'homme, c'est l'époque dont il fut

---

1. Collection M. R.-B.

l'incarnation qui agonise. L'atmosphère petit à petit s'épaissit, se tend. Les bons mots de Willy, ses calembours sonnent de plus en plus creux. Bientôt, ils sembleront insupportables. Incapable de changer, il s'ankylose dans son esprit boulevardier, continue de fabriquer des ouvrages coquins.

Seule Colette continue bizarrement de le craindre. Menace-t-il de publier ses souvenirs, elle s'affole, tente par tous les moyens de le faire taire. Que redoute-t-elle donc ? Rien d'autre sans doute qu'un passé qu'elle veut effacer de sa vie. Il est le seul témoin d'une jeunesse qu'elle s'emploie à remodeler, sculpter, peindre aux couleurs de la légende. L'achever, c'est non seulement se venger de lui, c'est tuer cette première vie, devenue trop encombrante. « *Le monde m'est nouveau à mon réveil chaque matin, et je ne cesserai d'éclore que pour cesser de vivre*[1]. »

Les sentiments de Willy, eux, seront toujours mitigés, un mélange d'agacement et d'ironie indulgente. Trop sceptique pour croire à cette métamorphose, il soupçonne sa veuve de s'inventer un nouveau rôle. Il n'aime pas non plus sans restrictions sa nouvelle manière, ces phrases amples, ondoyantes, chavirées par leur propre musique. Il reste attaché au style sec et musclé

---

1. Conseil littéraire de la principauté de Monaco, *Hommage à Colette*, Éditions de l'Imprimerie nationale de Monaco, 1955.

des débuts, au rythme nerveux des *Claudine*. Mais il ne peut s'empêcher d'admirer celle qu'il a révélée à elle-même. Conscient qu'il ne laisse rien derrière lui, que ses centaines d'ouvrages s'effritent en poussière, il s'accroche à cette fierté : avoir découvert le talent de celle qui continuera longtemps de signer Colette Willy, sans qu'il songe à s'y opposer, secrètement flatté, qui sait.

De Châtillon-Coligny, Sido écrit à sa fille : « *Je me dis souvent ce que tu te dis vaguement, c'est que si tu n'avais pas vécu quelque temps avec ce phénomène, ton talent ne se serait pas révélé!* » Assez lucide, la mère, pour remettre toute l'histoire dans la lumière de la littérature et pour reconnaître que l'influence de Willy ne fut pas nulle. Sans lui, aurait-elle écrit? « [...] *elle aurait appris toute seule?* s'interroge Claude Farrère. *Pas absolument sûr. Et même si oui, elle y aurait mis vingt ans au lieu de deux*[1]. »

---

1. Lettre à Richard Anacréon.

IX

Toutes mes notes de lecture, toutes mes fiches, depuis plus de vingt ans, sont rangées sous la rubrique : Missy. C'est elle, Mathilde de Morny, épouse divorcée du marquis de Belbeuf, que je voulais d'abord évoquer dans ce livre, à elle que je pensais, suivant ses traces, traquant sa piste. J'ai dû me résigner : la marquise de Morny n'a pas eu de vie, rien qu'une existence solitaire et mélancolique, coupée de scandales et de provocations. Car la mélancolie — Missy se définit elle-même par ce mot, mélancolique —, l'inguérissable mélancolie, n'exclut pas la joie, au contraire. Joie débridée, tapageuse, extravagante, folle, au sens propre.

Trouvais-je un indice, il m'arrivait chaque fois pollué de rires gras, de plaisanteries salaces, d'injures grossières. Missy indignait ou révoltait, choquait et révulsait. Même Colette de Jouvenel, quand je faisais dériver la conversation vers elle, haussait les épaules, secouait la tête, partait d'un rire vaguement gêné. « *Elle fai-*

sait de la mécanique, elle réparait des moteurs », consentait-elle à lâcher. Je m'imaginais naïvement que ses penchants, nullement cachés, auraient dû lui rendre la marquise, l'oncle Max pour ses familiers, Monsieur le marquis pour ses domestiques, sympathique ou, du moins, excusable. Je m'apercevais que son nom provoquait, au contraire, un malaise et un instinctif mouvement de retrait. Obstiné, je revenais à la charge pour, à la fin, m'apercevoir que Missy inspirait moins l'aversion que la peur, même chez une femme libre. Peur obscure, telle celle qu'on ressent devant une grotesque caricature de soi-même. Colette de Jouvenel refusait de se contempler dans ce miroir déformant.

La passion de la mécanique, n'y avait-il rien d'autre à dire de Mathilde ? Apparemment, non. Si, dans mes recherches, je tombais sur une anecdote, elle y apparaissait, invariablement, sous un jour pitoyable ou comique. *« Un soir,* raconte André de Fouquières, *je fus convié à dîner chez elle. J'étais seul homme au milieu de plusieurs couples féminins, et fus placé à la droite de la maîtresse de maison. Dès le début du repas, ma voisine retroussa largement sa jupe, sans nulle gêne, et, la maintenant dans cette position, à diverses reprises, sans interrompre la conversation, se fit des piqûres de morphine* [1]. » Une autre me la montrait

---

1. André de Fouquières, *Mon Paris et ses Parisiens*, Éditions Pierre Horay, 1959.

dans le train, assise dans un compartiment pour dames, près de la fenêtre, dans son accoutrement d'homme, strict et sévère : «*Oh, pardon, monsieur, je croyais que c'était un compartiment pour dames!*» Ou Willy, installé dans le même compartiment, et protestant, lorsque le contrôleur le priait de changer de voiture : «*Mais... je suis la marquise de Belbeuf!*»

Si on riait tant, c'est qu'elle prêtait à rire. Avait-elle conscience du ridicule qui s'attachait à sa personne? Souffrait-elle de cette dérision? Le défi que, par son apparence, elle jetait à la société, ce défi renforçait ma perplexité. Comment, pourquoi Mathilde de Morny, dernière fille du duc de Morny, le frère utérin de Napoléon III, s'offrait-elle en spectacle? Je ne cherchais pas des explications — les manuels et les traités de psychanalyse en fournissent assez —, je tentais de m'impliquer, de la saisir de l'intérieur. C'est à elle que je posais la question, sans aucune curiosité malsaine, sans non plus d'apitoiement suspect, avec douceur, avec tendresse presque. Je regardais ses portraits qui montrent d'abord une petite fille blonde, aux cheveux bouclés, engoncée dans une robe amidonnée; puis un jeune hidalgo à la moustache peinte, coiffé d'un sombrero et ramenant vers lui un pan de sa cape; enfin le même homme à l'aspect rude, de forte carrure, chaussé de bottes, tantôt conduisant son automobile entourée d'une troupe de jeunes filles en crinoline et capeline, tantôt promenant une meute de ridicules petits chiens, puis des dogues énormes, à moins qu'il (elle?) ne rêve devant une fenêtre, le regard vague, rempli dune incurable tristesse. Ce vieil homme amer, enfin, le nez chaussé de binocles ronds et minces, avec toujours cet œil désabusé, stupéfait, de bête traquée.

Y aurait-il des vies perdues ? Des vies qui passent sans laisser aucune trace ou presque, si légères, si vides que le moindre souffle les disperse ? Dans les livres de Colette, sa silhouette lourde, sa démarche militaire, sans plier le genou, détail, disait-elle, par où la femme se trahit, sa silhouette de solitude et de crépuscule ne fait également que passer. Colette avait aimé Missy, elle avait partagé sa couche : ne restait-il de cette intimité qu'une caricature ? n'y avait-il, sur cette créature quasi fantastique, rien d'autre à retenir que ses gestes martiaux, ses rires abrupts, sa solitude et son désespoir ?

Un cas, un phénomène de foire. « *Je n'irai pas jusqu'à dire que Missy fût un* monstre [souligné dans le texte] [1] », chuchote André de Fouquières, trop homme du monde pour s'abaisser à de telles inconvenances : il lâche le mot toutefois, du bout de la plume. Il tient même une explication toute prête : « *Elle était en vérité animée par un souci "d'épater le bourgeois" et, chez elle, le vice était plus fabriqué que naturel.* » C'est évident.

---

1. *Ibid.*

Toute sa vie, la marquise a consenti au malheur pour faire la nique au bourgeois. Quant au naturel... n'était-ce pas sa nature que, justement, Missy refusait et niait ?

Dès qu'on creuse dans sa vie, on se heurte au même vide. Son père mourut alors qu'elle n'avait pas quatre ans ; sa mère, une princesse Troubetskoï qu'il était allé épouser à Saint-Pétersbourg, belle femme théâtrale, hystérique, entichée de sa noblesse, méprisant l'aristocratie française et, plus encore, son mari — ce parvenu, ce bâtard —, faisait plus qu'ignorer sa benjamine : elle la détestait, la traitait de laideron, l'appelait le Tapir à cause de son grand nez. Qui donc aimait-elle, la belle Sophie ? Sa ménagerie — des oiseaux, des singes, une panthère ? les bijoux dont elle se couvrait, telle une icône ? les déclamations et les cris dont elle emplissait son hôtel ? Ce qui est sûr, c'est que son amour pour ses enfants, s'il a existé, était pour le moins distrait. Des foucades, des embrassades pathétiques, l'oubli ensuite. À la mort de son mari, elle se répandit en gémissements et coupa, au-dessus du cercueil, en signe de deuil, sa superbe chevelure. Évoquant l'hécatombe, Mathilde ricanait : «*Eh ! qu'on me fiche la paix avec le sacrifice de ma mère... Pendant deux ans, elle a embêté mon père pour qu'il lui permette de porter les cheveux courts, il le lui avait formellement interdit. Elle a trouvé le bon truc*[1] *!*» Entre la mère

---

1. *L'Étoile Vesper.*

et la fille, la méfiance régnait. On voit d'ailleurs mal comment la petite aurait chéri une mère qui la poursuivait de son mépris. Si distraite, l'affection de Sophie pour ses enfants, que lors de la défaite de Sedan, s'apprêtant à plier bagages et à quitter précipitamment Paris, un secrétaire dut lui rappeler que sa progéniture manquait à l'appel : les enfants séjournaient en Normandie, à Trouville. Dans son trouble, la duchesse les avait oubliés. Elle eut toutefois la bonne grâce de les faire rechercher et de les attendre.

Son exil la conduisit en Espagne où elle épousa le duc de Sesto, homme de caractère doux et affectueux, qui fut attentif aux enfants. Peut-être est-ce la seule période de sa vie où Mathilde connut, sinon le bonheur, à tout le moins son frôlement. Le duc s'entretenait volontiers avec elle, l'écoutait, l'emmenait avec lui à la chasse, lui faisait découvrir l'Andalousie. Aurait-elle pu ne pas aimer l'Espagne ? Elle apprit la langue — elle parlait déjà l'anglais, outre le russe et le français. Ce que fut son éducation, on le devine : précepteurs et instituteurs, maître écuyer, professeurs de musique et de piano, douairières pour le maintien, l'habitude surtout d'une société choisie, assez riche pour ne se soucier que de cultiver et montrer son esprit. Elle y acquit ces manières de simplicité courtoise que même ses adversaires lui reconnaissaient : l'attention accordée aux plus humbles, une façon d'écouter les pires sottises avec un air de compréhension, un sourire paisible, à la fois proche et distant. Cela devait lui coûter d'autant moins que, de l'avis unanime, son intelligence était courte, si bien que les manières ne dissimulaient aucune ironie. «*Bonne poire*», décrétait Liane de Pougy avec condescendance.

À travers ses rares confidences, recueillies par Colette, on visite l'envers du décor. Lambris et dorures, certes, mais plus souvent encore, les sous-sols, office et cuisines, où on la reléguait; la compagnie des domestiques et des valets qui, un jour, la gâtaient et la cajolaient, oubliaient, un autre, de la nourrir, s'amusaient à la saouler le lendemain pour rire de ses pitreries, l'insultaient ou se moquaient d'elle, au gré de leurs humeurs. Un objet de risée. Une Cendrillon laide, exilée dans les caves. Mathilde ne se plaignait pas, ne récriminait pas davantage. La vie, lâchait-elle, est une chiennerie. Avec ce constat, définitif à ses yeux, tout était dit. Elle ne reviendra pas sur cette vision réconfortante de l'humanité. Sans élever la voix, du ton le plus serein, comme on constate l'évidence. Si elle n'avait peut-être pas absolument raison, du moins ne manquait-elle pas de raisons.

Une élégance simple, une supérieure indifférence envers l'argent, qu'elle répandait autour d'elle. Une grande dame, lit-on chez ceux qui l'ont approchée. Le compliment ne s'adresse pas au travesti, il va à ce qui, derrière le masque, trahit la familiarité avec le meilleur monde.

Fauchée, elle signale au maître d'hôtel que la nappe est tachée ; aucune nappe n'est propre, rétorque-t-il. Eh bien, mettez la toile cirée. Pour Mathilde de Morny, un raffinement suspect est pire que pas de luxe du tout. Elle se sent au-dessus des aléas de la fortune. En tout cas, ailleurs, très loin.

Dans les archives espagnoles, rien non plus, hormis l'écho des premiers scandales. Elle joue la comédie (en espagnol), danse le fandango debout sur une table, se déguise en bandolero, s'amourache, déjà, d'une jeune servante. Très tôt, vers quinze, seize ans, son lesbianisme éclate au grand jour, sans qu'elle fasse grand-chose pour le cacher. Elle va le plus souvent à Tanger où le duc de Sesto possède un palais. Mathilde y reçoit ses petites amies, se promène dans les ruelles de la médina, fréquente les bouges, danse et chante. Bien entendu, on cancane, on se scandalise. Dès son adolescence, Mathilde est rejetée vers les marges, plus par son allure et ses manières qu'à cause de ses penchants. Sa présence suffit à créer un malaise. Des épaules trop larges, trop carrées, une silhouette massive, des gestes secs, une voix grave... La famille décide de la marier et jette son dévolu sur le marquis de Belbeuf riche, par l'industrie textile, à millions. De son côté, Mathilde apporte en dot une fortune, elle aussi, considérable — les riches, en ce temps-là, l'étaient jusqu'à l'insolence, tout comme les pauvres l'étaient jusqu'à la famine.

Elle quitta avec tristesse l'Espagne et en garda la nostalgie. Ce fut une sage décision pourtant : on imagine quelles réactions son allure et ses mœurs auraient provoquées dans cette Espagne de la fin du XIXe siècle. Son nom la protégeait, certes, c'était même sa seule défense, mais cela n'aurait pas suffi longtemps. Elle s'était attachée à son beau-père, aux paysages, à la lumière, aux chants et aux danses. Elle rejoignit la Normandie avec un mince bagage de regrets.

On sait peu de chose du mariage, sauf que le marquis de Belbeuf, galant homme, comprit vite la situation — le moyen de l'ignorer quand l'homme inspirait à Mathilde une répugnance qu'elle ne dissimulait pas ? Il retourna à Paris, la laissa libre de chevaucher dans la campagne et de poursuivre de ses assiduités les jeunes paysannes ou les servantes du château, car les goûts de la marquise de Belbeuf la portaient vers des femmes de condition modeste. Elle eut alors sa période dandy, commandait ses jaquettes et ses culottes à Londres, chaussait des bottes sur mesure, coiffait un chapeau melon, nouait des cravates impeccables, serrait sous son bras des cannes ou des cravaches magnifiques. Elle avait adopté, définitivement, le costume masculin, travestissement pourtant interdit par la loi, et elle ne le quittera plus, jusqu'à sa mort. Pour éviter les ennuis, il lui arrivait de passer une jupe à boutons-pression par-dessus son pantalon, qu'elle enlevait et déposait au vestiaire dès qu'elle se trouvait dans l'intimité. Mathilde ne jouait pas à l'homme, elle se sentait et se voulait homme, absolument. Dans son corps, elle niait avec rage tout ce qui pouvait trahir sa féminité. « [...] *elle portait des bottines d'une taille plus grande que ses pieds petits, elle comblait la différence par des morceaux de papier journal bourrés dans leur extrémité. Elle rendait de la sorte, à s'y méprendre, son aspect masculin* [...] [1]. » Son corps était non seulement nié, mais aboli dans une chimère de virilité. Par son apparence, elle décourageait, écartait sa hantise : le désir masculin. Elle n'existait plus que dans son rêve, traversait la vie portée par son illusion. Ses amours avaient la violence désespérée de l'impossible, partant de l'échec. L'illusion seule où elle maintenait son désir aurait déjà suffi à le dégrader, mais elle y ajoutait le sentiment tenace de sa laideur et de son indignité, qui la condamnait, par une prodigalité fastueuse, à toujours acheter ce qu'elle était persuadée de ne pas mériter.

Bonne poire, oui, à condition de casser le lieu commun et de séparer les deux termes : bonne par les qualités de son cœur, et poire avec lucidité. S'il est vrai qu'elle n'avait guère de goût pour les idées abstraites, elle ne manquait pas pour autant de finesse. Au fond, Mathilde de Morny était sans illusions, sur rien et sur personne, peut-être pas même sur elle.

---

1. Sacha Guitry, *Les Femmes et l'Amour*.

Au bout de six ans, lassée de la campagne normande, elle décida de se fixer à Paris. De bonne grâce, le mari accepta le divorce. Chacun, s'accordèrent-ils, garderait sa fortune et l'emploierait à vivre selon son bon plaisir, ce qu'ils firent tous deux avec ténacité.

Les entraînements de Missy avaient un caractère d'irrémédiable urgence. Elle était prête à tout pour obtenir celle qu'elle voulait, et sa fortune lui permettait, sinon tout, du moins beaucoup. S'amourachait-elle d'une jeune ouvrière? Elle installait à grands frais un atelier de mécanique où elles pourraient ensemble travailler de leurs mains; une autre la quittait? Elle se mourait, se couchait, après avoir adressé un faire-part à l'infidèle, dans un cercueil, sous des montagnes de fleurs, et quand l'évaporée arrivait, contrite et sanglotante, Missy se relevait et, magnanime, lui ouvrait ses bras. Toutes les folies qu'on peut imaginer, Missy les a faites, sans parvenir à chasser sa tristesse. Dans ses villégiatures, sa cour, bruyante, provoque l'indignation : on parle d'orgies, de messes noires. La presse républicaine s'en donne à cœur joie avec celle qu'elle surnomme la Napoléonide : Missy incarne et symbolise la dégénérescence de l'aristocratie; les philistins s'offrent, sur son dos, une bonne conscience. Jean Lorrain, qui la déteste, évite de la nommer et use de périphrases pour la désigner. Homme, Missy n'a que mépris pour les pédérastes, il est vrai.

Corps chimérique, sexe halluciné, la marquise s'est aussi inventé une famille, une poignée d'intimes dont Léon Hamel, son homme d'affaires et de confiance — il deviendra l'ami de Colette ainsi que son conseiller —, Auguste Hériot et Sacha Guitry. Cela fait beaucoup d'imaginations pour une seule femme : mais chacun bricole sa vie avec les éléments dont il dispose. Il faut croire que Missy n'avait pas grand-chose pour elle.

Willy, qui connaît le Tout-Paris et que tout le monde connaît, n'aurait pas pu ne pas rencontrer Missy ; quant à Colette, elle fréquente, depuis déjà quelque temps, la société lesbienne et n'en est pas à sa première aventure féminine. Plus tard, quand elle blanchira son passé, elle taira pudiquement son homosexualité ou mettra ses écarts sur le compte de ses déceptions conjugales, quand elle n'en rendra pas responsable l'abominable Willy qui l'aurait pervertie et incitée à la débauche. Certains de ses biographes, tout en admettant ses penchants — et comment les nier ? —, les expliquent par sa solitude et sa mélancolie, après l'échec de son mariage. Elle aurait, diront-ils avec un curieux moralisme, cherché auprès des femmes une consolation et un réconfort, propos qu'elle-même tentera d'accréditer, étendant à toutes les amours saphiques un platonisme où la sensualité ne tient guère de place. L'explication rejoint celle qu'une majorité d'hommes donne du lesbianisme où ils ne voient qu'enfantillages charmants, amusements sans gravité. Ces jeux d'ailleurs les excitent plus qu'ils ne les rebutent, tant ils sont convaincus de les faire cesser dès qu'ils y prendront leur part, évidemment tranchante et décisive. C'est exactement l'attitude de Willy : autant il déteste et méprise l'homosexualité masculine, à ses yeux répugnante, autant il se montre indulgent pour les lesbiennes, femmes malheureuses, qu'aucun homme n'a su satisfaire ni combler. D'où qu'il n'a marqué nulle réprobation des écarts de Colette, laquelle consent du bout de la plume : « *Non que je me sentisse misogyne mais garçonnière* », façon bien précieuse de dire qu'elle ne dédaignait pas les hommes mais se sentait également virile, ce que tous les témoignages attestent. On peut même ajouter que l'homme lui était indispensable. « *Je crois que beaucoup de femmes errent d'abord comme moi, avant de reprendre leur place qui est en deçà de l'homme*[1]. » Elle ne descendra jamais en deçà.

On connaît aussi sa peur de manquer, sa hantise de la pauvreté. Composée majoritairement de femmes riches, la colonie saphique de Paris avait tout pour l'attirer. Ces étrangères fortunées occupaient leurs loisirs à composer

---

1. *L'Entrave.*

des poèmes, rédiger de médiocres romans, chanter des hymnes, danser et composer des tableaux vivants. Dans les jardins de leurs hôtels, elles tournaient à la ronde, vêtues de tuniques à la grecque, coiffées de couronnes de laurier ; dans leurs salons embrumés d'encens, encombrés de paravents et de bibelots chinois, elles récitaient des vers saphiques, dégustaient des mets orientaux, buvaient des mélanges exotiques ; elles rêvaient de se rendre à Lesbos pour y créer une communauté de sœurs et y mener une existence libre, loin des hommes. Certaines — Romaine Brooks, Renée Vivien, Lucie Delarue-Mardrus, Natalie Clifford-Barney[1], la célèbre Amazone — avaient du talent, d'autres se contentaient d'être belles — Liane de Pougy —, quelques-unes plaisaient pour d'obscures raisons, ainsi de Caroline Otéro, « danseuse andalouse »... Le lesbianisme, peut-être en réaction contre un machisme grossier, formait, aux lisières du grand monde, une société raffinée, hantée par le suicide et par la mort. Romaine Brooks, l'un des plus beaux peintres de l'époque, frôle la démence, Renée Vivien, poétesse sensible, se jette dans la mort. Seule l'Amazone, dotée d'une santé robuste, résiste à tout, même aux assauts de Colette qui lui en voudra toujours de sa lucidité dédai-

---

1. Jean Chalon lui a consacré une belle et émouvante biographie : *Chère Natalie Barney*, Flammarion, 1992.

gneuse. Une aventure, oui, une liaison, certainement pas : l'Américaine goûte peu les complications.

Alors que les affaires de Willy se détériorent, qu'il faut trancher dans le vif pour éviter la débâcle, Colette se rapproche de cette société, sollicitée autant par un besoin de tendresse que par une fascination pour le luxe. Son mari ne s'y oppose pas, au contraire. Il avait déjà consenti à ce qu'elle fît de la danse, prît des leçons de pantomime avec Wague, le plus célèbre alors des mimes. L'idée pourtant n'enchantait pas Sido qui lui écrivait : « *Willy, c'est affreux. N'avez-vous pas l'autorité pour interdire à votre femme de monter sur les planches*[1] *?* » L'autorité, il l'avait, son avocat le lui confirma, mais non la volonté d'en user. La scène rapporte davantage que la littérature, et tant Willy que Colette sont alors à la recherche d'argent *frais*. Comment d'ailleurs s'opposer aux désirs de sa petite Colette qui a tant de sujets de se plaindre de lui ?

Missy accepte de parrainer et de faire admettre Willy au Cercle des arts et de la mode où se donnent des soupers par petites tables — c'est la marquise qui en aurait lancé la mode — avec batailles de pétales de fleurs, danses, spectacles de mime, tableaux vivants, musique, récitations poétiques, roulette et baccara surtout, qui sollicitent davantage Willy. C'est là, 44, ave-

---

1. Citée par Herbert Lottman, *Colette*.

nue Victor-Hugo, à deux pas de son domicile, que Missy rencontre Colette, laquelle, avec ses danses hiératiques, ses poses spectaculaires, remporte un triomphe. Elle plaît aux femmes autant qu'aux hommes, elle a pleine conscience de son charme et elle en use avec intelligence. « *Il y a mieux à faire qu'à les humilier ; je veux, pour un instant seulement, les séduire* [1]. » Avec Missy, l'instant durera cinq ans.

Séduite, Missy ? Sûrement. Éprise ? Colette n'est pas un caractère de tout repos et la marquise est trop mélancolique pour souhaiter les difficultés. D'autant que Colette ne fait pas dans la discrétion : dans les salons, elle exhibe avec fierté un bracelet portant l'inscription : « *J'appartiens à Missy* [2]. » Le rôle de Willy n'est pas non plus très clair : il aurait, dans un premier temps, favorisé la liaison, puis, lorsque sa femme le quitte, loue un appartement près de celui de Missy — c'est bien entendu la marquise qui règle le loyer —, il se précipite, on s'en souvient, dès le lendemain, pour la supplier de revenir vivre avec lui. Furieuse contre lui, elle refuse d'abord, puis finit par s'amadouer. Tous trois s'installent alors dans une situation équivoque qui fait jaser le Tout-Paris et rigoler les échotiers. Cocu, c'est drôle, mais par une femme — cela devient irrésistible !

---

1. *La Vagabonde.*
2. Ragot colporté par le préfet Lépine.

Willy n'est pas le dernier à plaisanter ni à faire des mots.

À quoi pense-t-il ? À échapper aux créanciers, à redresser ses finances, à se tirer du guêpier, car il ne doute pas que, la situation enfin éclaircie, la charmante enfant lui reviendra. Elle le lui écrit, si bien que l'épisode *anormal* n'est, à ses yeux, qu'une passade, comme est un triste expédient cette carrière de danseuse et de mime que Colette s'obstine à poursuivre. Il le déclare à l'un de ses amis : s'il réussit à rétablir ses finances, il l'obligera à renoncer aux planches et se cachera avec elle dans un coin tranquille où ils écriront de beaux livres. Tous deux s'illusionnent, bien sûr : ils veulent se persuader que la séparation n'est que temporaire et résulte d'un malentendu. Incapables de rompre, ils louvoient, continuent de s'écrire, de se voir, fâchés un jour, réconciliés le lendemain. Et Missy, ballottée, manipulée, se sent de plus en plus lasse, ce que Colette flaire aussitôt :

« *Oui, je vous reconnaîtrais après un an d'absence. Je vous reconnaîtrai surtout quand vous voudrez bien être un vieux Monsieur qui n'aura plus besoin autour de lui d*'aucune [souligné dans le texte] *"fille" équivoque, sauf d'une* amie [souligné dans le texte] *qui sera moi et nulle autre. Et Missy n'en prendra pas ombrage, d'abord parce qu'il n'y aura pas de quoi, et ensuite parce que nous avons fait fausse route avec Missy, qui maladivement scrupuleuse s'inquiète des responsabilités entières, ou qu'elle croit telles, et qui ne s'effarouche pas de ce qu'on nomme généralement ménage à trois. Je crois parfois entendre ce qu'elle pense, et je crains de deviner qu'elle aurait trouvé aussi propre, plus humain, bref plus* normal [souligné dans le texte] *que vous fussiez resté avec moi et moi avec vous. Qui l'eût cru, ô Doucette, que vous et moi pouvions penser sur ce point plus austèrement que Missy et le commun des mortels ! Nous serions restés ensemble, et le public vous aurait traité avec indulgence de voluptueux marlou, en souriant, et moi de petite intrigante qui "sait y faire" et tout eût été pour le mieux dans le meilleur des demi-mondes* [1]. »

N'en déplaise à Colette, sa lettre démontre qu'elle sait y faire, en effet. Sentant la fatigue de Missy, elle garde deux fers au chaud et propose le ménage à trois, dont elle fixe toutefois les conditions : moi seule ! C'est ainsi d'ailleurs que les gens considèrent leur situation : un étrange ménage à trois, scandaleux pour les uns, libre et hardi pour d'autres, incompréhensible pour la plupart. Ils ne se quittent pratiquement pas, séjournent, au Crotoy, dans des villas voisines ; Colette lie amitié avec Meg Villars, la maîtresse de Willy...

Pauvre Missy ! Elle n'aime pas les choses intellectuelles, elle est tombée dans la pire littérature. Il lui reste à toucher le fond.

---

1. Collection M. R.-B.

Tous les biographes ont raconté la scène. Le décor, c'est le Moulin-Rouge, le prétexte qui déclenche le scandale, une affiche apposée sur les murs de Paris, annonçant une pantomime, de Mme la marquise de Morny, interprétée par Colette et Yssim (?), point d'interrogation pour ceux qui n'auraient pas déchiffré l'anagramme. Si cela ne suffisait pas, l'administrateur du théâtre a décoré l'affiche des armes des Belbeuf et des Morny. Au Jockey-Club, le clan des bonapartistes est aussitôt sur le pied de guerre : le prince Murat et le marquis de Belbeuf réservent la moitié des fauteuils, engagent des gros bras, rameutent leurs amis. Dès le lever du rideau, c'est l'hallali : sifflements, trépignements, hurlements, injures. Vaille que vaille, l'orchestre joue, les acteurs s'obstinent ; on bombarde la scène de coussins, de berlingots, de gousses d'ail, bien sûr. Colette, en momie qui s'éveille à l'amour, défait ses bandelettes, rampe vers l'égyptologue, Missy, au milieu des cris et des rires : «*Vas-y, ma vieille ! À bas les gouines !*» Quand les deux femmes s'enlacent, font mine de s'embrasser sur la bouche, le tapage devient tel qu'on doit baisser le rideau. Assis dans une loge, près de Meg Villars qui, bravement, applaudit, Willy crie : «*Bravo, bravo !*» Une dizaine de malabars se ruent sur lui. Coups de poing et coups de canne. Il se défend crânement mais doit quitter la salle sous la protection de la police. Dès le lendemain, le spectacle est interdit par le préfet de Paris.

Le pire, pour Willy, est à venir : il est renvoyé de *L'Écho de Paris*. « *Tu peux imaginer ce que ce signifie pour nous*, écrit Meg Villars à Jacques Gauthier-Villars, *surtout depuis que nous avons perdu notre argent. Hier soir, il l'a dit à Colette. Elle est terriblement égoïste ; elle s'est bornée à remarquer : "Oh, je regrette" et a continué à parler de ses propres affaires... même la marquise a paru "gênée"*[1]. »

Cette fois, Willy est bien mort. Par sa faute ? Sans doute aucun. Pour justifier sa présence dans la salle, il invoquera les lettres anonymes qu'il aurait reçues, le menaçant au cas où il oserait se montrer. C'est plausible. On peut être sûr pourtant qu'il n'aurait, pour rien au monde, lui, le voyeur, manqué le spectacle.

Quant à Missy... toujours la question — pourquoi ? Elle n'a jamais reculé devant le scandale, c'est vrai. Mais, femme de tact, elle se dit indignée qu'on ait osé, sans la prévenir, se servir du blason des Morny. Il n'est pas non plus certain qu'elle ait consenti de bon gré à se donner en spectacle.

Un an plus tôt, Colette écrit : « *Cher ami, la marquise ne veut pas jouer dans les cercles dont elle n'est pas membre, si j'ose dire... Car la personne nommée plus haut ne veut pas non plus prêter son*

---

1. Citée par Claude Pichois et Alain Brunet, *Colette*.

concours pour raison de famille[1]. » On aura remarqué le ton d'ironie. Mais, quelques mois plus tard, celui-ci change : « *J'ajoute que la marquise est maintenant décidée à paraître dans quelques cercles et soirées avant nos grands débuts, et ceci professionnellement. C'est vous dire que notre "numéro" est tarifé...*[2] »

Ma question se glisse entre le *ne veut pas* et le *est maintenant décidée* : comment Colette a-t-elle réussi à vaincre la répugnance de Missy ? Sans doute Mathilde de Morny n'a-t-elle pas opposé une résistance bien pugnace. Faible de caractère, bonne poire, innocente : ces expressions reviennent à son sujet. Ce n'est pas une lionne, rien, chez elle, de la sauvagerie de Colette. A-t-elle seulement mesuré le risque ? Un jeu, une farce, sauf que, cette fois, toute la presse, à Paris comme en province, se déchaîne.

Sous le titre, « Comment "ils" finissent ! », on lit dans *L'Union républicaine du Jura* : « *Dans tous les cas, le nom de Morny, qui était depuis longtemps synonyme d'immoralité politique, est maintenant à jamais inscrit dans les fastes de l'immoralité proprement dite ; on peut même dire qu'il y détient un record difficile à battre. L'héroïne de cette écœurante aventure est, nous avons bien le droit de le constater et il ne faut pas l'oublier, la fille de l'homme qui fut le véritable auteur du coup d'État de Décembre...* »

1. Collection M. R.-B.
2. Collection M. R.-B.

Encore est-ce là un échantillon parmi les plus mesurés.

En un premier temps, Missy fait front, dépose une plainte contre la direction du Moulin-Rouge, mais le tribunal, tout en lui donnant raison sur le fond, refuse de lui accorder les dommages réclamés, reprenant, dans ses attendus, les déclarations tonitruantes de Colette qui, dans un journal, demandait le droit d'organiser leur vie, à Willy, la marquise et elle, comme bon leur semblait. Propos assurément courageux mais qui, pour les magistrats, constituent l'aveu public de l'attentat aux bonnes mœurs, ce qui abolissait la diffamation. La marquise obtenait le franc symbolique. Pis qu'une condamnation, un véritable camouflet. De l'aventure, elle sortait humiliée et mortifiée. Quant à Willy, il avait tout perdu.

Colette, elle, ne perd rien, surtout pas le nord. Elle écrit le lendemain à son éditeur, Valette :

«*Cher ami — J'ai réfléchi âprement à tout ce que vous m'avez dit, et il résulte de ma méditation que je ne puis me rendre à vos avis. Vous savez le bruit qui s'est fait autour d'une certaine soirée au Moulin-Rouge, et j'ai deux raisons différentes de vouloir faire paraître ma* Vagabonde *tout de suite. Mon bouquin, qui n'est pas mauvais, peut être considéré comme contre-manifestation, comme protestation à l'idée qu'on se fait de moi actuellement. 2º il faut que tout ce bruit (que nous appellerons réclame malsaine, mais réclame, et quelle!) nous* serve pour la vente du bouquin. *3° si vous le faites paraître tout de suite, il viendra en même temps que notre procès en séparation, et tout ça, c'est encore de la réclame qui ne coûtera rien au Mercure, ni à moi. Enfin, il* faut [souligné dans le texte] *que* La Vagabonde *parte tout de suite. Y consentez-vous? Répondez-moi tout de suite, je suis un client pressé*[1]. » On la retrouve telle qu'en elle-même, courageuse, batailleuse, crâne, mais aussi rouée et guère désintéressée.

Dans une autre lettre : «*La maison Ollendorf crie au feu et gémit que j'ai subtilisé leur roman de* La Vagabonde*! On va les laisser bien gueuler pendant qu'on imprimera, et menacer, et tout. Et puis, je me déciderai à répondre avec une impudente candeur : "Je ne sais pas ce qui vous rend malades; j'ignore totalement* La Vagabonde. *J'édite au Mercure un petit roman à moi qui s'appelle* La Retraite sentimentale. *Car votre titre est charmant et je l'adopte*[2].*"*»

Dernier roman de la série des *Claudine*, le manuscrit de *La Retraite sentimentale*, qui s'intitulait d'abord *La Vagabonde* (elle conservera ce titre pour le roman suivant), se trouvait en effet chez Ollendorf, en vertu du contrat signé par Willy avec cette maison. Dès qu'elle décide de quitter le domicile conjugal, Colette reprend son manuscrit et le porte au Mercure. Morale-

---

1. Collection M. R.-B.
2. Collection M. R.-B.

ment, c'est son droit le plus strict ; légalement, elle lèse Willy et l'éditeur. Quand Willy, à bout d'expédients, vendra les droits des *Claudine*, ce sera la réponse du berger à la bergère. Lui aussi a le droit pour lui, lui aussi commet une action contestable. L'engrenage des mauvais coups est enclenché, mais, soyons justes, Colette n'a pas été la dernière à en assener.

S'il demande la séparation — Colette, cette fois, est allée trop loin —, Willy cependant ne se fâche pas. Après le scandale, les relations se poursuivent. Il leur faudra deux ans pour consommer la rupture.

À Châtillon-Coligny, Sido peine à s'y retrouver : « *Tout entre vous est si anormal qu'on ne sait sur quel pied danser*[1]. » Elle n'était pas seule à penser ainsi.

---

1. Sido, *Lettres à sa fille*.

X

Peut-être Missy avait-elle fini par s'illusionner sur l'indulgence sceptique dont la société française était alors capable. Si le code ne badinait pas avec la morale, les mœurs, elles, étaient rien moins qu'austères. L'observateur s'étonne du nombre de personnages hauts en couleur qui vivent au grand jour leur différence, avec une insolence et un goût de la provocation réjouissants. Cette tolérance ne se rencontrait en vérité qu'à Paris, au sein d'une société étroite que les privilèges de la fortune ou du nom plaçaient au-dessus des lois. Pour ce petit nombre, la sensation de liberté était néanmoins réelle. Vivant dans le cercle de ses pareilles, il y a des chances que Missy ait ignoré les sentiments de la France provinciale et rurale. Aussi est-elle abasourdie par la violence des réactions. La presse s'acharne sur elle avec une brutalité qui, encore aujourd'hui, stupéfie. Monstre, dégénérée, Messaline — ce sont les insultes les plus douces. On s'en prend à son physique, à son apparence et à son allure ; on l'accuse des pires turpitudes, des vices et des perversions les plus ignobles. En province, les journaux hurlent leur écœurement. Pour les républicains, elle devient le symbole et l'incarnation des tares d'une aristocratie abhorrée ; pour les conservateurs, elle a, en défiant sa caste, porté atteinte au prestige des élites ; pour les catholiques, son exhibition répugnante montre l'abaissement de la morale publique. Son nom, sa richesse l'avaient jusqu'alors préservée, ce faux pas la renvoie dans son exil. Bannie de la bonne société, brocardée et conspuée dans les autres couches de la population, elle se retrouve seule. Son fond de tristesse reprend le dessus.

Meurtrie, Missy reste cloîtrée, s'enferme dans le mutisme, et sa réaction inquiète Colette qui flaire que quelque chose, entre elles, est fêlé. Son égocentrisme l'empêche de percer les véritables motifs du chagrin de son amie. La seule explication qu'elle trouve est que Missy s'effraie de ses responsabilités, autant dire des charges financières. Elle se trompe, bien sûr. Missy ne la lâchera pas. Combative, Colette est incapable de saisir la nature faible et résignée de sa compagne ni ce qui se cache de droiture et de dignité derrière cette apathie. Il y a des êtres à qui la vie a si peu donné qu'ils prennent avec gratitude le fruit qui s'offre, quand même ils le savent empoisonné. N'imaginant pas qu'on puisse l'aimer, Missy intègre la cupidité et la trahison à toutes ses liaisons. Sans rien se cacher de la personnalité de Colette, elle accepte ce que cette volonté de domination va inévitablement lui imposer. Elle a tout deviné depuis le début. Elle n'est pas surprise que, paniquée devant sa réaction, Colette propose à Willy ce ménage à trois dont elle fixe les conditions : moi seule pour chacun. Elle, si peu loquace, s'en explique longuement avec Willy, dans une lettre qui lui ressemble, digne et désabusée.

«*Mon cher Willy, Colette interprète à sa façon ma manière d'être et mon humeur morose, mais quand on a reçu un coup de massue sur la tête (qui pénètre très loin, plus loin encore!) on ne peut pas être gai. — Je ne comprends pas toujours vos deux caractères et, au commencement, j'ai souvent déploré votre besoin d'afficher notre situation (bien voulue par vous) et qui aurait pu être tout aussi nette mais plus discrète. — Colette se plaint de mes pensées de derrière la tête (pour les connaître il faut être encore plus fine qu'elle ne l'est)*[1] *(ce qui serait peut-être impossible) mais en effet toute ma vie j'ai évité les responsabilités les craignant par-dessus tout. Pourtant quand vous avez mis Colette dans mes bras et puis tout à fait! j'ai bien envisagé ce que vous désiriez et je n'ai pas reculé ayant pourtant vu et au-delà de* [sic] *ce qui pouvait nous arriver à tous trois. Je crois donc n'avoir pas mérité les reproches de Colette, qui est une enfant étourdie et*

---

1. Ponctuation de l'original.

sans beaucoup de sens moral, mais cela n'est certes pas sa faute! Je comprends qu'elle s'ennuie avec ma mélancolique et vieille personne, je m'en veux, mais il n'est pas donné à l'être humain de se changer. — Dans toute cette histoire au commencement un peu de discrétion n'aurait pas nui, et ensuite un peu plus de déférence à mes conseils aurait, je crois, obtenu un meilleur résultat. — Enfin "c'était écrit", soyons fatalistes, cela n'arrange rien mais console un peu... — Je suis désolée que vous soyez malade et souffrant et je ne connais rien comme le Midi pour influer sur le cerveau et sur les nerfs aigris. Je n'ai pas l'âme bien portante non plus, mais à quoi bon se plaindre, ce qui est fait est fait! il n'y a pas à y revenir. — Tendresses affectueuses à Meg. Nous sommes tous de pauvres chiens sur cette terre peu gaie et em...dante. — Je vous envoie mes affectueux mais tristes souvenirs. Ne m'en veuillez pas de ce que je vous écris. Rien ne vaut la peine de se faire du mauvais sang. — Toute à vous, — Missy[1]. »

Son âme n'est pas bien portante, l'a-t-elle jamais été? Fataliste, trop fière pour se plaindre, elle se résigne. En vérité, la « bonne poire » n'a jamais été dupe. Elle a saisi que Willy, aux abois, lui avait refilé le mistigri; compris ce que cet exhibitionnisme avait de malsain et, pour elle, de dangereux. Elle leur reproche à peine, en s'excusant, leur manque de discrétion qui devait conduire à cet esclandre. Pas davantage ne

---

1. Collection M. R.-B.

s'aveugle-t-elle sur le caractère de sa protégée « *sans beaucoup de sens moral* », ce qui est un euphémisme. Bonne, Missy a pitié de cette « *enfant étourdie* » (Colette approche tout de même des trente-cinq ans!) qu'elle absout à cause de son inconscience.

Je me souviens de l'impression que je ressentis la première fois que je lus cette lettre, une admirative tendresse — admiration pour la générosité, tendresse pour la finesse du regard. Pourquoi, me demandais-je, s'obstine-t-on à la traiter de bête? parce qu'elle dédaigne les discussions intellectuelles, qu'elle s'enferme dans son atelier de mécanique ou de sculpture? (C'est en tant que sculpteur qu'elle figure dans le *Benezit*.) Sa dignité, son stoïcisme hautain m'avaient bouleversé. Comment Colette aurait-elle pu en effet comprendre les pensées et les sentiments de cette femme rompue par la vie, revenue de tout qui, voyant clairement où on l'entraîne, y va cependant avec un sourire de bienveillance?

L'accusation d'immoralité, Colette ne la rejette pas, elle la revendique, au contraire : « *Le mot "sens moral" est un mot privé de signification pour moi et je ne l'avais pas vu sans étonnement éclore sous la plume de Missy*[1]. » Vingt ans plus tard, elle écrira à Robert Kemp : « *Enfin, grâce à*

---

1. Collection M. R.-B.

vous, je passe écrivain moral. Moral. Jusqu'ici j'étais la seule à le croire[1]. » Contradiction ? Non pas, puisque, pour Colette, la morale, c'est de suivre ses instincts, de vivre en accord avec soi-même et d'abord avec son corps. Sur ce point, elle ne variera pas et, de *Claudine à l'école* au *Pur et l'Impur*, ses livres tracent une même ligne. Sans doute est-ce cette faim physique, cette avidité à vivre qui l'empêchent de comprendre Missy. Colette va de l'avant, fonce, alors que Missy, depuis sa naissance, se sait et s'accepte vaincue. Entre les deux, une mère se dresse, l'une, aimante jusqu'à la possession tyrannique, l'autre, haineuse et méprisante.

Sido a d'ailleurs adopté Missy sans restrictions, devinant la profondeur de son attachement pour sa fille. De son côté, Missy se montre envers la vieille dame aussi généreuse qu'elle l'est avec tous ceux qui l'approchent. Elle la comble de cadeaux, lui envoie ces friandises de chez Hédiard dont Sido raffole, fruits confits, chocolats. Elle sera pareillement bonne pour Léo, le semi-clochard, qu'elle habille, reçoit à sa table, après même sa séparation d'avec sa sœur. Peut-être ces deux exclus se sont-ils reconnus ?

On est frappé, à lire les lettres de Sido, de sa largeur d'esprit. Pas un mot de blâme ; que sa fille vive avec un homme ou avec une femme, ce qui lui importe c'est de la savoir heureuse. Elle

---

1. Collection M. R.-B.

est venue les visiter plusieurs fois à Paris, dans la villa du Crotoy, elle ira en Bretagne lorsque les deux femmes y achèteront un domaine. Elle s'excuse presque de ne pas les recevoir chez elle, à Châtillon : «*Allons, viens mon amour le plus tôt que tu pourras. Je voudrais pouvoir en dire autant à Missy mais, mes chères, vous verriez tous les imbéciles d'ici sortir sur leurs portes et sourire et ton grand frère est le médecin de Châtillon*[1].» Mathilde de Morny n'a pas dû se vexer : elle est habituée, depuis toujours, à cet ostracisme. L'intention l'a sûrement touchée, comme l'avait émue la confiance que Sido lui avait témoignée : «*Missy, vous avez charge d'âme. Vous devez veiller sur ma fille, elle en vaut la peine, n'est-ce pas*[2]*?*» Charge d'âme, c'était bien trouvé et cela prouve la subtilité de Sido qui a parfaitement saisi le caractère entier, scrupuleux de Missy.

Durant toute cette période, la correspondance de la mère à la fille n'est qu'une longue plainte : quand viens-tu ? pourquoi ne viens-tu pas ? Malade, vieillissante, Sido admet difficilement la distance que Colette garde entre elles, elle n'a pas davantage compris, en lisant *La Retraite sentimentale*, puis *La Vagabonde*, que Colette ne lui ait rien dit de ses déboires conjugaux, de sa solitude et de sa peine. Cet éloigne-

---

1. Collection M. R.-B.
2. Collection M. R.-B.

ment a intrigué certains biographes. Colette pourtant s'en est expliquée : elle redoute la perspicacité de sa mère, craint, si elle se montrait faible, de n'être pas capable de résister à sa pitié. Elle se blinde, se durcit. Elle déteste par ailleurs la maladie et ne supporterait pas de voir sa mère amoindrie. Ce qui peut sembler de l'indifférence ou de l'égoïsme est en réalité de la fierté. C'est, chez Colette, l'une des plus belles qualités : elle cachera toujours sa vulnérabilité derrière un masque d'impassibilité. Pourtant, la maladie de sa mère l'affecte profondément. De chacune des étapes de ses tournées, elle lui envoie une carte postale où elle évoque ses triomphes. Deux, parfois trois fois par semaine, elle lui écrit longuement. Sido de même, quand un gémissement lui échappe, se reprend afin de ne pas inquiéter sa fille : «*Surtout, ne va pas croire que je suis si malade que ce que je viens d'écrire peut te le faire supposer (grands dieux !). (Parce que je ne crois pas en un seul dieu !) Dire que nous avons encore des fétiches*[1]*!*» Non, non, je ne vais pas si mal que ça, mais enfin, ne tarde pas trop à venir parce qu'on ne sait jamais : voilà le ton de Sido, fort semblable à celui adopté par Colette : «*Temps merveilleux, salle comble et succès* [mars 1907]. *Succès énorme hier soir. Cinq rappels et pas de claque* [octobre 1909]. *Énorme succès, je dépasse de 600 francs, au même*

---

1. Sido, *Lettres à sa fille*.

théâtre, la recette de Jane Hading [avril 1909]. *Hier, à Nancy, 3 315 francs de recette. Jamais on n'a réalisé ça à Nancy! Hier, à Rennes, salle comble, public inouï, qui m'applaudissait à chaque mot, les étudiants criaient mon nom. Hier, à Reims, très grand succès, on criait le nom de ta fille dans la salle.* » Crânerie ? Plaisir aussi de se montrer, de se sentir admirée, fêtée.

Dans son désarroi, Colette se réfugie auprès de Missy qui devient une seconde mère, tendre, généreuse, protectrice. «*Elle* [Missy] *est charmante pour moi, et je me rends compte que je n'ai qu'elle au monde — car maman se fait vieille (74 ans) et je vis loin d'elle* […][1]. » Missy ne sait rien refuser à son «*enfant étourdie*», elle ne fait d'ailleurs que cela, depuis sa jeunesse : donner. Colette rêve, depuis la convalescence passée à Belle-Île, d'une maison en Bretagne, au bord de la mer ? Missy l'achète, telle que sa protégée l'imaginait, une grande bâtisse entourée de cinq hectares de terres, nichée au creux d'une anse. Évidemment, l'acquisition fournira le prétexte à une rebuffade que Mathilde de Morny essuie avec son stoïcisme habituel. La baronne du Crest, propriétaire de Rozven, refuse de vendre à ce… à cette… Missy s'efface : elle paie, mais c'est Colette qui signera l'acte chez le notaire.

Toute sa vie, Missy n'a connu que cela, les *lazzi*, les brocards, les insultes.

---

1. Collection M. R.-B.

Dès que l'achat est conclu, Missy s'installe à Rozven pour surveiller les travaux d'emménagement, un gigantesque chantier, tout est à refaire et à rénover, depuis la toiture jusqu'aux sanitaires. Elle ne quitte la Bretagne que pour rejoindre Colette dans l'une des villes où ses spectacles de mime la conduisent. Elle la suivra parfois dans toute la tournée. « *Le courage de Missy ? il est loin de se démentir, si tu la voyais ! Va, je ne suis pas à plaindre !* [1909] *Missy est admirable et s'est livrée à un travail d'emballeur, de costumière, d'habilleuse, etc., à décourager tout autre qu'elle* [1910]. *Missy nous quitte, hélas... Ça ne fait que quatre jours d'absence, mais je me sens déjà toute désorientée*[1]. » Il lui arrive de se sentir plus que désorientée : « *Chérie, je t'aime. Je ne suis qu'une andouille et un être odieux, mais je t'aime. Je suis très malheureux et je ne veux plus m'en aller*[2]. »

Rozven est alors, pour Missy, sa retraite, son havre. Elle y panse ses blessures, se console avec de petits bonheurs du désastre de son existence. Elle s'amuse à domestiquer des oiseaux qui se posent sur son épaule.

Colette court de ville en ville, de théâtre en théâtre. Tournées souvent exténuantes. L'atmosphère des loges et des coulisses a quelque chose de déprimant ; le public se montre parfois grossier, bruyant ; le retour, la représentation

---

1. Collection M. R.-B.
2. Collection M. R.-B.

achevée, dans la brume ou sous la pluie, vers des hôtels médiocres n'inspire pas la joie. (Claude Pichois et Alain Brunet décrivent dans le détail, jour par jour, étape par étape, ces tournées[1].) Durant toutes ces années, c'est indiscutable, Colette montre un courage et un orgueil admirables. Encore faut-il nuancer la peinture, grise, qu'elle brossera de ces voyages solitaires. Elle n'est pas seule, on l'a vu : Missy l'accompagne souvent dans sa voiture conduite par le chauffeur, l'installe dans d'autres hôtels que ceux où loge la troupe, la console et la soigne. Elle veille à son confort, la fait voyager en première classe. (Mathilde est persuadée de vivre dans la plus grande simplicité, à preuve, part-elle en vacances, elle n'emmène *qu*'une cuisinière, un valet, deux femmes de chambre et, bien sûr, son fidèle chauffeur. *Sancta simplicitas!*) Sans doute, retenue à Rozven, Missy lui manque-t-elle parfois, et Colette alors se désole : « *Ma chérie, ma petite Missy, Je viens de recevoir ton télégramme. Mais je ne suis pas dans mon assiette au point de vue nerfs sans doute ; je me suis mise à pleurer comme une imbécile parce que je suis toute seule et pour si longtemps encore. Mon Dieu que je suis bête. Je m'en vais aller dîner. Il y a un brouillard aussi lourd qu'une étoffe et je ne peux rien faire de mes cheveux à cause de lui. Lyon me dégoûte. Que serait-ce s'il pleuvait! En*

---

[1]. Claude Pichois et Alain Brunet, *Colette*.

dehors de toi, tout est affreux. Je t'embrasse, ma chérie[1]. »

Au cours de ces déplacements, entre deux théâtres de province également ternes et poussiéreux, il y eut sans doute beaucoup de ces cafards. Il y eut sans doute, sur le quai d'une gare, ces minutes d'abattement, en attendant le train pour Limoges ou Tourcoing. Chagrins d'autant plus vifs que Colette tâchait de faire bonne figure, de cacher sa détresse. Il n'y a que devant Missy qu'elle ose exprimer sa lassitude. Colette se blottit dans ses bras, oublie sa mélancolie, se réconforte de la douleur que lui cause l'état de Sido.

On a vu quel coup fut, pour Missy, cette soirée du Moulin-Rouge et le déchaînement de haine qu'elle provoqua. Le scandale laissa également des traces chez Colette, plus profondes et plus durables qu'on ne l'imagine. Durant des années, cette exhibition douteuse lui collera à la peau. Une réputation de scandale restera attachée à son nom. Elle n'aura de cesse de s'en dégager, et y réussira en rusant, en louvoyant. Elle a compris qu'une franchise trop brutale l'exposait à recevoir de nouveaux coups. Elle se défiera désormais de sa spontanéité et renoncera à une littérature de l'immédiat, celle qu'elle a

1. Collection M. R.-B.

pratiquée auprès de Willy, mauvais conseiller en la matière. Elle ne manquait pas de flair, on l'a constaté avec sa lettre à Vallette, écrite au lendemain de la soirée du Moulin-Rouge. Elle saisit vite que la stratégie du défi n'est pas la meilleure pour atteindre son but : la reconnaissance de ses pairs et l'affection du public. Pas plus que dans la vie, tout n'est pas permis en littérature, les mots doivent servir à cacher autant qu'à montrer. Sur ses expériences intimes, elle jettera le voile de la poésie et de la fiction, se défaussera sur ses personnages. *Chéri*, *Le Blé en herbe*. Ou bien, elle adoptera le style de la plus savante littérature pour méditer sur *Ces plaisirs...* qui deviendront *Le Pur et l'Impur*. Ce qu'elle a appris à ses dépens, c'est que son époque exige une bonne dose d'hypocrisie.

Tout, chez un écrivain, se résout dans et par ses textes, dans le mouvement de la phrase qui scande et module ses sentiments et ses pensées, jusqu'à faire de son corps une fosse d'orchestre où les mots chantent leur partition ; le style de Colette, c'est-à-dire sa manière, va insensiblement se transformer, adopter une respiration plus ample. La phrase courte et nerveuse de la période de Willy trouvera, avec l'attention désormais vigilante, un souffle nouveau. Colette écrit sur ses gardes ; elle ne lâche plus les mots dans l'impulsion de l'instant, les retient, les examine, les tourne et les retourne. Si les textes perdent en intensité, en brûlure, ils gagnent en profondeur. Plus réfléchie, la poésie se charge d'intelligence critique. La manière transforme aussi le fond, plus mélancolique. Entre la plume et sa faim impérieuse de bonheur, la société, c'est-à-dire le lecteur, se dresse avec ses préjugés, ses refus. Cette présence crée une tension que la phrase, madrée, sinueuse, chatoyante, cherche à contourner. Elle écrivait jusqu'alors comme elle parlait, crûment, la prudence lui impose la retenue.

Rien de plus éloquent à cet égard que *La Vagabonde*, premier de ses véritables romans, livre distancé, artificieux sous sa limpidité apparente. Une femme plus tout à fait jeune, danseuse et mime, se contemple dans le miroir et interroge sa vie. Une part documentaire — les coulisses du music-hall, les acrobates et les dresseurs de chiens, tout le petit monde des clowns et des contorsionnistes, dépeint avec humour et tendresse —, cette part d'expérience authentifie le récit, rédigé à la première personne. Comment le lecteur n'identifierait-il pas la narratrice avec la Colette qui, de Bruxelles à Toulon, de Bayonne à Lille, s'exhibe sur les planches ? Il reconnaît la solitude des loges, les chambres d'hôtel, la fatigue des voyages, la monotonie des répétitions ; il identifie même certains noms, à peine déguisés — Georges Wague — Brague. Mais cet univers cocasse et triste tend à mieux faire ressortir la solitude affective, la mélancolie de cette femme qui, le spectacle terminé, rentre à pas trébuchants vers sa chambre vide. « *Une fatigue !... Oh ! mais quelle fatigue ! Je me suis endormie après le déjeuner comme il m'arrive parfois les jours de répétition, et je m'éveille si lasse. Je m'éveille comme si je revenais des confins du monde, étonnée, triste, pensant à peine [...].* » Renée a été mariée, a divorcé d'un mari dont elle brosse un portrait impitoyable, Taillandy — « *ce génie balzacien du mensonge* », rusé, cynique, qui l'a laissée meurtrie, méfiante devant l'amour. Premier portrait-charge de Willy, ce Taillandy, trop caricatural, pollue le récit. On ne se défait pas aisément des habitudes, surtout des mauvaises. Mais avec l'irruption, dans le livre, d'un admirateur follement épris, un Grand Serin naïf et touchant, le chant du renoncement à l'amour, de l'indépendance fièrement assumée, va pouvoir s'élever, poursuivant celui de la fin de *La Retraite sentimentale*. Tout le livre ne raconte que cela : l'adieu à l'amour d'une femme que ses blessures ont durcie, jusqu'à la rendre incapable de répondre à la plus sincère des affections. Ce cantique, pur et triste, deviendra l'un des morceaux de bravoure de l'écrivain, sa façon aussi de se dégager de la réputation sulfureuse qui s'attache à elle. Une femme si malheureuse, si fière dans sa douleur, si digne dans l'adversité, une femme qui affronte avec tant de crânerie sa solitude, non, pense le lecteur (la lectrice surtout) en refermant le livre, une telle femme ne saurait être une dévergondée dépourvue de tout sens moral.

À l'époque où elle rédige le livre, Colette n'était pourtant pas seule. Il y avait Missy, bien sûr, mais il y avait aussi un homme, Auguste Hériot (le protégé et l'un des « neveux » de la marquise), fils de l'un des deux propriétaires des Magasins du Louvre, beau, cultivé, immensément riche, qui, amoureux de Colette, veut l'épouser. Il la suit partout, la comble de présents, voyage avec elle. Malin, il a réussi à mettre Missy de son côté. Il s'est même fait adopter par Sido qui plaide sa cause avec conviction — elle fait, depuis des années, ses achats aux Magasins du Louvre, argument décisif. Plus sérieusement, elle pense que sa fortune mettrait sa fille à l'abri, lui permettrait d'abandonner la scène pour se consacrer, enfin, à l'écriture, son véritable talent, dit-elle avec lucidité. Pourtant, Colette renâcle. Hériot est un compagnon charmant, séduisant mais faible. Elle l'aime *bien*... autant dire qu'elle ne l'aime pas. Ce qu'elle lui reproche ? Il lui manque... « *la férocité de la domination qu'elle recherche toujours, et l'instabilité qui fait partie de son caractère*[1] », note avec justesse Nicole Ferrier-Caverivière. Il est là et bien là cependant, et si deux ne suffisaient pas, on trouve une troisième, Lily de Rême, chanteuse ou comédienne hystérique dont Colette

---

1. Nicole Ferrier-Caverivière, *Colette l'authentique*.

se lassera vite... Le chant de la solitude et du renoncement à l'amour ne monte pas, on le constate, d'un désert affectif, ni même charnel.

Imposture ? mensonge ? En littérature de tels mots ne signifient rien. Colette peut très bien se sentir seule, malgré toute cette compagnie, et c'est ce sentiment qui importe, puisque, dans le roman, il s'impose au lecteur. Il y a autre chose derrière ce camouflage cependant : Colette ne s'identifie plus à Renée Néré. Par personnage interposé, elle commence à retoucher et à peindre son image de petite campagnarde intrépide qui, contre les hommes, se dresse, altière, inflexible. Il faut donc qu'elle apparaisse trahie, bafouée, meurtrie — seule, héroïquement seule. Dans cette restauration sulpicienne, il lui arrivera de verser dans le comique involontaire : « *J'étais désormais pareille à celle que je décrivis maintes fois, vous savez, cette femme solitaire et droite, comme une rose triste qui d'être défeuillée a le port le plus fier*[1]. » La rose triste s'amuse en réalité prodigieusement et si, dans ses tournées, elle connaît des heures d'abattement, des chagrins brusques et vifs, elle éprouve aussi des gaietés d'écolière. « *Hier soir, les acrobates tchèques se sont mis à s'entre-tuer dans leur loge à côté de moi. C'était épatant* [1908]. *Tu aurais ri à la "première" d'hier soir ! Le chef d'orchestre n'a jamais conduit un orchestre, il vend du vin. Le public l'a*

---

1. Collection M. R.-B.

hué, Wague l'a traité d'assassin, c'était magnifique [1910] [1]. » Surtout, Colette est consciente d'explorer un univers peu ou mal connu, cet *Envers du music-hall* qui, avec ses personnages fiers et besogneux, d'une pauvreté orgueilleuse, constitue déjà la toile de fond de *La Vagabonde*.

Contrairement à ce qu'elle prétendra plus tard, Colette n'a pas choisi le théâtre par nécessité. Elle a toujours eu la passion de la scène, recherché l'approbation et l'admiration du public, affectionné l'atmosphère de la salle et de ses coulisses. Rien ne l'oblige à courir de ville en ville : Missy pourvoit, avec largesse, à ses besoins ; Auguste Hériot lui fait une cour empressée, met sa fortune à ses pieds. On chercherait en vain, dans sa vie, cette solitude qui remplit ses livres.

« *Ce milieu du music-hall, très curieux, n'a pas été assez décrit* [2] », confie-t-elle à Léo, propos qui démontre, si besoin était, la vigilance littéraire. Un écrivain qui joue la comédie n'est pas qu'un comédien : c'est un être double qui s'observe, se raconte le spectacle. Dans ses voyages, pendant et après les représentations, au restaurant comme à l'hôtel, Colette filtre chaque sensation, absorbe les bruits et les couleurs, s'imprègne de l'atmosphère, recueille tel mot, fixe une attitude. Elle le fait, non en journaliste qui

---

1. Collection M. R.-B.
2. Collection M. R.-B.

se proposerait de rapporter, mais en romancier qui exalte, magnifie, déforme, efface surtout. Si l'art, ainsi qu'elle le dit, est mensonge, c'est-à-dire illusion, il s'agit d'une chimère rigoureuse. Apprendre à retenir le trait décisif, dégager la ligne, retirer l'accessoire afin de mieux faire ressortir l'essentiel — ce travail d'épuration incite Colette à écarter Missy, Hériot, l'hystérique et bavarde Lily, toutes les silhouettes inutiles qui détourneraient l'attention du sujet principal : elle-même dans une lumière crépusculaire, seule face à la pauvreté, seule avec ses désillusions. Les déformations et les oublis proviennent moins d'une volonté de dissimulation et de tromperie que des nécessités du récit. L'histoire qu'elle se raconte avant de la coucher sur le papier, cette histoire qui scande les battements de son cœur pourrait, certes, être différente, mais Colette alors ne serait pas elle-même, telle qu'elle s'édifie depuis l'enfance. Cette fidélité à son projet fonde aussi sa sincérité littéraire. Parce qu'elle s'éprouve inachevée, écartelée, prise entre des désirs contradictoires, toujours ici et ailleurs, sédentaire et nomade, fidèle et soumise à la tyrannie du plaisir, parce qu'elle passe son temps, ainsi qu'elle l'écrit à Missy, à faire des choses qu'elle regrette, elle doit, pour se comprendre et se construire, écrire et s'écrire. Autant que sa passion de vivre, les mots l'emportent. Ils assurent son unité, font son identité. Non pas une femme qui écrit mais un écrivain contraint, dans le mouvement de sa phrase, à saisir sa féminité, à réduire les contradictions de son sexe et de sa condition.

Ses personnages féminins, tous les biographes et les critiques l'ont relevé, valent mieux que les hommes : plus fortes, plus courageuses, plus entières. Jusqu'à *La Retraite sentimentale*, elles dépendaient de l'unique. « *Toi qui sais que j'ai mis ma vie dans cet homme-là, tu peux juger si je suis gaie...* » — confie-t-elle à Yvonne Jollet. Elle dira de même qu'on ne meurt que du premier amour. Avec Willy, ce n'est pas seulement sa jeunesse qui s'achève, ce sont ses illusions. Elle aimera encore, passionnément, mais plus dans cet abandon de soi.

J'ai écrit qu'elle n'était pas de celles qui épousent leur jardinier. Considère-t-on la courbe de ses attachements, elle monte toujours, elle ne descend jamais. Auguste Hériot était certes un beau parti, mais, outre sa faiblesse — il se drogue —, sa fortune faisait de lui un oisif — mot dont on sait ce qu'il recouvre chez Colette : « *L'oisiveté de mon ami [...] est un sujet d'effarement, pour moi, presque de scandale.* » Encore est-ce Colette qui porte l'accusation, ce qui suffirait à la rendre suspecte. Dans la réalité, l'homme n'était pas un velléitaire...

Quand son chemin croise celui de Henry de Jouvenel, pas une hésitation. « *Qu'elle soit éprise d'Henry, cela ne fait aucun doute. Mais elle n'est pas insensible non plus à la position que son amant détient au journal*[1] », dit lucidement Jean Chalon. En effet, peu de temps après leur rencontre, elle collabore au *Matin* dont il est l'un des deux directeurs — le propriétaire, machiavélique, en a nommé deux, qui, naturellement, se détestent. Encore un moment et Colette y disposera d'une rubrique régulière, d'un bureau à l'étage au-dessus de celui de Jouvenel. Promotion sociale évidente, qui l'installe, enfin, au centre du pouvoir « intellectuel ». Car *Le Matin* est une puissance... et, si l'argent ne la laisse pas indifférente, Colette recherche plus encore la reconnaissance. Willy l'avait introduite dans les milieux littéraires et les salons, lui avait appris le métier, lui avait fait connaître toutes les célébrités ou presque. Jouvenel va lui permettre d'étendre ses réseaux et, par la faiblesse des hommes, de gommer son passé. L'un après l'autre, les témoins de sa jeunesse viendront se ranger à ses côtés. Ruiné, discrédité, Willy vivote à Bruxelles. Il n'est plus d'aucune utilité à personne. On peut donc tirer sur lui, impunément.

Missy a ignoré la liaison avec Henry de Jouvenel. Elle espère encore que sa gosse consentira à épouser Hériot — femme du monde, Missy trouve naturel le mariage — qui est venu se réfu-

---

1. Jean Chalon, *Colette, l'éternelle apprentie*.

gier auprès d'elle et qu'elle console de son mieux. «*Jouvenel télégraphie qu'il arrive demain matin, blessé, parce qu'il ne peut plus vivre hors de ma présence. C'est terrible, les hommes. Et l'autre qui me cherche, c'est-à-dire qui rôde chez moi*[1]», confie Colette à Sido d'un ton de victoire. L'autre, c'est, bien sûr, Hériot. «*Oui, j'ai quitté très froidement mon petit compagnon, bien décidée à ne pas faire ses 36 volontés. Il fait des grâces à Missy, mais... quand je ne veux plus, je ne veux plus*[2].» Sido ne s'y trompe pas : ce ton de passion ne lui dit rien qui vaille et elle pressent déjà l'inévitable désillusion. Après la scène, le journalisme risque d'accaparer sa fille, la détournant du roman où elle voit sa véritable vocation. Malgré toute sa lucidité, la vieille femme se fait de l'écrivain une image romantique. Elle le voit dans une solitude apaisée, le front entre les mains, assis à son bureau pour rédiger de superbes histoires. Elle regrette, soupire-t-elle, les beaux livres qu'elle écrirait avec l'«autre» dont elle devine la faiblesse, gage de tranquillité pour la Petite. C'est aussi, pour d'autres motifs, l'avis de Missy. Aucune ne comprend le projet de Colette qui n'est pas d'écrire des histoires mais de bâtir, en écrivant, *son* histoire. Dans cette perspective, que lui apporterait la sérénité? À qui se cherche dans les mots, le repos équi-

---

1. Collection M. R.-B.
2. Collection M. R.-B.

vaut au silence, à la mort. Pour se sentir vivre, Colette a besoin du tumulte de la passion qui la révèle à elle-même. La chute suivra, inexorable, et la mélancolie, qui produiront le chant du regret. Pour l'heure, Colette s'abandonne à l'exaltation. «*Je reçois des lettres de Jouvenel qui sont vraiment dignes... de moi, si j'ose dire*[1].» Comment n'oserait-elle pas, elle qui ose tout?

Quand elle apprend la vérité, Missy est révulsée. Elle décide de vendre Rozven, de s'éloigner. Avec une impudente candeur, Colette lui rappelle que c'est elle qui a signé l'acte d'achat, que le domaine par conséquent lui appartient. Estomaquée, Missy se retire sans élever une protestation. Elle souhaite toutefois reprendre ses meubles qui viennent de sa famille. Il lui faudra batailler durement : Colette refuse d'abord de les lâcher avant de céder. «*J'aime bien qu'on me fasse bénéficier d'un traitement d'exception, et je serai la première à avoir vu "la marquise" demander de l'argent à une femme qu'elle quitte*[2].» Claude Pichois et Alain Brunet, malgré leur prudence, consentent que «*les scrupules n'encombraient pas Colette*[3]». Le qualificatif de Léautaud, *vulgaire*, me paraît plus juste.

---

1. Collection M. R.-B.
2. *Lettres de la Vagabonde.*
3. Claude Pichois et Alain Brunet, *Colette.*

Missy renoue avec sa solitude, reprend sa quête effrénée, paie ses conquêtes, de plus en plus cher au fur et à mesure qu'elle vieillit : tableaux, argenterie, meubles, elle distribue tout à ses petites amies. Sa prodigalité confine à l'égarement. Dix, vingt lettres de Sacha Guitry la remercient pour un tapis, une peinture, une armoire : «*Amie unique, inépuisable...*» L'inépuisable distribue les derniers restes.

Dans son appartement de la rue des Eaux, à Auteuil, elle organise encore des soupers, entre intimes, sous un grand portrait de son oncle, l'empereur Napoléon III, de sa grand-mère, la reine Hortense. On mange dans la vaisselle ornée d'une couronne ducale, avec des couverts d'argent frappés du blason des Morny. Ces reliques s'évanouiront aussi.

Missy est maintenant un vieux monsieur aux cheveux coupés très court, à ras presque, habillé d'une redingote noire, le nez chaussé de binocles, qui, dans les promenoirs des beuglants et des cafés-concerts, traque la jeune modiste ou la lingère.

Spoliée, volée, grugée, Mathilde de Morny sera bientôt dans la misère. Elle ne mangerait pas à sa faim si Sacha Guitry ne réglait le repas de midi qu'elle prend dans un restaurant proche de son domicile. Elle ne voit que rarement Colette qui ne songe pas à lui venir en aide.

Claude Pichois rend responsable de cet oubli son dernier mari, Maurice Goudeket, qui n'aimait guère Missy et faisait tout pour que Colette la vît le moins souvent possible. Tout de même, quand ce n'est pas la faute à Willy, c'est la faute à Goudeket...

De son côté, Missy ne se montre pas indulgente pour Colette qu'elle accuse de l'avoir dépouillée. Elle ne veut plus entendre parler ni de littérature ni d'écrivains — on la comprend. Même en payant, elle ne trouve plus de jeunes amies pour se réchauffer. Elle n'a plus d'argent, plus aucun meuble — rien. Pour satisfaire sa soif de tendresse, une unique ressource : à Passy, elle stationne devant un salon de coiffure pour dames, reste des heures à admirer les jeunes clientes, à caresser des yeux leur chevelure et leur nuque. C'est la dernière image que je garde de Missy : un vieux monsieur lourd qui fixe, à travers la vitre, le beau visage d'une jeune femme qui rit en renversant sa tête.

Atteinte sans doute de la maladie d'Alzheimer, elle note son adresse sur un bout de papier qu'elle garde sur elle, ce qui ne l'empêche pas de se perdre souvent... Elle oublie jusqu'à son nom et atteint au dépouillement absolu. Non seulement Missy n'a plus rien, elle n'est personne : une ombre.

C'est la fin de l'Occupation, mais que comprend Mathilde aux événements ? Elle fait une première tentative de suicide, en réchappe, puis une seconde, la bonne, en s'asphyxiant au gaz. Durant son agonie, un homme vient la visiter chaque jour à l'hôpital, le même homme qui lui a permis de ne pas mourir de faim, Sacha Guitry. Il se tient debout au pied de son lit, respectueux. Nous sommes en juin 1944. Dans deux mois, il sera arrêté, emprisonné.

À Marguerite Moreno, son amie, Colette écrit : « *Hier soir on m'a téléphoné pour me dire que Missy a tenté de se suicider — quelque chose comme un hara-kiri, il y a une dizaine de jours [...]. Je vais tâcher de savoir [...]. Par un de ces caprices enfantins (81 ans) qu'elle eut toujours, elle m'avait signifié qu'elle ne me verrait plus, et je me suis gardée d'insister [...]. Sa fin de vie n'a rien de gai [...]. Maurice était plein de pitié et d'étonnement devant cet être inachevé*[1]. » Il y a des achèvements qui font peur. On a connu par ailleurs Colette plus sensible.

Missy meurt en juillet 1944. Dans l'église de Saint-Honoré-d'Eylau, devant une dizaine de fidèles, Sacha Guitry mène le deuil, sous les armoiries des Morny dont elle était la dernière survivante.

---

1. *Lettres à Marguerite Moreno.*

XI

J'ai oublié la date, c'était... hier, les années soixante. Je revois la couleur pluvieuse de cette soirée automnale ; j'entends la voix de Michel Rémy-Bieth. Sa fébrilité pour me présenter Colette de Jouvenel me touchait tout en avivant ma défiance. Combien en avais-je connu de ces fils et filles d'écrivains illustres, tristes décalques d'une gloire qui les anémiait après les avoir écrasés !

Le rouge théâtral du damas tapissant les murs du salon, les bouquets impériaux, le parfum d'un encens de Guerlain, les meubles Louis XIV d'une majesté ostentatoire, l'entassement de bibelots sur les guéridons, les tableaux recroquevillés entre les épaisses dorures de leurs cadres : ce décor d'opéra semblait conçu pour détourner l'attention de la petite femme rieuse qui nous accueillait dans un pull à col roulé, un pantalon havane, une cigarette au coin de la bouche gourmande. Elle était ou avait été antiquaire-décoratrice, ce qui pouvait expliquer le faste de cet appartement de la rive gauche. Je n'arrivais cependant pas à me défaire de l'impression que Colette de Jouvenel se cachait derrière ce décor clinquant. Impression que renforçait son insistance à remplir nos verres. Elle réussissait du reste à se dissimuler derrière un nuage de fumée, d'alcool et de luxe seigneurial, car je la distinguais à grand-peine. Seul son rire, magnifique, d'une gaieté véritablement folle, s'imprimait dans mon esprit, et c'est ce rire que j'entends, chaque fois que j'évoque sa présence.

Dans le restaurant ou nous dînâmes tous trois, l'un de ces bistrots faussement rustiques alors à la mode, je rencontrai enfin son regard, aigu, traversé par moments d'une ombre de mélancolie. Je recueillis également sa voix. Nerveuse, au débit trop rapide, enjouée.

De ces souvenirs, suis-je tout à fait sûr ? Je le suis, oui, de mon impression de lumière et de pitié. L'appel au bonheur, l'avidité de jouir, l'intelligence étincelante, le sens de la repartie, et toujours le formidable rire : Colette de Jouvenel m'apparut comme l'un de ces êtres auprès de qui la vie se fait légère. Une allégresse frénétique agitait sa silhouette ramassée, imprimait à ses gestes une brusquerie d'entraînement. Son regard invitait au départ, courait vers des paysages neufs, levait l'ancre vers des terres inconnues. Ses mains rondes s'ouvraient pour des dons munificents avec une hâte touchante et suspecte.

N'est-ce pas cette prodigalité d'enfant mal aimée qui suscitait ma pitié ? Un appel pathétique résonnait derrière sa générosité : « Je vous donnerai tout ce que je possède afin que vous m'aimiez un peu ! » Elle était prête en effet à tout donner, mais d'abord le change. Elle se faisait un masque de gaieté pour décourager toute velléité de pitié. Elle brillait de tous les feux d'un esprit caustique, enfilait les bons mots pour écarter la curiosité.

Ce qu'elle tentait de préserver — avec quelle farouche pudeur ! —, c'était ce voile que l'alcool mettait dans le fond de ses prunelles.

J'avais eu tort de m'inquiéter : Colette de Jouvenel ne vivait pas prosternée devant l'icône de la vieille dame du Palais-Royal. Avide, au contraire, de restaurer l'image d'un père abîmée par une mère aux rancunes impitoyables, elle s'affirmait, se proclamait Jouvenel. Les mots de la mère empoisonnaient sa mémoire. Le venin distillé dans *Julie de Carneilhan* réveillait la même stupéfaction indignée[1]. Dès qu'elle devenait plus personnelle, la conversation de Colette de Jouvenel tournait au plaidoyer sans cesse repris. Pas une qualité dont ce père calomnié fût dépourvu : munificent, politicien de génie, diplomate d'envergure, homme de cœur et d'esprit. Écrivain doué, surtout, car

---

1. Elle n'avala jamais les dénégations de la mère sur toute ressemblance...

c'est ce qui importait le plus à la fille : persuader les autres et se convaincre elle-même que le talent littéraire de Henry de Jouvenel valait celui de la mère.

Distraitement, je feuilletais les brochures pondues par l'ambassadeur dont elle m'accablait, j'écoutais ses louanges, j'opinais sans conviction. Mon cœur, lui, entendait la voix d'une fillette délaissée qui ne cessait de nous répéter : « N'est-ce pas que mon papa est le plus beau, le plus fort, le plus généreux ? »

Elle demeura un été dans le presbytère que nous habitions aux environs de Paris, près de Pontoise. Elle continua ensuite de nous rendre visite les fins de semaine, nous entraînant dans les auberges des environs, visitant des maisons, car elle partageait ma passion des vieilles pierres. Entre cargaisons de whisky, caisses de champagne, brassées de fleurs, friandises de chez Hédiard et conserves de Fauchon, entre soieries de Dior et parfums de Guerlain dont elle arrivait chargée, elle poursuivait contre Maurice Goudeket, le dernier mari et le compagnon de la mère, un homérique procès. Elle usait dix, vingt avocats, qu'elle assommait de missives-fleuves aussi spirituelles que vétilleuses. À qui d'ailleurs n'écrivait-elle pas, de cette écriture ronde et bien moulée que je revois ? À Goudeket lui-même d'abord, des dizaines de feuillets qu'après une nuit d'insomnie occupée à rédiger ses philippiques, elle déclamait entre deux rires, savourant les répliques, les lançant avec une emphase réjouie. Elle possédait trop de talents, mais qu'elle semait à tous vents. Elle se débattait contre une ombre qui, toujours, la rejetait dans l'obscurité. Tout ce qu'elle entreprenait, la mère l'avait fait : en mieux. Y compris l'amour et la haine, et de toutes les manières.

La cuisine ? le jardin ? les bêtes ? Colette, la vraie, l'unique, y exerçait un magistère écrasant. Les mots ? La mère avait tout dit, et de quelle façon ! Il ne restait à Colette de Jouvenel qu'à brûler sa vie, ce qu'elle faisait par les deux bouts, dans un immense éclat de rire. Nulle part à sa place, chassée même de son corps, niée dans son sexe, dévaluée dans son intelligence... « *Sa mère était monstrueusement égoïste* [...]. *Elle ne lui a jamais témoigné de tendresse*[1] », m'écrivait son demi-frère Renaud.

Elle eût pu faire carrière dans le journalisme, dans le cinéma, métiers où elle s'était exercée. Un immense à quoi bon anéantissait chacun de ses élans. Elle passait son temps à entreprendre pour, au moment de l'achèvement, fuir, laissant le projet en chantier. Finir, c'eût été produire des œuvres maîtrisées. Cette perfection appartenait à la magicienne, penchée sur ses feuilles bleues et dont la dure bouche toisait la fille avec hauteur.

---

1. Longue mise au point, inédite, que Renaud de Jouvenel m'a adressée le 2 mai 1982.

L'admiration courbait Colette de Jouvenel, la paralysait. S'affirmer eût signifié tuer l'image de cette mère redoutée autant que vénérée. Bonne en tout, Colette de Jouvenel n'était bonne à rien, et elle avait assez de lucidité pour savoir que l'auteur de *Chéri* pardonnait tout, sauf le dilettantisme et l'oisiveté. La fille courait donc dans une vie inutile, tentant d'échapper au jugement de la tenace ouvrière des lettres pour qui le labeur quotidien tenait lieu de morale.

Cette orpheline avait pourtant fini par se trouver une patrie : une Italie devenue terre d'élection et où elle pouvait, enfin, n'être qu'elle-même : une enfant vorace et rieuse, délivrée de toute entrave.

Je la revois sur la terrasse de la maison d'Anacapri, les narines dilatées d'impatience, le regard fixé sur la mer lisse, d'un bleu presque trop bleu. Elle attendait l'arrivée de l'aimée, qui, venant de Rome, débarquerait de l'*aliscafo* du soir. Elle s'exprimait d'une voix sourde et tremblée. Elle frémissait d'attente anxieuse, scrutait, en parlant, l'horizon. Elle évoquait avec éblouissement l'élue. D'une netteté douloureuse, le paysage enchâssait son bonheur et, dans une lumière de crépuscule, elle devenait d'une beauté rayonnante, avec son menton relevé, son front vaste, son regard clair. Qu'elle était loin, ce soir-là, de la femme nerveuse et mélancolique de la rue des Beaux-Arts ! qu'elle paraissait donc jeune !

En France, celle dont la magicienne avait fait Bel-Gazou se sentait engluée dans la toile des phrases. Elle n'ignorait pas que le prodige célébré par l'écrivain n'était pas elle, mais l'animal-enfant : une vie instinctive, violente et téméraire qui explorait hardiment la campagne corrézienne. Dès sa plus petite enfance, elle avait coulé dans le songe de la mère. Elle *devait* se montrer forte, courageuse, indomptable. Les genoux couronnés, les coudes ensanglantés, toute marque de faiblesse lui était interdite. Elle aurait dû brandir un sexe altier, raide et joyeux. Elle aurait dû conquérir des mondes, marcher sur la lune, défier les éléments. Elle devinait le mépris attaché aux larmes. Elle apprit à ne se plaindre ni de la solitude ni de l'abandon. Elle grandit seule dans la terreur de cette nurse anglaise que, dans les heures de grande fatigue, elle évoquait d'une voix timide. Elle nous confiait alors la peur qui l'étouffait, marchant dans les couloirs du château rongé d'ombres, la terreur des chauves-souris qui voltigeaient dans l'obscurité, l'impression de froid mortel dans ces chambres trop vastes, trop hautes de plafond et dépourvues de chauffage. Elle se rappelait le poids de l'absence après chaque départ des parents, qu'elle ne voyait d'ailleurs guère, réduite, comme tous les enfants délaissés, à les ressusciter par la magie du rêve.

Née en 1913, elle avait un an quand la guerre éclata. Son père partit aussitôt au front ; sa mère s'installa à Paris, forma avec quelques amies fidèles — Annie de Pène, Musidora, Marguerite Moreno — une sorte de joyeux phalanstère qui s'organisait pour survivre à l'absence des hommes. Elle travaillait avec acharnemen — mais quand, depuis sa jeunesse, Colette avait-elle cessé de travailler ? Articles et contes pour *Le Matin*, le journal que dirigeait son mari, veilles de nuit au lycée Janson-de-Sailly où les blessés affluaient... Entre deux reportages, elle rejoignait Henry de Jouvenel à Verdun. Cloîtrée, elle attendait tout le jour qu'il vînt la rejoindre pour la nuit. « *C'est le harem. Je suis là derrière des jalousies. J'y suis très bien. Je goûte le calme des gens qui ont atteint leur but dans l'existence. Et le canon bat les secondes, d'une bonne pulsation qui rassure*[1]. » Il y en a des dizaines de la même veine : non pas l'amour, mais une animale sensualité que la canonnade exalte.

Verdun, pensera-t-on avec un frisson. Oui, le charnier, les trains remplis d'amputés et de mourants, la boucherie hideuse. Et, cachée derrière les jalousies, une femme qui attend, qui se saoule chaque nuit de caresses, qui respire avec frénésie l'odeur de son homme. Colette, c'est aussi cette force de l'instinct, cette violence aveugle. Dès lors, la tentation de moraliser n'est pas loin : n'aurait-elle rien perçu de l'épou-

---

1. Collection M. R.-B.

vante ? La morale, je le redis, est étrangère à la littérature ou, plutôt, elle se manifeste dans et par les livres. Ce regret dont elle parlait dans sa lettre à Missy, cette insatisfaction lancinante au cœur de ses bonheurs les plus achevés produiront, le moment venu, l'un des plus hauts chefs-d'œuvre, *La Fin de Chéri*, qui montre, justement, l'égoïsme et la trivialité de l'arrière, le désenchantement et le désespoir des jeunes hommes revenus du front, fantômes troués de blessures invisibles. Elle peindra avec une dureté impitoyable la cupide inconscience de ces femmes, délivrées, avec l'absence des maris, de toute entrave et qui, après avoir joué aux infirmières, tripotent à la bourse, traficotent, couchent, sans voir, dans les yeux des revenants, cette imploration hébétée, cette incrédulité d'horreur. «*Il a de ces mots… de ces mots… des mots de gazé. C'en est inquiétant, des fois*», constate Charlotte Peloux, qui peine à reconnaître son fils. Toute une société découvre, par ses yeux, ces rescapés, murés dans leur silence. Se décident-ils à parler, leurs balbutiements rendent un son effrayant dans sa pauvreté : «*J'ai que tout le monde est des salauds… Non, je ne comprends pas que nous vivons un temps magnifique, une aube comme ci et une résurrection comme ça. Non, je ne suis pas en colère… Mais je crois bien que je suis à bout.*»

Trouve-t-on meilleure illustration du fait que le moi qui vit n'est pas celui qui écrit ? La femme a succombé à l'égoïsme forcené du bonheur, l'écrivain, elle...

Un père à la guerre, une mère accaparée par ses travaux, la petite Bel-Gazou est bien seule dans le vieux château. « *Bel-Gazou a été élevée ou, plutôt, abandonnée au château de Castel-Novel, sous la surveillance d'une horrible nurse anglaise, Miss Draper, victorienne jusqu'au cou (empesé et à fanons rosâtres)* [1]. » Plus délaissée que des centaines de milliers d'autres enfants, également cachés au fond des campagnes ? Plutôt moins, en vérité. Colette n'oublie pas sa fille à qui, entre deux reportages, deux séjours à Verdun et deux conférences, elle rend visite.

« *La minutieuse admiration que je dédiais à ma fille, je ne la nommais pas, je ne la sentais pas amour.* » La franchise de l'aveu authentifie l'intensité des sentiments maternels, dès que « *la petite larve emmaillotée* » aura achevé sa première métamorphose et se mettra à gazouiller. Ce qui ressort aussi des lettres de l'écrivain, c'est la ressemblance avec le père qui, tant que la passion amoureuse durera, enchantera Colette pour, ensuite, l'agacer un brin, avant de l'irriter tout à fait. Ressemblance physique, mais plus encore du caractère — volontaire, autoritaire, charmeur et, surtout, défaut impardonnable, *velléitaire*. Les années passant, l'industrieuse

---

1. Dans la lettre de Renaud de Jouvenel, p. 263.

ouvrière des lettres refusera de reconnaître en sa fille une part d'elle-même pour n'y voir que les défauts de l'homme désormais honni. Si bien que la protestation de Colette de Jouvenel : « *Je suis la fille de mon père !* » exprimait peut-être un dépit. Tronquée, la phrase aurait aussi pu s'entendre : « *Puisque je ne puis être la fille de ma mère...* » C'est ce que suggère Jean Cocteau, qui les a bien connues toutes deux : « *Colette, sa fille, que le monstre maternel intimidait au point de l'empêcher de lui écrire. Or le complexe de cette timidité échappant à la mère, je vis toujours la mère et la fille s'appeler l'une l'autre à distance, se chercher à tâtons comme dans une amoureuse partie de colin-maillard ou de cache-cache*[1]. »

J'écoutais avec une bienveillante attention les rares confidences de Colette de Jouvenel.

Colette fut une mère sévère, dure même, qui refusait les attendrissements. Pénétrée de l'idée que Bel-Gazou devait tirer elle-même parti de ses expériences, même les plus pénibles, elle l'observait à bonne distance. On ne saurait rien reprocher à cette mère de quarante-cinq ans — elle en avait quarante lors de la naissance de sa fille — que d'être un écrivain, une sorte de monstre donc. Si elle avait confié la petite aux soins de Miss Draper, c'est que, dans le milieu

---

[1]. Discours de réception de Jean Cocteau à l'Académie royale de Belgique, Grasset, 1955.

où elle évoluait désormais — et elle prenait très au sérieux sa fraîche baronnie! —, on agissait ainsi envers les enfants. Rien là que de normal, notent Jean Chalon et Herbert Lottman, sauf que... Colette n'était pas née baronne, elle n'avait pas été élevée dans une société où les enfants *doivent* être confiés à des nurses et à des gouvernantes. Elle était la fille de Sido qui avait refusé de la mettre en pension à Auxerre : «*Oh, non, pas elle*[1].» Avec humanité, Geneviève Dormann pose la question : «*Pourquoi n'a-t-elle pas aimé cette enfant?*» Et de conclure, après un examen attentif des textes : «*Colette aime les enfants mais de loin*[2].» Elle aime la petite bête, l'animal humain, mais elle ne supporte pas la personnalité qui tente de s'affirmer.

Si, plus tard, elle mit sa fille dans un pensionnat de Saint-Germain-en-Laye, elle avait, là aussi, d'excellentes raisons : Bel-Gazou avait besoin de discipline. Elle l'enverra par la suite en Angleterre parce qu'une jeune fille de son milieu *doit* parfaire son éducation en Angleterre. Il y a, chez Colette, de l'éponge : elle s'imbibe à chacune de ses vies du milieu où elle évolue, adopte ses tics, son langage, jusqu'à ses idées. Elle n'*est* pas, n'a jamais *été*, elle ne cesse de devenir. Mais sommes-nous, chacun de nous, ou paraissons-nous, interprétant nos rôles avec

---

[1]. *Sido.*
[2]. Geneviève Dormann, *Amoureuse Colette.*

plus ou moins de conviction ? Le baron Henry de Jouvenel des Ursins se montrait plus grand seigneur, plus fastueux, bretteur, impertinent qu'un prince du sang, peut-être parce que sa baronnie, qui remontait à Louis XVIII, avait besoin d'être à chaque instant démontrée. À lui s'applique l'indulgente et ironique formule de Cervantes : « *Beaucoup furent qui ne sont plus, et d'autres sont qui ne furent pas* [1]. » Puisque ses ancêtres n'ont pas été, il sera, lui, avec magnificence. N'est-ce pas ce qui importe ?

Sa fille ironisait sur ce des Ursins bizarrement annexé, mais c'était une ironie de grande dame. Elle seule avait le droit, devant des intimes, d'afficher ce sourire sceptique et vaguement amusé [2].

Non, pensais-je en la regardant et en l'écoutant, Colette de Jouvenel n'avait pas été une enfant maltraitée. Était-ce la faute de Colette ou celle du père si cette petite fille-là, trop sensible, souffrait de leur absence, si elle rêvait en secret de vivre auprès d'eux, si son admiration l'étouffait...? « *L'enfant veut une chambre ; y réunir ses jouets et ses amours* [3] », note Cocteau. Bel-Gazou disposait certes d'une chambre, sans doute aussi de jouets, mais ses amours ? Com-

---

1. Miguel de Cervantes, *Don Quichotte*, traduit ici par moi.
2. On a retrouvé dans les papiers de Colette, l'écrivain bien sûr, une note qu'elle s'était fait envoyer, prouvant les origines incertaines du titre des Jouvenel... Entendait-elle s'en servir un jour ? En tout cas, elle n'oubliait rien — jamais.
3. Jean Cocteau, *Portraits souvenir*, Grasset, 1977.

bien de fois, dans ses livres, Colette s'est-elle penchée sur ce mystère qui fait de l'enfant l'égal et le frère de l'animal, privé de parole pour dire ce qui le ronge ?

Les grandes personnes ont mille bonnes raisons pour vaquer à leurs occupations... Colette aurait-elle pu refuser, en 1915, de se rendre en Italie pour *Le Matin*, qui était son gagne-pain ? Et comment, quand son mari est privé de son salaire de directeur du journal et qu'il faut bien vivre, plutôt mieux que bien, comment négliger l'occasion d'écrire pour le cinéma, surtout s'il s'agit d'adapter *La Vagabonde* pour son amie Musidora ? Et si Henry arrive à son tour à Rome pour participer à des négociations officielles, devrait-elle bouder la joie sauvage de le retrouver, de séjourner avec lui au bord d'un lac, de toucher son corps, de s'en repaître, elle qui avoue crûment : « *Il y a même de sa part... une ténacité charnelle assez singulière. Comme je subis de mon côté la même tyrannie...*[1] » ? Non, le temps des grandes personnes n'est pas celui des enfants, et aucun des parents n'imagine la longueur des jours en Corrèze, l'épaisseur des nuits, la fièvre des attentes.

1915, 1916, 1917 : plus de deux ans s'écouleront avant que Bel-Gazou ne revoie ses parents, qui s'extasient de la découvrir toute dorée, bien campée sur ses jambes, patoisant en limousin !

---

1. *Lettres à Marguerite Moreno.*

Colette ne se lasse pas d'admirer ce parfait petit animal, qu'elle touche, palpe, tourne et retourne. S'aperçoit-elle que sa fille suffoque de bonheur, qu'elle ne veut pas, ne peut pas imaginer qu'ils puissent repartir! Mais la guerre est finie, Henry de Jouvenel a retrouvé son bureau directorial au *Matin* où les huissiers, majestueux, introduisent les députés, les ministres; de son côté, Colette, dans un bureau moins vaste, dirige une rubrique, commande des nouvelles, des contes, presse les écrivains de lui donner un texte. Que le temps passe donc vite, entre tant de démarches, entre deux réceptions, deux dîners officiels... Et comme il s'étire à la campagne, quand on fixe avec désespoir la route vide, mouillée de pluie! Non, personne n'est responsable de la solitude des enfants.

Comment Bel-Gazou saurait-elle que la passion qui a réuni ses parents portait, dans sa frénésie charnelle, leur séparation? Celui que la mère appelait le Pacha, la Sultane, le Chat, « *beau, élégant, ami du plaisir, passionnément épris des femmes en général et toujours d'une en particulier...* [1] », le baron n'a pas changé avec la guerre, sauf que la femme en particulier s'appelle Germaine Patat, directrice d'une maison de couture, sauf aussi que Colette a compris qu'il ne servirait à rien de lutter et qu'elle devient l'amie de sa rivale, tactique qu'elle emploie depuis

---

. . Geneviève Dormann, *Amoureuse Colette*.

l'âge de vingt ans. Change-t-on la nature d'un chat? «*Je suis le matou. Je mène la vie inquiète de ceux que l'amour créa pour son dur service. Je suis solitaire et destiné à conquérir sans cesse, et sanguinaire par nécessité*» — elle publie *Le Matou*, dans *Le Matin*, clin d'œil aux initiés... Si la mère fait bonne figure, c'est, bien sûr, qu'elle est toujours éprise de la Sultane, c'est aussi qu'elle l'est de la puissance et de ses signes. On a peine, aujourd'hui, à imaginer le pouvoir de la presse écrite, quand la TSF commençait à peine à se répandre et que la télévision n'existait pas. Rien qu'à Paris, quarante-six quotidiens totalisant six millions d'exemplaires par jour et, pour les cinq principaux titres — *Le Petit Parisien, Le Journal, Le Petit Journal, L'Écho de Paris* et *Le Matin* —, cinq millions, dont un million pour *Le Matin* à lui tout seul! Le prestige, l'influence, les avantages — la voiture et le chauffeur: Colette n'est pas femme à les sacrifier à son amour-propre. Elle encaisse, sourit, se dépense avec ardeur. Dans l'hôtel du boulevard Suchet, au château de Castel-Novel, elle reçoit le Tout-Paris, hommes politiques, journalistes, écrivains, Poincaré même, le président de la République. Elle jouit de sa position, fait oublier les tumultes de sa jeunesse, tisse habilement des liens, campe dans son fief, accumule les honneurs. Sans cependant renoncer à la scène, ce qui passerait pour un reniement: elle honore la mime et la comédienne, montrant que c'est un métier choisi pour conquérir et défendre sa liberté. Elle peaufine sa légende, s'entoure de vassaux, inspire des campagnes contre Willy qui, de Bruxelles, est passé en Suisse, puis à Monte-Carlo où il passe ses nuits devant les tapis verts, vivotant avec des martingales et des calculs éventés. Il rentrera à Paris, logera à l'hôtel, glissera dans la vieillesse et la maladie, assisté et soigné par sa dernière maîtresse. Aux rares visiteurs qui lui demeurent fidèles, il paraît aigri, amer. Les créanciers ne le lâchent pas, ses droits d'auteur sont saisis. Bientôt, une attaque d'hémiplégie le foudroie, le laisse paralysé. Une collecte est organisée pour lui venir en aide à laquelle, on s'en doute, Colette ne participe pas. À sa mort cependant, un vague remords se lève et, ainsi qu'il arrive souvent à Paris, une foule de trois mille personnes, Charles Maurras et Rachilde en tête, se presse à l'enterrement pour ce qui apparaît à tous comme une manifestation contre l'injustice et la cruauté de «sa veuve», laquelle répondra par *Mes apprentissages*...

Si Colette a l'air d'accepter les infidélités du baron, si elle parvient à donner le change, elle n'est pas non plus de celles qui pardonnent; la rancune contre la Sultane s'accumule et s'aigrit.

Que devine Bel-Gazou de ces agitations? Rien peut-être, mais le rien des enfants est fait d'une multitude de signes. Colette de Jouvenel, si peu encline à parler du passé, citait le nom de Germaine Patat qu'elle avait, disait-elle, beaucoup aimée. Elle la connaissait donc ? Très bien, puisque Germaine s'était souvent occupée d'elle, l'emmenait chez elle en vacances, l'accompagnait à Rozven, le paradis breton, et qu'elle venait à Varetz avec ses parents...

La maison d'Anacapri, un cube blanchi à la chaux, s'ouvrait sur la terrasse qui dominait la mer et surplombait, en contrebas, un jardin séparé de la maison par une étroite ruelle. Avec son allée bordée de pilastres autour desquels les jasmins et les bignones s'enroulaient, avec ses massifs de rosiers et d'agapanthes d'un bleu intense au soleil, doux et mélancolique dans l'ombre du soir, avec ses carrés où Fortunata faisait pousser des aubergines et des tomates, il filait tout droit vers une rambarde qui l'empêchait de basculer dans la mer. Dans le crépuscule, les parfums du serpolet, de la lavande, du basilic et de la menthe poivrée s'exhalaient. Tout devenait alors d'un calme surnaturel, sans autres bruits que le teuf-teuf des barques à moteur et, derrière la maison, les cris des enfants jouant sur la placette, devant l'église. Paniquée par l'arrivée soudaine et brutale de la nuit, Colette de Jouvenel courait chercher les bouteilles, remplissait les verres, buvait vite, toujours avec son rire. À ces moments-là seulement, délivrée par l'alcool, elle se confiait par bribes, sans s'attarder. Nous-mêmes n'étions guère curieux, mon ami par délicatesse, moi par indifférence. Colette, la mère, n'occupait guère ma pensée, je la lisais distraitement revenant vite à mes moutons, qui s'appelaient alors Thomas Mann, Unamuno. Je m'en retournais surtout à ce bonheur que je ne me lassais pas de savourer, distillant chaque sensation.

Un soir, comme la conversation roulait sur *Chéri*, de tous les livres de Colette celui qui avait produit sur moi la plus forte impression — il avait également touché Gide qui écrivit à son auteur : « *Une louange que vous ne vous attendiez guère à recevoir, je gagerais bien que c'est la mienne*[1] » —, comme nous suppurions qui avait bien pu servir de modèle au personnage, Colette de Jouvenel murmura, à contrecœur eût-on dit, ce prénom : « Bertrand. » Je fus d'autant plus surpris qu'on ignorait encore la vérité et que *Chéri* avait été écrit avant sa rencontre avec Bertrand. Étonné plus encore de l'entendre mentionner son demi-frère alors qu'elle n'évoquait, avec un bizarre mélange de tendresse et d'irritation, que le second, Renaud, fils d'Isabelle de Comminges. Ce prénom, Bertrand, avait été lâché, non pour signifier qu'il eût servi de modèle à Chéri, mais... Le visage de Colette de Jouvenel se referma, prit cette expression

---

1. Citée par Claude Pichois et Alain Brunet.

butée que je lui connaissais. Se ressaisissant, elle se tourna pour contempler la mer qui, lentement, s'enfonçait dans la nuit.

À sept ans, Bel-Gazou devenait *impossible*, elle travaillait peu et mal. Les parents tombèrent d'accord sur la seule solution raisonnable : la pension. Dans une de ses lettres, la mère parle de «*geôle*», de «*formalités d'écrou*», preuve qu'elle n'était pas insensible au chagrin de sa fille.

Ce que les parents baptisent raison dissimule parfois des calculs moins avouables. Aspiré par la politique, le Pacha devenait un personnage officiel, promis à une carrière ministérielle grâce à l'appui et à la protection de son ami de jeunesse, Anatole de Monzie. Aux dernières marches du pouvoir, la présence à ses côtés de celle qui s'était produite *presque nue* — c'était le langage du temps — sur les planches, qui continuait à faire du théâtre avec une belle obstination, cette présence le gênait peut-être dans son ascension. «*Ce que vous me dites du divorce de ma veuve m'amuse intensément…*, ricane Willy. *Sans m'abasourdir. Car enfin, malgré tout son talent, elle devait, un jour ou l'autre, Jouvenel passant officiel, devenir un poids mort. Trop de gens l'ont vue danser à poil*[1]. »

L'abbé Mugnier, curé mondain aux propos rien moins que charitables, relève avec malice les façons rudes de Colette, palpant, devant les

---

1. Collection M. R.-B.

convives, les seins de Mme Bernstein. Maurice Goudeket, son dernier mari, le compagnon de sa vieillesse, sera pareillement choqué, lui, guindé, compassé, par le comportement désinvolte de l'écrivain, qu'il soupçonne d'en rajouter et de jouer, à la ville, le personnage de Colette. Toujours est-il qu'elle cause un vague malaise, notamment quand elle se déchaîne en public contre son premier mari.

Germaine Patat fait, elle aussi, pâle figure auprès du séduisant baron de Jouvenel, du moins comparée à la princesse Bibesco, roumaine exaltée rêvant de devenir l'égérie d'un grand homme, qu'elle flatte jusqu'au dithyrambe — mais quelle louange a jamais paru excessive à un homme politique?... Colette était trop fine pour ne pas flairer le danger. Cette fois, elle se rebiffa.

Depuis son mariage avec Henry de Jouvenel, Colette s'irritait de la confusion créée par l'existence d'une seconde baronne de Jouvenel, la première épouse divorcée, Claire Boas, qui s'accrochait à son nom et à son titre. La *vraie* baronne menaça d'un procès l'usurpatrice qui, paniquée, lui envoya, pour l'amadouer, son fils, âgé de dix-sept ans. On connaît maintenant toute l'histoire, racontée par Bertrand lui-même, et l'on reste stupéfait que le secret ait pu être gardé durant tant d'années. Car elle fit mieux, Colette, que déniaiser l'adolescent haut et maigre, empêtré dans sa timidité. Entre cette quinquagénaire et ce très jeune lycéen épris de vastes théories, gorgé de lectures savantes, ce fut une liaison de cinq ans. Si je lis aujourd'hui la description que Bertrand donne de Colette *« petite, ramassée, rapide et puissante »*, si j'évoque avec lui *« la majesté du front »*[1], je revois la fille, assise de profil sur le terrasse d'Anacapri...

« La raison qui poussa Colette est inavouable et parfaitement transparente à travers sa correspondance. À Bertrand, par une perversion de l'instinct maternel, vont toutes ses préoccupations[2]. » Jeannie Malige met les points sur les « i » sans s'encombrer de périphrases. Bel-Gazou une fois bouclée dans son collège, la voie est en effet dégagée pour ce qu'il faut bien appeler une passion incestueuse ; car celle que Jean Chalon appelle avec humour la Phèdre de Rozven a choisi d'initier l'adolescent dans cette maison entre toutes chéries, avec son anse, sa plage isolée des regards indiscrets, ce domaine *offert* par Missy. Entrait-il, chez Colette, ainsi que le prétend Natalie Clifford-Barney, un obscur désir de vengeance ? Elle s'éprit de ce long jeune homme studieux, parfaitement élevé, réservé, désireux de réformer le monde en y jouant, cela va de soi, un rôle de premier plan. De son côté, il aima cette maîtresse-mère : « *[...] il est possible,* avance Claude Pichois, *que [...] le jeune Bertrand ait tenu dans la vie de Colette le rôle du fils qu'elle aurait aimé avoir,*

---

1. Son témoignage figure dans l'édition de la Pléiade, t. II.
2. Jeannie Malige, *Colette, qui êtes-vous ?*

besoin que ne put satisfaire la naissance d'une fille dont, au reste, elle aime à louer la robustesse plutôt que la grâce [...][1]. » Possible, en effet. Mais la fille vivait, se morfondait, seule, dans son pensionnat...

Durant cinq ans, Bertrand fut fidèle à Colette. Alors qu'il passait son bac, s'inscrivait à la fac, il la retrouvait secrètement dans le rez-de-chaussée que, avec la complicité d'une amie, Colette avait loué rue Dalleray — la Dame en blanc du *Blé en herbe* s'appelle Camille Dalleray...

De cette liaison, nous n'ignorons plus rien ; Bertrand s'en est expliqué à la fin de sa vie. Par lui, nous savons la dette qu'il se reconnaissait envers Colette : il lui devait, disait-il, le sable et la mer, la futilité, le rire, la découverte d'auteurs que, sans elle, il n'eût jamais lus. Pour elle, si l'on excepte le domaine intime où nul ne pénétrera jamais, elle lui doit le retour vers la maison et le jardin de l'enfance, vers Sidonie[2], morte un an avant la naissance de sa fille. Séduit par les récits de sa maîtresse, Bertrand l'incite à rédiger ses souvenirs, qui deviendront *La Maison de Claudine*, premier grand texte de sa maturité. Ils feront ensemble un voyage en Algérie dont Ber-

---

1. Claude Pichois, préface à l'édition de la Pléiade, t. II.
2. « [...] les sentiments que Colette portait à sa mère vivante étaient ambigus. [...] Colette est la mère de Sido. Mais, animée du besoin à la fois de raconter et de dominer, en créant Sido, elle abolit Sidonie, la vraie mère. » Je souscris entièrement aux propos de Claude Pichois.

trand, plus tard, s'étonnait que personne, ni dans la famille, ni parmi les chercheurs, n'eût soupçonné l'existence. Ils skieront ensemble à Gstaad, la station à la mode.

Aucun soupçon, vraiment ? Claire Boas, mère et, qui plus est, mère juive, ne tarde pas à flairer quelque chose. Car Colette fait tout pour séparer son jeune amant de sa famille maternelle. Son instinct de domination, qui est terrible, s'exerce sur Bertrand. Elle veut le remodeler, le bâtir à l'image de son rêve. Sans faire d'esclandre, Claire Boas avertit son ex-mari qui refuse de l'écouter : pour un homme du monde, rompu aux usages, une pareille insinuation est tout simplement inconvenante. Une quinquagénaire, sa femme... avec son fils aîné ! Il garde sa confiance à Colette, qui, prudente, s'entoure de mille précautions. Il continue de lui envoyer Bertrand afin qu'il se fortifie à Rozven. Claire Boas cependant ne désarme pas : habilement, elle présente à son fils des jeunes filles bien nées, *convenables*, espérant le détacher de sa belle-mère dont l'influence sur lui l'inquiète et l'effraie. Elle réussit à convaincre le baron d'éloigner le jeune homme qui, chaque fois, revient vers l'aimée.

Il y a belle lurette que le couple n'a plus d'un couple que la façade. Les maîtresses se succèdent, cohabitent souvent, sans que Colette, toute à son bonheur caché, s'en émeuve. De ses maris ou ses amants, Henry de Jouvenel sera le seul que Colette respectera, le seul qu'elle ne parviendra pas à dominer, sans doute parce qu'il campe dans son fief — la politique. Assez fort, assez puissant pour vivre sa propre vie, ils garderont chacun leur autonomie. Même sa rancune, Colette la dissimulera.

Ironie du sort, on voit réapparaître Meg Villars, l'ex-épouse divorcée de Willy, qui, réconciliée avec Colette, se montre en compagnie de Henry de Jouvenel, vient à Castel-Novel, séjourne à Rozven.

Bel-Gazou a dix, douze ans. Les enfants ne comprennent pas : sont-ils pour autant aveugles et sourds ? Elle écoutait le chuchotement des ragots et des scandales — la mésentente de ses parents, les aventures galantes du père : Colette de Jouvenel appartenait à tous, depuis le jour de sa naissance, à tous sauf à elle-même.

Sous le soleil d'Italie, devant l'un des plus beaux paysages du monde, Colette de Jouvenel oubliait le personnage que la littérature avait fait d'elle. Il suffisait de la voir dévaler les ruelles pentues, de l'écouter se chamailler en dialecte napolitain avec les restaurateurs, d'entendre fuser son rire au *Number Two*, la boîte à la mode où, passablement éméchés, nous finissions nos nuits. Nulle contrainte, une liberté joyeuse, une légèreté d'oiseau auquel on a ouvert la cage. Elle n'était pas la première, elle ne sera pas la dernière à trouver en Italie l'exaltation du bonheur. En Toscane, à Rome, à Naples, elle respirait un air de tendresse et de douceur.

Les manœuvres de Claire Boas finirent néanmoins par aboutir et Bertrand fut officiellement fiancé avec une demoiselle de Ricqlès. On connaît la scène, décrite de façon prémonitoire dans *Chéri* : le jeune amant de vingt ans annonce à sa maîtresse quinquagénaire qu'il va se marier ; ils se font leurs adieux... sauf que Colette n'est pas Léa. Alors qu'il traverse le jardin du boulevard Suchet et qu'il s'éloigne pour toujours, elle le rappelle ; accoudée à la fenêtre, elle lui lance un billet qu'il ramasse, déplie : « *Je t'aime.* » « *Elle ne me l'avait jamais dit* », confessait Bertrand dans sa vieillesse, retrouvant, intacte, l'émotion qui l'avait alors foudroyé. Oubliant la fiancée, il remonta en courant l'escalier...

Cette fois, l'élégant ambassadeur ne peut plus fermer les yeux. Le scandale est retentissant : rompre des fiançailles officielles alors que des centaines d'invités, les familles... Il ne s'emporte pas. Dînant dans la salle à manger du boulevard Suchet, entre sa femme et son fils, il annonce d'un ton paisible que Bertrand devra partir pour Prague où le président Bénès, son ami, l'attend et lui offre un poste de conseiller.

Il y a près de trente ans que Colette joue la comédie, elle maîtrise le répertoire : du même ton dégagé, impassible, elle rétorque que, non, Bertrand ne partira pas. On imagine la mimique du baron : comment ça, il ne part pas ? Non, Bertrand reste avec moi. C'en est trop pour ce parfait homme du monde qui se lève, claque la porte et s'en va chez sa mère, Mamita, en laissant chez lui même ses costumes, m'écrivit Renaud. À partir de cet instant, il n'opposera plus à son ex-femme qu'un silence froid, définitif. Il la chassera de son existence et, incidemment, du journal qu'il dirige. « *M. de Jouvenel m'a téléphoné sans aménité, avec une voix glacée et sans naturel, que nous n'aurions plus rien à nous dire. C'est bien. L'étrange nature, et comme il est difficile à un homme de donner le bonheur*[1]. » Bizarres en effet, les hommes : elle couche avec son fils aîné, qui a vingt ans, elle fait rompre ses fiançailles, et le père s'en formalise, n'est-ce pas curieux ?

Jusqu'au divorce, il n'entretiendra plus avec elle que des relations d'une impersonnelle courtoisie. C'est son ami de Monzie qui se chargera de régler les détails du divorce : il garde, bien entendu, Castel-Novel, elle conserve l'hôtel du boulevard Suchet, qu'il videra toutefois de ses meubles de famille. (Après chacune de ses ruptures, une contestation s'élève autour des maisons, du mobilier... on connaît la chanson. Elle se dira spoliée, ce qui est faux, le baron, on en a les preuves, se montra généreux.) Quant à Bertrand, galant homme, lui

---

1. Lettre inédite à Germaine Patat, citée dans le catalogue édité à l'occasion de la vente du colonel Sickles.

aussi, il s'installe avec elle : « *Je ne pouvais pas la laisser seule*[1] »...

Pense-t-on que Bel-Gazou, qui a treize ans, l'âge où les filles sont presque mûres, ne s'aperçoit de rien ? Faut-il une grande imagination pour se mettre à sa place et deviner ce qu'elle a pu ressentir ? Bertrand, c'est son frère admiré, le compagnon de ses étés.

Ses sentiments d'alors, sa façon de jeter ce prénom, Bertrand, l'expression dure de son visage les révélaient assez. Non pas de l'indignation, non plus du dégoût : une vague gêne plutôt, une honte confuse. Ceux qui n'ont pas eu à rougir de leurs parents ne devinent pas cet écœurement, une gale de la mémoire. Mieux qu'un autre sans doute, j'étais apte à relever ces signes. Je ne comprenais pas alors la cause : je flairais la plaie à ce voile dans les prunelles, à cet humour du désespoir...

« *La mémoire est une nuit terrible et confuse* », dit Cocteau. Dans l'obscurité du souvenir, je m'aperçois que je confonds les époques. Nous fîmes plusieurs séjours dans cette maison d'Anacapri. Nous arrivions les premiers pour trouver les pièces fleuries, les lits faits ; nous

---

1. Sur les relations de Colette avec Bertrand, sur son attitude envers sa fille, l'un des textes les plus justes est celui de Jeannie Malige, dans *Colette, qui êtes-vous ?*

nous chauffions au soleil cependant que Fortunata s'affairait dans la cuisine, préparant, sur des melons sucrés à point, des tranches transparentes de jambon, des salades, des pâtes fermes et parfumées au basilic. Nous nous baignions aux Faraglioni, dînions sous des tonnelles, devant la mer partout offerte, nous nous grisions avec ce vin de Capri, mystérieusement inépuisable.

Au bout d'une ou deux semaines, nous courions chercher Colette au débarcadère. Elle arrivait de Rome, déjà hâlée, de clair vêtue, son chemisier de chez Hermès par-dessus son pantalon, les pieds dans des sandales. Nous grimpions à la maison où elle répandait partout des cadeaux somptueux. Elle emplissait son verre, courait à la terrasse, asticotait Fortunata : de combien nous as-tu volés, friponne ? Laquelle de tes sept filles a, cette fois, des infortunes grandioses ? Debout, les poings sur les hanches, Fortunata endossait son personnage, se lamentait avec des lueurs de malice au fond de ses yeux charbonneux. Et ton forban de mari, insistait Colette, toujours aussi veule et paresseux ? qu'attends-tu donc pour le plaquer, ce bon à rien ? Et la fille de Lesbos de déchirer à belles dents tous les maris, tous les hommes, pareillement incapables !

La saynète à peine achevée, c'était déjà la course effrénée, jusqu'aux premières lueurs de l'aube : restaurants, boîtes, réceptions, visites d'amis. Ne pas s'arrêter, me disais-je souvent, ne pas penser : courir, parler, s'étourdir, rire surtout.

Si la séparation de ses parents se termina dans un drame de Bourdet, sut-elle, Bel-Gazou, que l'histoire avait commencé dans Feydeau ? Missy, avec qui Colette vivait toujours, Auguste Hériot... De l'autre côté, il y avait la maîtresse en titre de Henry de Jouvenel, dont elle eut un fils, Renaud — Isabelle de Comminges, femme superbe, racée, fière de l'ancienneté de son nom — « *Qu'est-ce que c'est que ça, les Jouvenel*[1] *?* » —, surnommée la Panthère. Elle veut assassiner Colette, que Henry de Jouvenel fait enlever et garder par des amis. Tout finira bien, puisque Isabelle de Comminges se consolera dans les bras du bel Hériot...

La procédure engagée pour recouvrer son droit moral sur l'œuvre de sa mère aboutit enfin. (J'ignorais alors la mortification d'un testament qui la dépouillait de tout et dont l'une des clauses, la plus humiliante, stipulait que, au cas où elle le contesterait, elle perdrait tous ses droits.) Délivrée par cet accord de tout souci financier, Colette de Jouvenel revint se fixer en France.
Avant d'habiter l'appartement du Palais-

---

1. Propos rapportés par Arlette Louis-Dreyfus.

Royal où la légende maternelle s'était cristallisée, nous lui connûmes différents domiciles. À trois kilomètres de notre presbytère, elle acheta une ruine superbe qu'elle entreprit aussitôt de restaurer. Elle débarquait chez nous pour diriger et surveiller les travaux.

Un jour, elle invita sa belle-sœur, Arlette Louis-Dreyfus[1], qu'elle aimait à l'égal d'une sœur, auprès de qui elle avait vécu, dans son adolescence, chez son père, dans la maison de la rue Férou. Son affection pour Arlette, petite femme frêle et délicate, au caractère trempé, se teintait d'une timidité respectueuse, mêlée d'estime.

Évoquant, la nuit précédant sa visite, ce personnage, je fus ramené en arrière, jusqu'à la guerre et l'Occupation, quand, au château de Curemonte, Colette de Jouvenel recueillait et cachait des enfants juifs. Je pensais : que la vie est donc embrouillée ! Bertrand de Jouvenel, de mère juive, juif donc lui-même pour les nazis et également selon les statuts de Vichy, se trouvait à la même époque à Paris où il fréquentait Abetz, dînait à l'ambassade d'Allemagne... Il s'en expliquera plus tard avec une sincérité et une honnêteté qui me touchèrent : conscient de sa fatuité, il s'accusait, lui et toute sa génération, d'avoir manqué, par excès d'assurance, du

---

1. Mariée à Renaud de Jouvenel et fille de la troisième épouse de Henry de Jouvenel : est-ce assez clair ?

sens du tragique, d'avoir succombé à l'orgueil de l'intelligence et d'avoir cru qu'ils parviendraient, lui et ses amis radicaux, à ruser avec les Allemands en intégrant la France dans une Europe chimérique.

Aucune de ces compromissions chez Colette de Jouvenel, ni chez son frère Renaud : les Dreyfus, patriotes fervents, leur avaient dessillé les yeux.

Plus tard, la mère reprochera à sa fille de s'être mêlée de *politicaillerie* : résister, pour elle, consistait à se taire, à courber le dos, à tenir, non à héberger des terroristes. Jamais la mère et la fille ne se rejoignirent.

Enfin, Colette de Jouvenel s'installa dans l'appartement du Palais-Royal où nous allions désormais la visiter. Elle disait ne pas s'habituer à ce logement gorgé de souvenirs. Pour elle, sa véritable mère continuait de rentrer chaque été au château de Varetz, de pousser jusqu'à Curemonte. Au cœur de cette Corrèze qu'elle évoquait avec nostalgie, le couple se reformait, et la petite fille était libre de retourner à ses jeux et à ses gazouillis. La rue de Beaujolais lui rappelait une mère inconnue, étrangère presque. De la baronne de Jouvenel à Mme Goudeket, comment la fille eût-elle fait le lien ? Elle dormait mal dans ce musée, percevait, la nuit, une présence inquiétante, entendait des bruits et des pas. Superstitieuse, elle se persuadait que la mère lui signifiait son mécontentement de la sentir là. Et puis, elle en avait assez de ces indiscrets qui, sans façon, sonnaient à la porte, voulaient jeter un coup d'œil, la dévisageaient avec une avidité atroce. Elle finit par quitter Paris, confia la garde de l'appartement à Jean-Claude, le fidèle secrétaire, n'y faisant plus que de courtes apparitions.

Peu à peu, Colette de Jouvenel se sentit investie d'une mission. Justifiée, enfin, dans son existence, elle surveilla les rééditions et les adaptations ; les mots, qui l'avaient ficelée à sa naissance, lentement la reprirent.

Surtout, elle voulut se montrer digne de la confiance maternelle, si péniblement arrachée. Elle jeta un voile d'oubli sur le bonheur italien. Elle idéalisa la mère. La marquise de Morny ? les aventures féminines ? les désordres d'une vie passionnée ? les sordides règlements de comptes avec son père ? l'acharnement venimeux contre Willy ? — tout cela était balayé, oublié. « *Les relations entre les deux femmes, Colette et sa fille, étaient purement formelles... avant la mort de Goudeket, dit le "Crocodile". Ensuite, vient le mythe, la statue, etc.* », m'écrivait Renaud de Jouvenel.

Les *Œuvres complètes* devinrent la Bible, paroles sacrées de bout en bout, sans le moindre déchet. *La Fin de Chéri* et *Le Toutounier* étaient également des chefs-d'œuvre.

J'assistais, amusé, à la métamorphose. Mois

après mois, d'une année à l'autre, Colette de Jouvenel se dégageait de son patronyme. Tout comme Colette Willy avait mis un long temps pour devenir Colette, rejoignant, par une Sido imaginaire, la maison de Saint-Sauveur, ainsi Colette de Jouvenel se fondait-elle dans une mère rêvée. Prise au piège des célébrations et des pèlerinages, elle devenait l'ombre portée d'une paysanne aux sagesses antiques.

Cette évolution, quand j'y songe, n'a rien d'étonnant. La Colette que nous avions, Rémy et moi, rencontrée, aimée, la noctambule aux vastes rires désaccordés, aux cuites alambiquées, aux confidences arrachées à l'insomnie, cette Colette d'une alacrité désespérée ne s'accrochait à l'image du père que dans l'espoir qu'il la sauverait de la hantise de la mère. Elle se cachait derrière Jouvenel, comme l'enfant court se blottir dans les bras de Papa.

Ce père mythique, comment eût-il pu la sauver de sa détresse alors qu'il n'existait que dans ses songes ? La vérité est que Colette, comme Renaud de Jouvenel[1], qui la touchait et l'exaspérait, comme Bertrand, le surdoué, la vérité est que Colette était orpheline.

---

1. Il fut le mal-aimé et son enfance, solitaire et délaissée, laissa chez lui des blessures inguérissables. Il suffit de lire le petit livre de Jeannie Malige, déjà cité. Dans la lettre-fleuve qu'il m'adressa, il lui échappait ce cri : « Chers parents qui m'ont fait passer deux ans sur des chantiers de travaux publics. » Colette seule (l'écrivain) lui témoigna quelque compassion.

Grande dame, Colette de Jouvenel appréciait le faste, aimait les mondanités, recevait avec une simplicité éclatante. Même la pointe de snobisme se devinait sous le vernis d'aisance. Son anglais, qu'elle parlait à la perfection, laissait passer ce soupçon d'accent français des meilleures familles : une manière de chanter plutôt qu'un accent. De New York à Rome, de Londres à Marrakech, partout elle était chez elle. Elle avait des amis dans toutes les capitales, entretenait une correspondance de ministre.

L'apparence pouvait bien être Jouvenel : sous le masque du grand monde, un cœur vide battait. Trop évanescente, trop inconsistante, l'ombre du père mythique pour remplir ce vide-là ! La magicienne n'eut guère de peine à reprendre sa proie, épuisée de courir.

Colette de Jouvenel oublia la mère jeune qu'elle n'avait aperçue qu'en passant, entre deux voyages, deux reportages. Elle rejoignit la prêtresse du Palais-Royal, dispensatrice de recettes et de conseils ancillaires. À son tour, elle se fit sentencieuse. Elle cultiva les simples dans une campagne qu'elle trouvait affreuse, ravagée par les pesticides. Elle adopta des théories de chats et de chiens abandonnés que, dans les restaurants, elle régalait de saumon fumé et de foie gras. Aux voisins de table, elle enjoignait d'abandonner à leurs compagnons à quatre pattes tel ou tel morceau, n'hésitant pas à puiser dans leur assiette. L'inviter, c'était courir le risque d'une algarade ubuesque. Ou le vin blanc n'était pas assez frappé, ou la crêpe mal flambée, ou l'omelette mal cuite. Avec bonne grâce, elle dispensait ses conseils aux sommeliers, aux maîtres d'hôtel — digne fille, enfin, de celle qui passait de la recette du pot-au-feu à la culture des cactées.

La raccompagnant, cette nuit d'hiver mouillée de pluie verglacée, jusqu'à sa grosse voiture où deux corniauds l'attendaient, l'impression de mélancolie ressentie lors de notre première rencontre me saisit de nouveau. Elle marchait, alourdie, engoncée dans une canadienne fourrée. Durant tout le dîner, elle avait dénigré ce pays qu'elle allait rejoindre et où les oiseaux, prétendait-elle, ne chantaient plus, chassés par la disparition des haies et l'épandage des produits chimiques. Du reste, le climat y était affreux, les paysans cupides et ignorants. Elle était en procès, un de plus !, avec sa propriétaire. Tous les ouvrages, toutes les biographies qui paraissaient sur sa mère, elle les jugeait pareillement nuls et mal écrits. Elle exprimait sa déception en des épîtres vengeresses qui devaient exaspérer leurs destinataires.

Nous demeurions debout près de la voiture, dans une bruine de gel qui nous transperçait. Nous hésitions à prendre congé. Avec un élan subit, rare chez elle, elle m'embrassa soudain. Je la regardai s'éloigner dans la nuit de novembre. Je ne devais plus la revoir.

Aujourd'hui, alors que j'assemble des impressions insaisissables, c'est en Italie que je l'évoque. Dans cette maison juchée sur les hauteurs d'Anacapri, avec son jardin en contrebas, sa terrasse qui dominait la mer et, posé sur l'horizon, le profil de l'île d'Ischia. Là, elle n'était ni Jouvenel ni la fille de Colette, mais un simple prénom ouvrant le droit au bonheur d'aimer, de vivre, de rire surtout. Rire comme elle le faisait, les yeux mouillés de larmes, le buste ployé, la bouche grande ouverte dans un spasme de tout le corps.

Ou alors malicieuse et faussement candide quand on lui faisait remarquer qu'elle n'avait pas toujours pratiqué ces vertus ancillaires qu'elle célébrait avec un zèle suspect. Étonnée, avec ruse : «Vraiment? Peut-être, oui. Le whisky, les boîtes de nuit, les passions et les passades? Tiens, tiens, comme c'est bizarre!» Elle n'était plus sûre de n'avoir été qu'elle-même. Elle parlait la langue de la mère, traduite dans l'espéranto de l'âge. Mais son regard continuait de fouiller le paysage, guettant, sur la surface de la mer, l'*aliscafo* de Naples.

Ce fut la mort qui arriva.

XII

Après son divorce d'avec Henry de Jouvenel, la vie de Colette dure encore plus de vingt-cinq ans.

Elle renonça d'abord à l'amour de Bertrand, séparation inéluctable : il approche des vingt-cinq ans quand elle se prépare à aborder la soixantaine. Pour inévitable qu'elle fût, cette renonciation n'en fut pas moins mélancolique. En le rendant à sa jeunesse et à sa nouvelle fiancée, Colette prenait aussi congé des illusions du désir. Peut-être n'avait-elle jamais été plus heureuse qu'en ces années où, jouissant des avantages de sa position d'épouse du magnifique ambassadeur et futur ministre, elle s'abandonnait à la volupté de caresser et toucher l'un de ces jeunes corps qui hantent ses livres. En Bertrand, elle possédait l'amant avec le fils. Tyrannique, aimant à diriger et à guider, elle trouvait en ce jeune homme trop studieux, une matière ductile qu'elle eût souhaité sculpter. Cette argile glissait pourtant entre ses mains, s'échappant vers des congrès et autres conventions républicaines. Elle détestait déjà la politique, elle découvrit en elle une rivale, plus redoutable que toutes les femmes. « *Depuis dix jours, il est à Caen, chez des amis avec toute sa potée de complices, de petits satans politicailleurs. Et L'Intransigeant leur donne chaque semaine deux pages, à cette meute jappante* [1]. » Elle finit néanmoins par se résigner : rien ne détournera Bertrand de sa voie, qui était celle suivie par sa famille, depuis trois générations. Les fiançailles relevaient de la même fatalité, Bertrand deviendra mari, père et politologue, sans jamais oublier ces longues vacances ensoleillées, dans la lumière nacrée de Bretagne, dans l'odeur du varech et de la dune. En repensant à sa jeunesse, Bertrand s'aperçut, avec étonnement, qu'il n'avait jamais vu Colette nue. C'est que sa maîtresse ne fut peut-être pas une femme réelle : un fantôme — la Dame en blanc de ses rêves.

Une dernière fois, les amants se rencontrèrent dans une chambre d'hôtel, sur la Côte d'Azur, et ils passèrent la nuit à discuter. À l'heure des adieux, Colette choisit de se montrer compréhensive et maternelle. Dans sa vieillesse, Bertrand dira que, si elle le lui avait demandé, il serait resté auprès de Colette. Le dilemme ne se présenta pas, puisque Colette ne le lui demanda pas. Lorsque l'aube enfin

---

1. *Lettres à Marguerite Moreno.*

pointe, elle murmure : « *Pour moi, ce sera "le gars" que je t'ai présenté hier... Il est très bien, ce Goudeket.* » Le successeur attend en effet dans une chambre voisine, ce qui nous vaut ce commentaire amusé de Jean Chalon : « *Colette n'aura eu que quarante-huit heures de liberté sentimentale, et sera passée, avec une aisance incomparable, de Bertrand à Maurice.* »

L'aveu de Bertrand est l'un de ces soupirs de l'âge, quand on se tourne vers le passé pour regretter tout ce qu'on n'a pas pu vivre. Colette laissa dans sa mémoire une empreinte profonde, une cicatrice que la lecture de chacun de ses livres rouvrait. Sans doute la clandestinité, en entourant leur liaison d'un halo poétique, imprima-t-elle chaque détail de leurs rendez-vous dans la mémoire du jeune homme. Entre eux, ni l'habitude ni la routine n'émoussèrent le plaisir de se voir et de s'aimer.

Deux menus faits révèlent l'intensité de cet attachement ; le premier se situe au lendemain de leur dernier tête-à-tête : Colette écrivit à son amant une longue lettre que la fiancée intercepta et déchira après l'avoir apprise par cœur, tant elle l'avait trouvée belle. De toute évidence, la jeune femme redoutait la puissance de cette prose sur celui qu'elle aimait, mais, émue, elle ne put oublier ce texte que, des années plus tard, elle récitera de bout en bout à son mari. Peut-on mieux montrer le pouvoir de la littérature et que tout, chez un écrivain, passe dans la langue ? « *On ne regrette jamais d'avoir choisi le moment d'agir. Agir, pour moi, ce n'est guère qu'écrire* [1]. » Ce ne sont pas tant des phrases que la fiancée de Bertrand jette à la corbeille, ce sont des actes, parmi les plus redoutables : des mots dont le charme opère à l'instar d'un philtre.

Le second incident se produisit à la mort de l'écrivain, dans la cour du Palais-Royal, devant le cercueil recouvert du drapeau tricolore : perdu dans l'assistance, Bertrand se tenait là, d'une élégance parfaite. Soudain, il se tassa, se courba, éclata en sanglots, incapable de maîtriser sa douleur.

Que ressentit, que pensa, sous ses voiles et ses crêpes, Colette de Jouvenel ? En voulait-elle à son demi-frère d'avoir accaparé l'amour de sa mère ? Se rappelait-elle ses années de pensionnat ? « *Ma fille est bouclée à Versailles, mais je lui connais de mauvaises dispositions d'esprit* [2]. » Pensait-elle à sa solitude d'adolescente mal-aimée ? Toute sa jeunesse avait baigné dans ce climat de malaise, parfaitement résumé par Cocteau : mère et fille se cherchaient à tâtons sans jamais réussir à se toucher. Le bandeau qui aveuglait la jeune Bel-Gazou s'appelait Bertrand et celui qui cachait les yeux de la mère se prénommait Henry.

Colette n'était pas femme à se complaire dans

---

1. Collection M. R.-B.
2. *Lettres à Marguerite Moreno*.

la nostalgie : Maurice Goudeket, l'athlète à la peau de satin, le dernier compagnon, son cadet de vingt ans, l'entraînait avec lui, jusqu'à ce Midi qu'elle avait toujours méprisé et où pourtant elle se fixa, dans une maison proche de Saint-Tropez. « *Colette, pourtant si riche par elle-même, supportait mal la solitude* », notait déjà Natalie Clifford-Barney. Plus brutale, Lucie Delarue-Mardrus précisait : « *Avec Colette, l'horizontalité finit toujours par l'emporter.* » Deux assertions aucunement incompatibles.

Si le roman de la vie se poursuit avec toutefois moins de spontanéité, un enthousiasme diminué, la vie du roman, la seule qui importe à mon propos, s'arrête après le divorce d'avec Jouvenel. L'existence de Colette connaît encore des rebondissements, cocasses les uns — l'ouverture, rue de Miromesnil, d'un institut de beauté où les femmes du monde viennent se faire maquiller par l'écrivain, avec des résultats d'ailleurs bizarres — habituée aux masques de la scène, Colette colle sur leur visage des plâtres farineux, enduit leurs paupières de khôl, peint leur bouche d'un rouge sanguinolent. En sortant, elles se retrouvent vieillies de dix ans. On ne s'étonnera pas si l'aventure se solde par un échec.

Plus graves d'autres, ainsi de cette chute à Saint-Tropez, qui finira par dégénérer en arthrose de la hanche et la rendra impotente. Des déménagements, évidemment, d'un entresol du Palais-Royal à un palace des Champs-Élysées, dans une résidence moderne, le Marignan, enfin au Palais-Royal, définitivement, dans l'appartement du premier dont les fenêtres, ouvertes sur la cour, refléteront, la nuit, le fanal bleu; des voyages, privés ou officiels; la passion tranquille pour le « meilleur ami », bientôt son mari, voué corps et âme à son œuvre, qu'il gérera avec une habileté admirable.

Ces événements ne déterminent toutefois plus l'écriture, désormais rayonnante. La phrase a cessé de trembler, aucune angoisse ne la ronge ni ne menace de l'engloutir, aussi lui arrive-t-il souvent d'écouter son chant, de se complaire dans ces maniérismes relevés par Yourcenar. Colette écrit maintenant du Colette; sûre de sa technique, elle ne résiste pas à faire montre de sa virtuosité. Les paysages, elle le sait, sont ses morceaux de bravoure et elle les fignole, les surcharge d'ornementations subtiles, les pare de mille nuances raffinées où, avec gourmandise, elle glisse des mots rares et précieux, ces « cabochons » qu'elle dit pourtant détester. Naturellement, ces dictées parfaites enchantent tous ceux pour qui le beau style se confond avec l'effusion élégiaque. Il y aura encore des textes musclés, émus et ramassés, mais ils se feront de plus en plus rares. Ses plus beaux livres, ceux qui vont asseoir durablement sa notoriété, ont tous paru entre 1920 et 1930, années que Jacques Dupont qualifie de fastes : *Chéri* (1920), *La Maison de Claudine* (1922), *Le Blé en herbe* (1923), *La Fin de Chéri* (1926), *La Naissance du jour* (1928), *Le Voyage égoïste* (1928), *Sido* (1929), *La Seconde* (1929), *Le Pur et l'Impur* (1932).

L'objectif littéraire poursuivi depuis son mariage avec Willy est atteint. Colette peut moissonner les honneurs, jouir de la reconnaissance officielle, à commencer par l'estime de ses pairs. «*À mesure qu'elle atteignait l'âge mûr, puis l'âge tout court, elle se transformait, assumait le caractère d'une Cérès, d'une Pomone*», écrivent Claude Francis et Fernande Gontier. C'est à cette époque que la légende se fixe, s'épure, se propage, servie par Maurice Goudeket, grand prêtre de cette liturgie païenne. Colette devient la bonne dame du Palais-Royal, parée de l'éclat d'une sagesse rurale, experte en recettes de bonheur domestique, confidente et conseillère, sorcière et nécromancienne — le mot est de François Mauriac. Autour de cette déesse de la fécondité courbée au-dessus de sa feuille bleue, entourée d'un envol de pigeons, une chatte bleue sur son bureau, la religion colettiste s'organise, recrute des adeptes de plus en plus nombreux, engendre des bigots fanatiques.

Si on y réfléchit, ce culte ne doit rien au hasard. Colette l'a soigneusement préparé et organisé, rassemblant les panneaux du vitrail qui la montre épanouie dans un décor agreste, entourée de bêtes. Elle n'a pu retoucher et dépouiller son icône que parce que son écriture conduisait à cette apothéose. Calcul, habile stratégie sociale, soif de reconnaissance et de respectabilité, chacun de ces éléments a contribué à son triomphe sans cependant l'expliquer tout à fait.

Caché dans le texte, entre les mots, on découvre un motif plus décisif. Elle a écrit à même la peau, avec tout son corps, sur la chair de ceux qu'elle a aimés ou détestés, avec une rage animale. Dès lors qu'elle réduisait l'univers à ses formes, que chaque mot qu'elle choisissait célébrait l'apparence, qu'elle refusait toute transcendance ou, pour mieux dire, la situait dans l'énergie cosmique, dans ses éclosions et ses anéantissements, sur quoi ce poème pouvait-il bien déboucher, hormis l'éblouissement de sa beauté ?

Tous ses biographes, tous les commentateurs de son œuvre relèvent son narcissisme. La rivière où ce Narcisse se mire et s'admire, c'est son style. Elle ne bute pas contre les mots, elle n'enrage pas contre la phrase : la langue n'aspire à rien d'autre qu'à épouser la cadence exacte, qu'à dégager la mélodie la plus pure. C'est un style tourné vers lui-même, qui se berce de son chant. Là où un Céline fulmine, éructe, broyant les mots, déchirant la période pour en extirper une musique syncopée, barbare, traduction hallucinée d'un monde de fureur et de démence ; là où Bernanos trébuche, bégaie, aspire à exprimer ce qui n'a ni forme ni nom, Colette, elle, palpe, caresse, hume, boit, croque. Elle l'a dit : entre la chose et elle, le mot s'élève, magnifique, plus beau que l'objet.

La langue exprime le secret de l'écrivain que Colette n'a cessé, tout au long de sa vie, de devenir. Le style n'a pas de sexe. Sans doute ses thèmes, ses préoccupations, sa manière de regarder et d'exprimer le monde portent-ils l'empreinte de la féminité. Dans son fond cependant, le langage ne se différencie pas. Il n'existe pas une grammaire et une syntaxe féminines, ni non plus masculines d'ailleurs. Il n'y a qu'un français pour tous ceux qui l'écrivent, femmes ou hommes. C'est un universel. Puisque le sacre[1] de Colette est l'apothéose de sa langue, l'écrivain qu'elle a toujours été transcende toute singularité. Sa part de virilité, si souvent affichée dans son œuvre, se délivre de toutes les entraves de sa condition. Colette ne cesse pas d'être femme, elle devient écrivain dans son style et assume une royauté langagière. Sa légende s'épure et se fixe en même temps que son style s'impose.

Cet empire, la topographie le montre : au Palais-Royal, face au Conseil d'État, dans la proximité de la Bibliothèque nationale — une

---

1. Sur ces questions, voir Paul Bénichou, *Le Sacre de l'écrivain*, Gallimard, 1996.

géographie de la puissance. Le voyage dans la langue retourne au port du départ : l'école laïque et républicaine et l'apothéose des institutions et des liturgies de la République.

Les limites de la cour du Palais-Royal, close entre ses colonnades, contiennent aussi les règles de la grammaire et les impératifs de la syntaxe. Le style barbare de Céline faisait de lui un maudit. Quelle institution eût pu dompter ce flot d'invectives et d'anathèmes ? La langue haletante et trop altière de Bernanos ne se laissait pas davantage domestiquer : hantée par un au-delà poursuivi dans la peine, elle conduisait naturellement à la quête, donc à l'errance et à l'exil.

Yourcenar voit juste en arrêtant *une certaine France* à l'après-guerre : depuis Claudine, sa gamine insupportable mais respectueuse, Colette exprime et incarne la Troisième République. Ce conformisme se traduit moins dans ce qu'elle pense que dans la manière de le dire, le beau et pur français enseigné par l'École. En magnifiant cette langue-là, attachée aux règles, Colette célébrait la foi en l'universalité de la République. Son dédain de la politique ne faisait que renforcer le prestige de l'ordre établi. Elle ne contestait, ne rejetait aucune de ses institutions. Elle écrivait dans la langue de tous pour affirmer le domaine féminin de la passion, parfaitement admis par les hommes de son temps qui voyaient dans ces excitations sensuelles et sentimentales l'essence même de la nature féminine, sa déraison et ses dangers, son charme aussi. Elle n'avait du reste pas cessé de leur donner des gages, attaquant les féministes, refusant aux femmes le droit de vote et la citoyenneté, affirmant que leur place était ailleurs. Par son mouvement et son intrépidité, sa vie démentait-elle ses proclamations ? Certes. Il s'agissait pourtant de libertés individuelles, compatibles avec l'univers, pour Colette dérisoire, de la puissance et de ses signes. Elle abandonnait aux hommes ces hochets, mais cette soumission leur suffisait.

Dans l'article de François Nourissier que j'ai cité au début de ce livre, une phrase retient l'attention ; après avoir défini son style, il ajoute pour caractériser Colette : « *Par-dessus un siècle de réserve ou d'hypocrisie, elle fit le pont entre la grande licence dédaigneuse de l'Ancien Régime et le Paris faisandé de Willy, de Polaire, de Missy de Belbeuf, et sa propre liberté de mœurs et de style. À Versailles, Colette fût devenue la favorite. Elle eût gouverné le roi et le royaume*[1]. »

Faute d'un roi pour l'élever, Colette dut se contenter de la République, qui choya l'une de ses filles parmi les plus douées et les plus respectueuses. Sa légende n'est rien d'autre, à y bien regarder, que l'aboutissement d'une ambition littéraire : devenir l'écrivain de l'École. Ainsi que toutes les favorites, elle voulut effacer

---

1. *Le Point*, 10 juillet 1978.

les manières dont elle avait dû user pour parvenir au sommet. Il ne devait rester de son ascension que l'effort exemplaire et solitaire, l'éclat d'un talent qui ne se reconnaissait aucune dette, surtout pas envers Willy.

Au fond de la religion colettiste, on décèle la nostalgie d'une France évanouie, celle que la déroute de 1940 engloutit, France majoritairement rurale et provinciale.

L'écrivain n'a pas de sexe, à peine un corps : il n'en possède pas moins une singularité différenciée qui se réfléchit dans son style. Pour Colette, c'est la célébration d'une féminité archaïque et magique.

Son mystère est le mystère de la vie. D'où le regard fasciné, horrifié, posé sur l'énorme serpent du zoo d'Anvers[1], créature fantastique, nauséeuse, à la fois dure et molle, masse inerte qui mime la roche et dont l'immobilité effraie parce que cette chose semble appartenir à l'ordre de la mort. Mais voici que cette matière inerte, de façon d'abord imperceptible, bouge, se déploie, glisse, déroule l'un après l'autre ses anneaux ; voici qu'une tête apparaît, avec une bouche, une langue bifide, deux jolis yeux d'un noir vernissé : cela vit, cela respire, cela regarde, c'est donc un très lointain cousin, un rescapé de

---

1. *Prisons et Paradis.*

l'évolution, et la communion s'établit aussitôt, de vivant à vivant.

Si l'on excepte les idéologues, enfermés dans leurs démonstrations, tous les biographes insistent sur la dualité de la personnalité de Colette. Ils relèvent le divorce entre le caractère privé, spontané, joyeux, d'une féroce alacrité, et l'attitude pour la postérité, grave, mélancolique, presque triste. Songent-ils à s'interroger, ils confondent dualité et duplicité. Ainsi Liane de Pougy écrit-elle à Rachilde — «*Nous avons la même opinion sur Colette Willy [...] son insincérité, ses simagrées, son talent cependant, et son infernale méchanceté.*» C'est ramener la littérature à la psychologie.

Depuis l'âge de vingt ans, bien avant même, Colette pose avec un sérieux fort éloigné de sa nature, parce que l'écrivain qui l'habite se doit d'avoir cet air de gravité profonde. Pas un instant elle n'oublie qui elle est, qui elle aspire à devenir. «*Dans le temps de ma grande jeunesse, il m'est arrivé d'espérer que je deviendrais "quelqu'un". Si j'avais eu le courage de formuler mon espoir entier, j'aurais dit "quelqu'un d'autre". Mais j'y ai vite renoncé. Je n'ai jamais pu devenir quelqu'un d'autre*[1].» Ce «quelqu'un» qu'elle a, dans sa jeunesse, eu l'ambition de devenir, c'est

---

1. *Mes apprentissages.*

l'écrivain qu'elle portait en elle. Avec Willy, elle a failli s'égarer et devenir « quelqu'un d'autre », un auteur. Très vite, vers la trentaine, elle renonce à être un auteur pour devenir elle-même : un écrivain singulier, occupé exclusivement de son épanouissement.

Avec l'âge, ses exégètes le signalent, elle abandonne les conventions du genre — poème, roman, autobiographie — pour rédiger des livres qui relèvent de chacune de ces catégories. Avec une audace et une liberté de plus en plus grandes, elle casse tous les cadres, sauf celui de la syntaxe, qu'elle vénère parce qu'elle contient la seule réalité de l'homme, son langage. Avant de devenir sa nature, la parole est, chez l'homme, une conquête, le résultat d'un effort poursuivi de génération en génération. Rompre cette chaîne, c'est retourner à l'animalité primitive.

Aux yeux de la critique et du public, Colette apparaît désormais comme l'un des plus grands écrivains vivants, l'égale de Gide et de Mauriac. Les plus récalcitrants doivent s'incliner devant l'évidence du génie.

D'aucuns continueront, certes, à faire la fine bouche, reprochant à l'auteur de *Chéri* de manquer de souffle et, surtout, de vision. On a vu avec quelle finesse Ramón Fernandez analyse ce sensualisme matérialiste. Il admet que Colette s'arrête à la surface. Avec une attention fervente, elle capte les frémissements et les palpitations ; elle mure ses personnages les plus convaincants dans un silence animal. Leur taciturnité maladroite contraste avec la splendeur et l'aisance magnifiques de leurs corps. Leurs attitudes, leurs gestes disent ce que leurs bouches ne parviennent pas à formuler. Chéri jouit de l'élasticité de ses muscles, s'abandonne à la volupté d'une nudité victorieuse. Il se sent désirable dans la perfection de son corps, accepte avec simplicité l'hommage du désir qu'il provoque, sourit à son image d'idole, bouge, mange, embrasse avec l'innocence cruelle d'un dieu grec. Il donne le plaisir et la souffrance avec la même candeur.

Colette peint un monde d'avant le péché, d'avant la culpabilité et la honte, où l'homme et l'animal communient dans une identique recherche du plaisir. Impossible dès lors d'attribuer ce rétrécissement de la vision à une incapacité physiologique ou mentale. Il s'agit bien d'un point de vue sur l'humanité, maintenu d'un bout à l'autre de l'œuvre avec une fixité implacable, qui est, justement, la signature de Colette — sa manière, plus cruelle qu'on ne serait tenté de le croire au premier abord.

« *Colette, c'est la vie*[1] » — la phrase de Le Clézio répète ce que la majorité des admirateurs de l'écrivain disent depuis la parution du premier livre. Cet éblouissement de la phrase qui res-

---

1. *Le Monde*, 25 janvier 1973.

pire et tremble sous nos yeux, c'est ce qu'on perçoit d'abord. « *On lit Colette,* poursuit Le Clézio dans le même article, *et on oublie les mots, on oublie la barrière du langage écrit, l'auteur, la culture [...]. Ce miracle rejoint un autre miracle, celui du temps de l'enfance [...].* »

Comment mieux exprimer la magie dont je parlais au début de ce livre ? Le monde s'offre à nos sens dans une virginité resplendissante. Aucune pensée alambiquée, aucune théorie ne s'interpose entre les choses, telles qu'elles nous apparaissent, et nous. Tout baigne dans une limpidité prodigieuse. Qui dit magie pourtant dit aussi ruse, Colette elle-même ne cesse de nous avertir de l'illusion. L'atmosphère semble transparente, chaque créature impose sa présence irréfutable, mais ce que nous nous imaginons sentir, toucher est une étoffe tissée de mots. Il y a donc bien quelque chose entre ce monde neuf et notre regard : il y a le langage qui simule la spontanéité, qui rend la nouveauté et l'innocence.

Quand même elle feint d'ignorer la culture, d'écarter l'érudition, de nier les pensées trop vastes ou trop générales, la langue nous parvient chargée d'histoire, lestée d'une séculaire expérience. L'innocence de Colette est un piège. Sa poésie est tout, sauf jaillissement spontané. Elle cache dans ses plis les complications d'une très ancienne civilisation, composée d'héritages successifs et divers. Elle n'est d'ailleurs pas qu'une rhétorique : elle dissimule dans ses draperies un parti pris, qui est d'abord un refus.

Nier que l'existence des hommes puisse être conduite par des idées et des croyances, c'est, je le redis, émettre sur l'homme et sa condition une opinion non moins idéale que celle qui les ferait dépendre de l'économie ou de la politique. Sans m'attarder sur le fait de savoir si ce postulat est ou non juste, je souhaite m'en tenir à ceci : il n'existe pas de style sans un point de vue. Colette ne déroge pas à la règle : cet univers que sa langue fait surgir devant nous, qui nous éblouit par sa pureté, dont la limpidité nous exalte, cet univers repose tout entier sur la négation. Il veut nous persuader que le monde n'est *rien* d'autre que ce que nos sens, à travers les mots, appréhendent, qu'il n'y a aucune profondeur à rechercher, aucune signification à découvrir, rien au-delà ni en deçà. « *La créature humaine ne s'obstine à rien autant qu'à un devoir imaginaire*[1]. » Amoralisme qui n'exclut pas le mystère : tout, au contraire, baigne dans le fantastique. Mais parce que le mystère se trouve partout, dans la roche comme dans le feuillage du tilleul, dans les glissements de la couleuvre comme dans les étirements du chat, il devient insaisissable, un peu à la manière dont les dieux, chez Homère, sans cesse présents, intervenant à tort et à travers, finissent par perdre toute

---

1. *Le Voyage égoïste.*

importance, sauf celle de marquer que l'univers ne s'arrête pas à ses limites.

Cette négation radicale, les biographes et les commentateurs l'expliquent de manière différente. Pour les uns, il s'agit d'un parti pris esthétique, qui signe à la fois son originalité et ses limites. Puisque les livres ne poursuivent aucun dessein, que leur horizon s'arrête aux mouvements des personnages, que hommes, plantes et animaux sont mis sur la même ligne, ils en concluent que la littérature de Colette, pure de toute contamination idéologique, constitue, par la magie du style, un modèle de légèreté.

XIII

Je l'ai relevé en commençant ce livre : les plus fervents commentateurs de Colette se recrutent parmi les réactionnaires, sans intention péjorative. Ils passent sur les scandales de sa vie pour s'attacher à son indifférence, voire son dégoût de la politique. Ni elle ni aucun de ses personnages n'imaginent changer la société ; tous admettent l'ordre établi, quand bien même ils le bafouent dans leur existence privée. Ce sont des fauves dont les passions ne franchissent pas la sphère de l'intimité. Le désir, la jouissance, la cupidité, la haine, la jalousie — des passions toujours ; l'altruisme, l'oubli de soi, le sacrifice et le dévouement — en aucun cas.

Les plus généreux parmi ces conservateurs lâchent le mot *amour* dont je ne suis pas certain qu'il s'applique à Colette. Elle l'a beaucoup employé, certes, elle en a même abusé : «*Moi, j'aime, j'aime tout ce que j'aime. Si tu savais comme j'embellis tout ce que j'aime et quel plaisir je me donne en aimant*[1]. » Elle se donne du plaisir, on la croit volontiers : l'amour serait-il une masturbation sentimentale ?

On saisit ce que ce sentiment signifie pour elle dans sa liaison avec Bertrand de Jouvenel qui fut, sa correspondance en témoigne, l'une des plus apaisées, des plus sereines. La jeunesse de son beau-fils préserve leur aventure des affrontements et des conflits. Admiratif du talent de sa maîtresse, docile, d'une gravité anormale pour son âge, réservé, Bertrand n'a rien d'un fauve. Aussi Colette peut-elle le chérir, le soigner, le guider et le commander, s'abandonnant à un sentiment maternel qu'on peut certes qualifier de perverti mais qui n'en garde pas moins la douceur et la mélancolie d'un automne épanoui. C'est du reste à cette époque qu'elle ose retourner à Saint-Sauveur, pousser la grille du jardin enchanté, regarder la figure de Sidonie dont elle va faire Sido — un mythe littéraire.

Écrire la biographie d'un écrivain n'est pas faire le récit de l'existence d'un homme qui, de surcroît, écrirait des poèmes ou des romans. C'est se pencher sur le destin d'une personnalité dont les impressions et les sentiments se manifestent en métaphores et en images sonores. Les événements ne produisent pas les

1. *Mes apprentissages.*

œuvres, ils les éclairent. Des uns aux autres, aucune relation de cause à effet. Il existe un lien, assurément, car le même homme vit et crée, mais l'artiste n'est pas artiste à temps partiel, il ne travaille à heures fixes que dans l'exécution d'œuvres qui échappent par ailleurs au chronomètre et au calendrier. Pour s'en tenir au romancier, il arrive qu'un roman ne vienne au jour, ne se révèle dans l'acte d'écrire que des années après sa conception. On en a un exemple éloquent avec *Les Frères Karamazov* dont les thèmes — les enfants, leur innocence ou leur culpabilité, le parricide — apparaissent dans les carnets de Dostoïevski dès la jeunesse de l'écrivain. Sur cette lente et laborieuse maturation, nous ne savons à peu près rien. On ne peut que constater le fait : la gestation ne coïncide pas avec l'expression. Cet écart seul suffirait à rendre suspectes une majorité de biographies qui, attachées à la chronologie et à l'enchaînement des événements, tirent l'œuvre vers l'anecdotique — une psychologie réductrice. La littérature devient témoignage, élucidation de l'expérience immédiate.

Une partie de l'œuvre de Colette, la série des *Claudine*, jusqu'à *La Vagabonde*, les notes sur les coulisses du music-hall, appartient bien à cette catégorie. On suit, une étape après l'autre, les expériences de l'auteur, les personnages qu'elle a fréquentés, les réactions et les sentiments qu'ils lui inspirent — règlements de comptes inclus.

On se trouve à la limite du journal intime, dont d'ailleurs la forme — récit à la première personne, absence de construction, morceaux accolés sans transition ni passage — emprunte et l'allure et l'alternance de scènes et de méditations. Non que la littérature soit absente de ces livres, j'ai assez insisté sur le fait que toute la production de Colette tient d'abord par le style, dans la définition que Nabokov en donne : une manière propre et originale, un ton, le son d'une voix unique, reconnaissable entre toutes. Simplement, la distance entre le moi qui écrit et celui qui vit est si mince que la confusion s'opère, inévitablement, dans l'esprit du lecteur. S'agit-il pour autant d'autobiographie? Avec raison, Colette récuse le terme, arguant que la littérature commence avec le mensonge, donc avec le mot, plus grand, plus beau que la chose. Colette ne pense pas au langage ordinaire mais bien au choix de la langue littéraire qui, arrachant les mots à l'usage commun, les installe sur une scène où, cessant de signifier, ils évoquent, suggèrent, magnifient. Encore faut-il remarquer que cette transposition ne s'opère pas au moment où, assis à sa table, l'écrivain rédige. C'est en lui d'abord, dans tout son corps et dans chacune de ses facultés, que les sensations et les souvenirs chantent. Écrire n'est, pour le poète ou le romancier, que la part artisanale de son activité — un métier. En réalité, ses livres s'inscrivent avant de s'écrire. Qu'il aime, souffre, pleure ou se réjouisse, le cantique de la langue rythme toutes ses émotions.

Cela ne vaut, c'est évident, que pour l'écrivain véritable, celui dont l'être tout entier n'est plus qu'une caisse de résonance. Faire des livres, les publier n'est pas écrire, c'est mettre des mots les uns derrière les autres, aligner des idées, ce qui d'ailleurs peut se faire avec adresse et habileté, avec même un joli tour de main.

Ce tour de main, Colette n'a cessé, tout au long de son existence, de le perfectionner. Elle fut bien cette éternelle apprentie dont parle Jean Chalon. Elle mettra un point d'honneur à respecter, même dans le journalisme, son métier. Installée en elle-même, elle parle en femme, et c'est avec des yeux de femme qu'elle observe, dans une cour d'assises, les accusés ou, dans un débat parlementaire, l'attitude, les gestes, la mimique d'un ministre ou d'un député. Elle parle en femme mais écrit au masculin, dans l'universel de la langue. Elle demeure fidèle à son choix littéraire : ne jamais mettre, entre la réalité et son expression littéraire, l'écran d'une théorie ou d'une croyance. Elle refuse toute interprétation qui voudrait, derrière les phénomènes observés, dégager un sens que, non seulement elle ignore, mais qu'elle nie. Elle n'en reconnaît, pour mieux dire, qu'un : le désir, chez tout ce qui vit, de jouir, d'éviter la souffrance. «*Je respire donc j'ai le devoir d'être heureux.*»

Il y a, dans cette myopie, un flou, tout un pan de la réalité escamoté derrière le brouillard des phrases. Ce que Colette occulte, c'est l'Histoire. Réduits à leur animalité, ses personnages vivent en apesanteur, déchargés du poids de leur milieu et de leur époque. Léa, Chéri, Gigi, Mitsou, Julie de Carneilhan, Vinca, Phil, Sido même, tous baignent dans une lumière de commencement du monde qui les apparente aux figures des légendes et des contes.

Dans ses livres, on chercherait en vain un reflet de l'époque, l'écho des préoccupations ou des angoisses du temps. Par son seul titre, son *Journal à rebours* montre cette dérive onirique. Écrit entre 1933 et 1940, il délaisse l'actualité, pourtant angoissante, pour se retourner vers le passé, évoquer d'autres guerres : quelques allusions, deux ou trois déclarations de pure forme et, vite, le texte glisse vers une poésie intemporelle, incarnée par ce petit paysan corrézien qui, seul au bord d'une rivière, s'invente une TSF heureuse qui ne rapporte que les plus magnifiques informations. Échapper au temps, nier l'époque et ses drames, créer un univers de beauté, tels sont, commente l'auteur, le rôle et la fonction du poète.

Cette réalité sociale et historique, il s'en faut de beaucoup qu'elle soit absente de l'œuvre. Chassée par la porte, elle revient par la fenêtre.

Depuis l'enfance, Colette a voué à Balzac une admiration jamais démentie. L'auteur de *La*

Comédie humaine décrit pourtant les mécanismes de la finance avec une acuité cruelle, démonte ses rouages, montre la fascination que la fortune exerce et les ravages qu'elle cause sur les esprits autant que sur les *corps*. Il installe ses personnages dans des décors d'une précision maniaque qui révèlent, dans le moindre bibelot, leur réalité sociale. Chez lui, personne n'échappe à la fatalité de l'Histoire. Cette double présence, corps et esprit mêlés, empêche ses romans de vieillir. Ils résistent parce que résistent aussi nos chaînes et nos malédictions. Auprès de ces créatures puissantes, dont les lourdes silhouettes, les attitudes et les propos expriment une réalité physique et spirituelle, dont la volonté furieuse se cogne aux barreaux de la cage où la société les tient enfermés, les personnages de Colette ne pèsent guère, légers, inconsistants, creux, datés surtout, de la plus triste manière. Cocottes, demi-mondaines, femmes entretenues, théâtreuses besogneuses, gigolos, pédérastes caricaturaux, lesbiennes tristes et hommes du monde, toute cette faune appartient au répertoire 1900. Les riches le sont sans qu'on sache ni pourquoi ni comment, par droit de nature croirait-on ; les faux riches grappillent et entassent avec une avidité hargneuse ; les pauvres n'ont d'autre mérite que de travailler dur et de porter leur misère avec dignité.

Dans cette grisaille, un roman tranche parce que l'Histoire, la plus sanglante et la plus atroce, porte l'anecdote, lui confère sa tonalité crépusculaire, *La Fin de Chéri*, chef-d'œuvre d'une implacable noirceur. À qui voudrait comprendre, ressentir le désespoir d'une génération de jeunes hommes rescapée de la boucherie, incapable de s'orienter dans une société qui leur est devenue étrangère, hostile presque, on ne saurait trop recommander la lecture de ce livre unique, d'autant plus corrosif que son action est trompeuse. En apparence, le roman raconte l'inguérissable nostalgie d'un amour de jeunesse, la déchéance d'une femme superbe que la vieillesse a engraissée, déformée, enlaidie ; et c'est bien ce qu'on lit *aussi*, une méditation amère sur le temps qui passe. Derrière l'anecdote, on entend, en sourdine, une musique funèbre qui scande la marche hébétée de Chéri, spectre blafard surgi des charniers.

Avec *Sido*, c'est le sommet d'une production par ailleurs inégale. Aussi bien, on le sait, le génie de Colette n'est ni d'architecture ni de composition. Poétique, il s'épanouit en des textes courts, éparpillés au hasard des titres. Seul le style fait l'unité de l'œuvre.

Dans sa vie, Colette n'a pas, c'est un euphémisme, ignoré la réalité de la fortune. Sa cupidité, son angoisse de manquer, son obsession d'être volée, sa méfiance et ses calculs accompagnent chaque épisode de son existence. Avec tous ceux qu'elle a aimés, elle s'est montrée pour le moins indélicate. On retrouve dans ses livres la même obsession. De Léa à Mme Peloux, de Gigi à Chéri ou à Julie de Carneilhan, la rente, les bijoux, les maisons, les tripotages et la spéculation boursiers occupent une place centrale. Seuls les enfants et les adolescents sont indemnes de cette obsession morose.

Il y a certes mille explications ingénieuses à cette fascination pour l'argent, la plus paresseuse étant les origines terriennes, la plus vraisemblable le choc ressenti dans l'enfance avec la ruine de ses parents. On peut aussi considérer l'angoisse du choix d'une carrière littéraire. Vivre de sa plume n'a jamais été facile, mais, pour une femme de son époque, cela paraissait plus qu'incertain : hasardeux et improbable. D'où le choix du théâtre, du cinéma, du journalisme, activités qui, ainsi qu'elle l'écrit, produisent cet argent sonnant dont elle manqua toujours. « *Je suis guidée par l'ambition folle de gagner ma vie moi-même, tant au théâtre que dans la littérature, et je vous réponds qu'il y faut de l'entêtement*[1]. »

Dans les années trente — elle marche vers la soixantaine —, quand elle crée avec Maurice Goudeket son institut de beauté, Colette ne cède pas à une vocation pour les fards et les cosmétiques. Diminués, fortement, par la crise

---

1. À Claude Farrère, dans *Lettres à ses pairs*

économique, ses droits d'auteur lui rapportent à peine de quoi vivre, à tout le moins de mener la vie qu'elle affectionne. Elle jouit pourtant d'une notoriété certaine. En février 1936, elle écrit au couturier Lucien Lelong : « *Je vais aller me faire belle chez vous, pour l'ABC d'abord où je vais faire une causerie (deux fois par jour! Ô Sainte Croûte!) et pour ma réception (Ô Sainte Frousse!) à l'Académie de Bruxelles*[1]. » Deux ans plus tard, elle soupire : « *Oui, tout est dur. Je me dis quelques fois : "Si, pour maintenir mon équilibre, je suis forcée, à 65 ans, de travailler tout le temps, qu'est-ce que je ferai quand j'en aurai 70 ?" Actuellement, j'ai un contrat avec* Paris-Soir. *Mais la vie journalistique est assez fatigante* […]*[2].* » Elle prétendra n'avoir connu l'aisance et le repos que dans les dernières années de sa vie. C'est donc sa situation objective d'auteur contraint à exercer un second métier, situation plus difficile encore du fait qu'elle est femme, qui explique sa dureté. On ne saurait rabattre sur la morale ce qui relève de la fatalité sociale. S'il fallait absolument exprimer un sentiment, ce serait l'admiration pour la ténacité, l'acharnement au travail. « *La règle guérit de tout.* » Toute sa vie, Colette s'est astreinte à la plus austère discipline.

Plus éloquente que sa cupidité est l'idée qu'elle se fait de l'argent, la manière dont elle

---

1. Collection M. R.-B.
2. Collection M. R.-B.

considère la fortune, puisque cette vision se réfléchit nécessairement dans son œuvre. Dans leur biographie, Claude Francis et Fernande Gontier écrivent que, si elle ne fut pas une femme entretenue, Colette «pilonnait», c'est-à-dire, expliquent-ils, qu'elle s'arrangeait pour faire payer par ses maîtresses ou ses amants toutes ses factures. La nuance m'échappe. Il serait fastidieux de redire ici ce que j'ai maintes fois relevé : Willy, Missy, Jouvenel, Colette trouve naturel de se faire choyer et combler, quitte, au moment de la séparation, à les accuser de l'avoir dépouillée. On a vu qu'il lui arrivait de se montrer sans scrupule.

Cette impudente candeur n'est pas qu'un trait de caractère et ne se laisse pas réduire à la psychologie. Colette le dit crûment : elle n'a aucun sens moral et l'adjectif «pur» lui demeure inintelligible. Elle revendique donc son cynisme et sa brutalité chaque fois que la passion l'entraîne. Tout est permis à qui aime ou déteste, s'il est tout entier dans son désir. La passion se suffit à elle-même, sans qu'il soit besoin de la justifier. Elle est une force aussi naturelle qu'un cyclone ou un tremblement de terre. Demande-t-on au typhon de produire ses excuses? On retrouve la sauvagerie de Sidonie, son goût des orages et des catastrophes, son visage d'inhumanité, dépourvu de charité — ce masque barbare qu'elle ôtait très vite pour redevenir une provinciale sage, une mère aimante et attentive.

L'argent, dans cette perspective, n'est que le signe tangible de la volonté de puissance. En vain tenterait-on d'améliorer la société en réformant l'économie si l'on ne change pas d'abord la bête humaine, ce que la passion, non la politique, peut seule réussir, à son rythme, qui se mesure en millénaires. Par un paradoxe apparent, c'est, non en feignant l'altruisme et le dévouement, mais en cultivant, au contraire, cette passion de la domination, qu'on hâtera les bouleversements nécessaires. Il n'y a pas de désirs impurs, il n'existe pas davantage des sentiments purs : tous se valent pour peu qu'on les vive intensément, sans tricher, sans inventer des raisonnements spécieux. Car idées et théories ne sont que des passions détournées, honteuses, «*pestilentielles*», fera-t-elle dire à Sido à propos de la vertu et de ses macérations. Aussi bien la fortune n'est ni sale ni propre, symbole d'une salutaire violence qui, avec l'injustice, produit son antidote — l'envie, la rage et la révolte, autant de passions salvatrices.

Les lecteurs attentifs de Colette n'ont pas manqué de se sentir troublés et, même, dérangés par cet amoralisme définitif. Ils ont tenté de contenir ce cynisme brutal dans des notions mieux connues, donc moins dangereuses. Animalité, hédonisme, naturalisme, panthéisme, autant de termes destinés à domestiquer cette force redoutable.

Les plus sensibles à ce renversement de toutes les valeurs ont, bien sûr, été les religieux. Puisqu'elle célèbre la vie, ses éblouissements et ses destructions, Colette chante la création, elle appartient à leur famille. Elle ne nie rien, accepte tout — ce Tout ne contiendrait-il pas Dieu ? C'est la démarche cauteleuse et feutrée de François Mauriac, chuchotant dans son « Bloc-notes » : « *Jamais l'animalité n'aura été moins vile ni plus intelligente dans une créature humaine. [...] Votre courage humain, ce fut de ne jamais céder à la fascination de la mort qui empêche la plupart des êtres de vivre — si vivre, c'est être heureux à votre manière. Voilà toute la question*[1]. » C'est en effet, pour un catholique, la question.

Colette aurait pu lui rétorquer : s'était-elle, dans sa vie, montrée plus animale que tel inquisiteur regardant, assis dans son fauteuil, brûler l'hérétique, que le fanatique poignardant et défenestrant des huguenots ? Dans sa rage à soumettre et à convertir, la foi serait-elle moins brutale que la volupté ?

Mauriac a néanmoins saisi l'étrangeté de Colette. « *Votre correspondance avec Moreno ressemble parfois à un dialogue de joyeuses ogresses qui se pourlèchent les babines et qui ont encore faim.* » Derrière les sourires et les roucoulements bourguignons, il y a bien, chez l'auteur de *Le Pur et l'Impur*, un visage carnassier, d'une férocité

---

1. *L'Express*, 19 novembre 1959.

inquiétante : c'est le masque de Sidonie. «*Comme je ressemble à ma mère*[1]*!*» Assurément.

Après la mort de l'écrivain, un dernier scandale — un de plus! — allait montrer l'étendue du malentendu. L'archevêché de Paris ayant refusé les obsèques religieuses, Graham Greene, encouragé par des amis également ulcérés, publiait dans *Le Figaro* une lettre ouverte au cardinal Feltin pour protester, au nom de la charité, contre pareil ostracisme. Bien entendu, la polémique enfla.

Ce qui étonne dans ces passes d'armes, c'est l'aveuglement des parties, bizarrement d'accord sur le fait que seuls les divorces et les scandales de la vie privée avaient pu motiver ce refus. Personne n'imagine que Colette aurait pu être athée, anticléricale, hostile aux dogmes. Maurice Goudeket, interprète de la pensée de sa femme, trancha d'ailleurs la question : «*On a parfois avancé qu'elle était anticléricale, ce qui est risible*[2]*.*» Vraiment? «*Je vomis les basiliques. Je déteste Saint-Pierre et Sainte-Marie-Majeure, et si Saint-Jean-de-Latran n'avait pas son cloître... Des scènes de ce que je nomme la sauvagerie catholique : escaliers saints gravis sur les genoux, pavés pleins de crachats et de terre et de saloperie léchés en*

---

1. Collection M. R.-B.
2. Maurice Goudeket, *Près de Colette*.

croix avec la langue (ceci est horrible!), confessionnaux tous les dix pas dans la basilique Saint-Pierre... Annie, le Moyen Âge est une époque bien curieuse[1]*!»* Si ce n'est pas de l'anticléricalisme, cela y ressemble fort. Assistant, à Séville, aux cérémonies de la semaine sainte, elle récidive avec plus de violence encore : «*Haïssables prêtres — deux, dix, cent — qui parlent haut, et arpentent les dalles d'un pas à grosses semelles; on voit que Dieu est leur tapis familier.*» On croit entendre Sidonie.

Maurice Goudeket pouvait, avec bonne conscience, nier ce rejet des dogmes puisque, dans l'œuvre, surveillée, d'une prudence rusée, on chercherait en vain un trait contre les prêtres ou la religion. Hypocrisie? Du calcul, assurément, mais, plus profondément, une indifférence supérieure : pour Colette, la question ne vaut pas d'être posée. Que sont les religions sinon des passions, parmi les plus sombres et les plus funestes? Il ne sert à rien de les dénoncer car elles s'éteindront d'elles-mêmes, remplacées par d'autres passions, non moins dévastatrices.

Dans sa fougue, Geneviève Dormann se laisse pareillement égarer. Décrivant l'agonie de Colette, le 3 août 1954, elle raconte : «*Le Dr Lamy est très croyante et, quand elle juge que Colette, dont la conscience est déjà floue, n'en a plus pour longtemps, elle dit qu'il est temps d'aller*

---

1. Collection M. R.-B.

chercher un prêtre. Mais Goudeket s'y oppose[1]. » Bien placé pour le savoir, Claude Pichois dépeint, lui, l'effarement de Goudeket devant le refus du clergé. Surtout, nous disposons du témoignage du médecin traitant : «*Avec l'accord de Colette de Jouvenel et de M. Goudeket, j'ai entrepris les démarches pour organiser ses obsèques religieuses*[2]. » Décidément, il n'est pas simple de raconter la vie de quelqu'un.

Ce pourrait n'être qu'une erreur factuelle si le commentaire de Dormann n'éclairait d'un autre jour la cause du malentendu : «*Colette avait une foi qui ne s'exprimait pas de façon orthodoxe mais qui, aux moments difficiles de sa vie, resurgissait de son enfance.* »

On se rappelle les propos de Sidonie sur les religions et les prêtres, on en déduira ce que devait être cette foi.

Si les religieux ne s'accommodent pas d'une sauvagerie qui les défie, les théoriciens, héritiers du clergé, n'ont de cesse, eux aussi, que de ramener la brebis égarée dans leur enclos. On a vu avec quelle application Michèle Sarde s'acharnait à réduire Colette à sa thèse, sollicitant chaque livre à l'appui de sa démonstration. Partant d'une intuition juste, la libération de la femme que s'enorgueillissait d'incarner l'auteur de *Sido*, elle relit chacun de ses ouvrages avec

---

1. Geneviève Dormann, *Amoureuse Colette*.
2. *Cahiers Colette*, n° 14.

les lunettes de la psychanalyse et du féminisme le plus simpliste. Naturellement, sa volonté polémique la conduit à tout ramener à Sidonie dont la fille ne serait que l'aboutissement, un magnifique épanouissement. Elle confond joyeusement vie et fiction, mythe et réalité, et, dans son livre, Sidonie et Sido ne font qu'une : déesse-mère engendrant et régentant un gynécée imaginaire. Que Colette ait attendu plus de dix ans après la mort de sa mère pour oser toucher au personnage, qu'elle ait toujours maintenu entre elles une distance faite de défiance et de crainte, que, dans *Sido*, elle ait tenu à marquer tout ce qu'elle doit au Capitaine : aucun de ces faits ne trouble la belle assurance de la biographe pour qui les hommes, tous les hommes, sont également nuls. Certes, il lui faut bien admettre que Colette a maintes fois fustigé les féministes, qu'elle a débuté sa collaboration au *Matin* par un article sur le féminisme qui prend l'allure d'un pamphlet, mais elle balaie avec superbe ces détails : Colette a servi le féminisme comme M. Jourdain faisait de la poésie. Ce n'est d'ailleurs pas faux : Colette a bel et bien défendu, par l'exemple de sa vie, par la revendication âpre de son indépendance et de sa liberté, la cause des femmes. Ce que Michèle Sarde ne voit pas, ne peut tout simplement pas apercevoir, c'est que Colette — rien ne serait plus aisé à démontrer, des centaines de citations à l'appui — ne haïssait rien tant que la méthode dont use la biographe pour l'approcher : la théorie. Si elle a moqué et ridiculisé les féministes, ce n'est pas qu'elle refusait leurs idées : elle leur reprochait de penser au lieu de vivre.

Le théoricien a foi en la puissance de la pensée pour changer la société sans quoi sa fonction de mage perdrait son prestige. Colette, elle, s'en remet à la seule passion, à la sauvagerie du désir. Ces dames qui défilent, brandissent des pancartes, réclament le droit de vote, lui inspirent une instinctive aversion. Avec un mépris machiste, elle leur conseille de se farder, de se parfumer, de se faire belles, de b... hardiment et joyeusement. Il importe peu de savoir si elle a ou non raison : il faut seulement, dès lors qu'on se penche sur son œuvre, tenter de la comprendre. Or Michèle Sarde n'y parvient pas parce que la négation définitive de ce qu'elle représente la retient et l'en empêche.

Chaque livre, chaque phrase, tous les choix de Colette font plus que réfuter sa biographe : ils la pulvérisent. Pour décortiquer les raisons de ce rejet, il convient de les bien saisir. Enfermée dans son armure idéologique, Michèle Sarde raisonne à vide. Partant de prémisses sans doute exactes, elle passe à côté du sentiment vital de son personnage. Quel raisonnement serait susceptible d'atteindre la passion qui, d'emblée, se situe hors de toute raison ?

L'étrangeté de Colette est d'habiter une autre

planète que celle obéissant aux lois de la preuve. Non qu'il n'y ait rien à comprendre dans son œuvre, ni que ses ouvrages ne dispensent aucune leçon, mais ils se donnent d'abord à sentir. Colette est bien la sauvageonne égarée parmi des civilisés. Pour cette Indienne aux charmes maléfiques, Michèle Sarde eût été l'exemple vivant de ce qu'elle ne cesse de dénoncer : les ravages de la théorie, passion sournoise, hypocrite, qui dissimule une volonté de puissance. S'il existe une tyrannie du désir, du moins procure-t-elle des plaisirs, qui sont l'unique but de l'existence ; la dictature de la pensée abstraite, elle, n'engendre que la soumission, car elle ne tolère pas qu'on lui résiste. Avoir raison, c'est exiger une capitulation. Or la liberté de Colette n'accepte aucun frein, ne se fixe aucune borne, veut son expansion indéfinie. Elle étreint, avec une avidité inconcevable, la mort elle-même, qui est trépas, métamorphose ultime, peut-être pérégrination d'ombres homériques. Présocratique, Colette est un poète d'avant la terreur platonicienne, quand la forme régnait, lumineuse, et que l'Idée n'avait pas encore imposé son joug.

Michèle Sarde, contre qui j'ai l'air de m'acharner et qui est, probablement, une personne intelligente, est à peine responsable de ces divagations. La négation radicale que l'œuvre de Colette manifeste ne se laisse pas aisément saisir. Ce refus implacable de l'Idée est d'autant plus angoissant que les chatoiements du style adoucissent et voilent sa primitive sauvagerie. « *La perversité de combler un amant adolescent ne dévaste pas assez une femme, au contraire* », confie-t-elle à propos de sa liaison avec Bertrand.

Quelle perversité sèmerait une dévastation suffisante quand on y voit le moteur qui propulse l'univers et bouleverse les sociétés ? Jamais Gide, entravé par une stricte éducation protestante, n'est allé aussi loin dans la célébration du plaisir, de tous les plaisirs. On saisit pourquoi la grille de lecture appliquée par Michèle Sarde aux livres de Colette laisse passer l'essentiel. Encore la biographe compte-t-elle parmi les plus érudites. Je n'en finirais pas de citer les balourdises que, dans le plus abscons jargon, les féministes de tous les pays ont déversées sur une œuvre qui, par sa limpidité, les illusionne et les aveugle.

Non moins, systématique, la biographie de Claude Francis et Fernande Gontier ramène toute l'œuvre de Colette aux théories de Fourier.

Tirant argument du fait que, dans sa jeunesse, Sidonie côtoya, à Bruxelles, les milieux libéraux, au sens que le mot avait alors ; qu'elle connut Raspail et, surtout, Victor Considérant, réfugié en Belgique où il donne des conférences et publie certains de ses ouvrages ; que les sociétés secrètes, notamment la franc-maçonnerie, semblent envelopper de leur ombre une partie de sa jeunesse ; qu'elle s'affirmait hardiment libre penseur, athée — les auteurs en concluent à une influence décisive des idées fouriéristes. Ne prône-t-elle pas un consentement joyeux aux ravages salutaires de la passion, seule force capable d'instaurer l'Harmonie ? Même « *son visage sauvage, libre de toute contrainte, de toute humanité*[1] » suggère cette part de révolte et de fureur.

On a pu mesurer, lors de la liaison de sa fille avec Missy, sa largeur d'idées, sa tolérance. Aucune aberration, pas même l'inceste, ne scandalise Sidonie. Dans son dédain pour les mâles, elle se montre plus virulente que ne le sera jamais Colette. Sidonie ne reconnaît aux hommes qu'une fonction, combler les femelles et assurer la reproduction, après quoi elle les chasserait volontiers, arguant que leur place n'est pas au foyer mais au café, n'importe où pourvu qu'ils ne traînent pas autour des berceaux, les femmes seules devant élever les enfants, à l'écart des valeurs viriles — ce que prêchait en effet Considérant.

Les biographes rappellent aussi que, consciente du retard et des pesanteurs de la société, Sidonie conseille, pour ne pas donner prise aux médisances, une nécessaire hypocrisie. Puisque Sido est le masque littéraire de Sidonie qui, elle-

---

1. *Sido.*

même, dissimule son véritable visage, la vérité du personnage ne se trouve ni dans le jardin de Saint-Sauveur ni dans les livres de sa fille ; on la frôle, cette vérité, dans ses lettres, dans les gémissements et les ricanements qui lui échappent. Terrée dans sa petite maison de Châtillon, guettant, près de la fenêtre, le retour de l'unique, il est vrai que sa violence éclate en fulminations et en sarcasmes. Superstition, bigotisme, sottise, cruauté, égoïsme et fatuité des mâles, courage et endurance des femmes : la peinture que sa correspondance brosse de l'humanité n'est certes pas indulgente. Les auteurs n'ont aucun mal à montrer qu'une foi obscure en une puissance cosmique, en une marche vers le progrès, de destruction en recommencement, anime et soutient Sidonie.

Sidonie se fond dans ses enfants. Par eux, elle s'évade de sa prison, se projette dans un futur moins sombre et moins idiot. À quel point cette poussée de Sidonie inquiète et terrifie Colette, on a pu s'en apercevoir. Cachée en elle, dans son sang, dans son cerveau, dans ses nerfs, sa mère l'incite à courir de l'avant, à oser, et la fille court de plus en plus vite, taraudée cependant par la nostalgie du repos, le rêve lancinant de *la* maison, celle qu'un homme remplirait et défendrait. Vain songe. Aucun homme n'aura assez de force pour résister à l'énergie de Colette. Seul le dernier, par son obstination tranquille, la rassurera pleinement. Surtout, il ne vivra que pour et par elle. Encore peut-on remarquer que l'âge autant que sa présence ont apaisé la vagabonde et que l'infirmité n'est pas non plus étrangère à son immobilité. «*À côté de cette blessée de la vie, je vins doucement m'asseoir, avec le désir obstiné de lui démontrer que la constance n'est pas un vain mot. D'année en année elle s'est rassurée davantage, et ses derniers livres témoignent d'une sérénité qu'elle n'eût pas autrement acquise*[1]. »

Dans son existence, Colette avait connu des déboires et des échecs sentimentaux, elle avait dû travailler durement pour assurer son indépendance, elle avait traversé des heures d'abattement, supporté la solitude — relative, avouons-le —, elle n'était tout de même pas une rescapée de Ravensbrück. En feuilletant l'album de sa vie, on trouve à chaque page des joies, des succès; on la voit goûter à tout, boire à chaque source, faire du vélo, du cheval, conduire des automobiles, monter en avion et en ballon, habiter de jolies maisons, arborer des toilettes élégantes, coiffer des chapeaux, changer d'amant et de mari, coucher avec des femmes et avec des hommes, voyager, danser et jouer la comédie... : n'est-il pas excessif de la peindre en invalide de l'existence? L'image conforte la légende et c'est sans doute sa véritable destination : faire oublier, par des infortunes grandioses, les audaces d'un destin rien

---

1. Maurice Goudeket, *La Douceur de vieillir*.

moins que mélancolique. Le monde pardonne tout ou presque, sauf le bonheur : Mme Colette se devait d'avoir été la plus malheureuse des femmes.

Pour la sérénité dont témoignent les derniers livres, chacun se fera une opinion. Est-il sûr qu'une atmosphère étale soit la plus propice à l'artiste ?

Il y a bien un tournant dans le style de l'écrivain qu'on ne saurait du reste dater avec exactitude. *Sido* et *La Naissance du jour* témoignent d'une maîtrise inégalée. Ample, la phrase se déploie, semble s'immobiliser, rester un instant suspendue avant de retrouver son souffle tranquille. On sait par Colette que, recluse à La Treille muscate, sa maison de Saint-Tropez, elle entreprit de classer et de relire toutes les lettres de Sidonie (elle mettait alors de l'ordre dans ses affaires, déchirait, brûlait, triait, épurant son passé). Avec la voix de sa mère, son enfance remontait à la surface. Elle se retrouvait dans le jardin, respirait l'odeur des marais et des bois où elle aimait se perdre, revoyait ses frères, écoutait le toc-toc à trois temps de la béquille du Capitaine allant du salon à son bureau. Ainsi qu'il arrive souvent aux filles, elle se réconciliait avec cette mère qui, morte depuis longtemps, ne la menaçait plus. Encore récrit-elle les lettres : elle en change le sens afin que la voix coïncide avec celle que sa mémoire désire entendre. Elle la débarrasse de ses rudesses, adoucit ses violences. Sauvage, certes, mais apprivoisée, domestiquée par la poésie, enlevée à ses fulminations, à ses jalousies morbides. Le chaos d'un caractère rugueux et passionné doit, lui aussi, se soumettre à la règle. Non que Colette mente ou travestisse : elle peint. Elle choisit, pour ces portraits, les couleurs les plus douces, les harmonies les plus délicates. Elle refuse que les contrastes absorbent le regard. Elle ne les marquera, ces oppositions, que par des passages subtils. En posant une touche après l'autre sur le papier, elle ne peut cependant éviter que la voix de la morte l'empoigne, l'entraîne, ravive les émotions.

Derrière cette voix d'outre-tombe qui appelle : «*Les enfants... où sont les enfants ?*», Claude Francis et Fernande Gontier croient entendre l'écho des enseignements de Fourier. Ils n'hésitent pas à parler, à propos des derniers livres de Colette, de «*période fouriériste*». Ils mettent en parallèle chaque nouvelle, chaque chronique avec les ouvrages théoriques de Victor Considérant. Si on les suit, Colette n'aurait fait qu'illustrer leur système, ce qui semble tout de même exagéré et passablement tendancieux. Pour conforter leur thèse, ils doivent d'ailleurs récrire tout le passé de Sidonie. Ils la montrent suivant, dans sa cuisine, les préceptes diététiques de Considérant, un ouvrage de Fourier à la main en guise de livre de recettes. Mère et fille auraient passé leurs vies à étudier les théories fouriéristes, huit heures par jour, avec un zèle admirable. Or on sait la défiance de l'auteur de *Sido* pour les idées générales et on la voit mal s'intéresser aux démonstrations, pour le moins fumeuses, de Victor Considérant. Que Sidonie ait, dans son adolescence et sa jeunesse, respiré un fumet fouriériste, ainsi que les auteurs l'indiquent, je serais pourtant enclin à le croire. Bien des indices corroborent l'hypothèse. Je doute cependant qu'elle ait creusé et vraiment assimilé ce système.

Quand elle entreprend *La Naissance du jour*, il est exact que, relisant la correspondance de sa mère, Colette découvre ce qui les rapproche. La morte lui apparaît moins sauvage, moins redoutable que la vivante dont elle fuyait la tyrannie possessive. Faut-il en conclure qu'avec ce temps retrouvé lui revient aussi l'enseignement de Fourier ?

Le texte seul permet de trancher. Or, loin de durcir le trait, de magnifier la révolte, il efface, adoucit, banalise. Sous sa plume, Sidonie devient une modeste provinciale, certes éblouie par l'éclosion d'une fleur, par les grâces d'un chaton, mais inoffensive, désarmée. C'est en réalité sa légende à elle que Colette conforte en réconciliant sa mère avec Saint-Sauveur, en l'enracinant dans un village que Sidonie avait toujours méprisé et détesté.

Tissée d'affirmations qu'aucune preuve

n'étaie, qu'aucun document n'établit, ce qui la rend suspecte de bout en bout, la biographie de Claude Francis et Fernande Gontier n'en possède pas moins le mérite d'enlever Colette à la fadeur sulpicienne de la bonne dame du Palais-Royal, de lui retirer son masque de prophétesse inspirée, de lui restituer sa violence, son énigmatique sauvagerie. L'erreur provient, une fois encore, de la méthode adoptée : plaquer une théorie sur l'œuvre d'un écrivain et accoucher au forceps d'une explication exhaustive. Les livres deviennent alors des illustrations d'une thèse.

La vie — l'expression, on l'a vu, revient sous la plume de tous les commentateurs, principalement des écrivains. Ils suggèrent par là ce frémissement, ce sens délicat de la nuance. « *Minutieux comme un primitif*[1] », dit Paul Morand de *Sido*, et je ne vois pas d'éloge plus juste.

Dans la vie réelle, Sidonie n'était ni une paysanne ni une bourgeoise conformiste ; sa révolte a sûrement marqué la fille qui a pareillement été saisie par la célébration de la passion, de ses dévastations magnifiques. La mère a encore insufflé à Gabri la conviction de ne pas appartenir au troupeau, de faire partie d'une élite, d'être, ainsi que Sidonie le lui écrit, spéciale et unique. Foi narcissique qui dérive peut-être de la peinture fouriériste d'une communauté

---

1. Collection M. R.-B.

d'élus, vivant, dans leurs phalanstères, l'âge heureux qui deviendra bien plus tard celui de toute l'humanité. Tous les livres témoignent de cette influence, mais tous démentent également l'esprit de système.

« *Regarde* » : rien au-delà, rien ailleurs, tout est là, sous nos yeux, offert, l'horreur avec la beauté, le monstrueux avec la perfection, sans hiérarchie. Un unique péché, une seule faute, impardonnable : refuser ce monde donné, éclatant et pitoyable, risible et lumineux. Les austérités de la vertu sont «*pestilentielles*» parce qu'elles insultent les beautés et les laideurs visibles au profit d'un monde invisible. Cette foi qui nie, ainsi que l'écrit Nicole Ferrier-Caverivière[1], toutes les religions du monde fonde le style de Colette, sa manière, son souffle et cette voix qui est la sienne, passionnée, sauvage, impitoyable souvent, toujours émerveillée.

---

1. Nicole Ferrier-Caverivière, *Colette l'authentique*.

XIV

Colette et la France : ceux, venus de tous les horizons politiques, qui identifient l'une à l'autre n'ont pas en tête des qualités permettant de définir la langue de Colette comme plus française que celle d'un Mauriac, pour citer un exemple ; ils pensent au mouvement de sa prose, à ce qu'il révèle. Ils *ne qualifient pas* Colette de française : ils la reconnaissent comme exprimant le génie, sinon de la France, à tout le moins d'une certaine France. En quoi et de quelle manière son œuvre incarne-t-elle davantage le pays que celle d'un Gide, si nettement français pourtant, ce point reste flou.

L'amie journaliste à qui je fais part de ma perplexité évoque son nom, l'un des plus français qu'on puisse entendre. Patronyme et prénom, il rassemble la sonorité douce d'une féminité deux fois affirmée. Il semble d'autant plus persuasif que l'auteur a attendu jusqu'à la cinquantaine pour oser le brandir seul, abandonnant le Willy derrière lequel elle s'était si longtemps abritée.

Aucun mot n'est neutre, un patronyme moins encore. Il enracine, identifie, il fore dans la mémoire profonde.

Quand elle ose lever l'étendard de ses origines et de son sexe, Colette proclame qu'elle se sent assez forte pour n'être qu'elle-même : un écrivain, homme par le style et par le père assumé, femme par ce patronyme dont son premier mari avait fait un prénom. Bizarrement, la part de la mère restera toujours dans l'ombre...

De manière que nul n'ignore de quelle assurance elle s'éprouve désormais habitée, elle met, à la suite du nom, le pseudonyme entre parenthèses : « Colette » et, en dessous, « Colette Willy ». Avec l'abandon de ce masque, l'aventure d'une vie a pris fin. Il n'y a plus que la fierté d'une langue revendiquée : je suis moi, celle qui écrit de cette manière-là, celle qui parle sur ce ton que tous maintenant reconnaissent. Je n'ai besoin ni de béquille ni de tuteur et puis tenir droite sur mes jambes, sans le soutien de personne. Me voici accomplie dans mon entreprise, moi campagnarde de Saint-Sauveur, fille de Sidonie Landoy et de Jules Colette, le brevet élémentaire pour unique bagage, revenue de tous mes voyages et de tous mes égarements, riche de mes blessures. Je rentre au bercail, je me tiens debout dans le jardin de l'enfance, je rassemble les ombres du passé, je convoque les morts qui ne le sont peut-être pas autant qu'on le pense, puisqu'ils me parlent, me visitent.

En désignant ce prénom-patronyme délicieusement équivoque, mon amie énonçait une évidence moins banale qu'on ne l'imagine. Au bout de ses pérégrinations, Colette a fini par devenir Colette, non sans mal. Une femme dans un pays qui doit tout aux femmes, ou presque, et qui ont fait ce que Mona Ozouf[1] appelle *la singularité française*. On découvre leur présence, on mesure leur influence aux origines de la civilisation qu'elles façonnent, propagent et raffinent.

Dès le XIIe siècle, la rhétorique de l'amour instaure entre les sexes ce commerce alambiqué, fait de mots ambigus et de beau langage — une langue codée. La complicité ne cessera plus. En chaque circonstance, on trouve des femmes pour obliger les hommes à exprimer avec bienséance et courtoisie leur enthousiasme, leur douleur, leur révolte. Elles exigent que leurs grognements belliqueux se coulent dans une langue délicate, simple et rapide, claire surtout. Leur sensibilité règle la grammaire, qui réfléchit leurs dégoûts : rejet de ce qui est lourd, obscur, filandreux. Plus une idée est subtile, plus aussi elles souhaitent que le langage l'expose avec netteté, si possible avec esprit.

Cette école des femmes a produit des ridicules, elle a surtout encouru le reproche, sans cesse adressé aux Français par les étrangers,

---

1. Mona Ozouf, *Les Mots des femmes, essai sur la singularité française.*

d'encourager la frivolité, jugement qui suffirait à montrer la confusion entre l'esprit des femmes et le pays.

Dans son discours de réception à l'Académie française, Renan s'adresse aux contempteurs de la civilisation française : « *Quand une nation aura produit ce que nous aurons fait avec notre frivolité, une noblesse mieux élevée que la nôtre aux XVIIe et XVIIIe siècles, des femmes plus charmantes que celles qui ont souri à notre philosophie, une société plus sympathique et plus spirituelle que celle de nos pères, alors nous serons vaincus.* »

Montesquieu écrit dans *L'Esprit des lois* : « *Il est heureux de vivre dans ces climats qui permettent qu'on se communique ; où le sexe qui a le plus d'agrément semble parer la société ; et où les femmes, se réservant au plaisir d'un seul, servent encore à l'amusement de tous.* »

Salons et boudoirs ont bien été, selon l'expression de Hume, « *les états généraux de l'esprit humain* ». Mona Ozouf peut écrire à bon droit : « *Pas d'échange intéressant et aimable, pas de réciprocité sans une femme intelligente qui préside à la conversation et en règle le ton*[1]. »

Conversation, le mot désigne plus que l'art de se parler : il contient la littérature, telle que la France l'a pratiquée, de Montaigne à Gide, l'effort d'un homme pour résoudre ses contra-

---

1. Mona Ozouf, *Les Mots des femmes, essai sur la singularité française*.

dictions et s'accomplir sous le regard du lecteur.

Lorsque Brasillach compare Montaigne à Colette, il ne songe pas à tel ou tel trait en particulier mais à la nature singulière d'une entreprise consistant à converser à plume haute, familièrement, à rejoindre tous les hommes par une méditation sur soi.

Étaler son tas de misérables petits secrets, épancher son moi haïssable avec une complaisance indigne, manquer d'horizons et d'ambitions : la diatribe accompagne, elle aussi, toute l'histoire de notre littérature. Étriquée, bornée, confinée : avec plus ou moins de talent, les procureurs refont le même réquisitoire. Ces imprécateurs se trompent, je crois, sur le sens de cette entreprise singulière, ils en méconnaissent et le sens et la portée.

Si Montaigne a exercé une si profonde et durable influence sur des auteurs aussi différents que Nietzsche ou Thomas Bernhard, cela ne provient pas de ce qu'il nous dit de lui-même. C'est le mouvement de sa pensée, cauteleux, ironique, ennemi de tous les dogmes et de tous les fanatismes, qui subjugue et qui enseigne. En fustigeant son pyrrhonisme, Pascal ne s'y trompe pas : parce qu'il voit toute chose et toute certitude également branlantes, Montaigne distille ce doute que Descartes théorisera. Ce que *Les Essais* fondent, c'est moins l'art de l'autoportrait que celui d'une patiente conquête de la liberté intérieure. Autant qu'à ses contemporains, sa phrase parle à une France que sa langue bâtit, une France qu'on pourrait définir par la vocation du bonheur.

Il serait stupide d'affirmer que, plus que d'autres peuples, les Français ont désiré ou possédé le bonheur. Les Italiens, pour ne citer qu'eux, le vivent peut-être mieux et plus intensément, avec une voracité fiévreuse. Quand j'interroge la littérature française, je persiste nonobstant à croire qu'elle cache dans ses draperies sinon le bonheur du moins ce que Colette a appelé son frôlement. De Rabelais à Gide, de Rousseau à Voltaire et à Stendhal, tous poursuivent la même quête et tous aussi mêlent la recherche du bonheur aux voluptés de l'amour.

Je connais assez bien certaines littératures étrangères, à commencer par l'espagnole, qui, avec une incomparable noblesse, scande la guerre et l'épopée, chante l'héroïsme, aspire à Dieu ; je dois trop aux Russes pour ignorer leur faculté de compassion ; je concède qu'il arrive aux Allemands de se montrer, peut-être, plus profonds. Je n'imagine nulle part ailleurs qu'en France un Saint-Just s'écriant à la tribune, avec une fierté sombre, que le bonheur est une idée neuve en Europe, proclamation quelque peu emphatique : cela faisait belle lurette que, dans le français, l'idée du bonheur faisait son chemin.

Éminemment sociable, ce bonheur ne se conçoit pas dans un isolement égoïste : il aspire à partager ses ferveurs, à propager son enthousiasme. Il verse volontiers dans l'effusion et, parfois, dans la déclamation. Il veut étreindre l'univers, embrasser tous les hommes, les réconcilier. C'est un bonheur communicatif, qui donc se parle, se dit, s'écrit. C'est une volonté et une conquête.

Menacé sans cesse et condamné à ne pas durer, ce frôlement du bonheur baigne dans la mélancolie. D'où le tremblement de la phrase, sa palpitation, son frémissement qu'on perçoit chez Rousseau quand il évoque sa jeunesse auprès de Mme de Warens, le paysage et le jardin, la charmille qui fut le décor de ses joies. Dire la faim du bonheur ou sa nostalgie, cela ne fait pas une telle différence. Il fut, il est ou sera : il se profile toujours à l'horizon.

À propos de Colette, Mona Ozouf remarque : «*Chez elle, le plaisir est toujours sombre.*» Assurément, puisque déjà fané à l'instant où l'on s'imagine le posséder et jamais tel qu'on l'avait rêvé.

Le frôlement du bonheur n'est pas le bonheur, rien que la volonté de ne pas laisser échapper son ombre évanescente. Cet acharnement à le saisir et à le goûter malgré tout, là où il se présente, cette obstination se concentre dans la langue.

«*L'art féminin civilise les hommes et ceci d'un bout à l'autre de l'escalier social*», constate Mona Ozouf. Cet art est d'abord une rhétorique : une manière de dire et bien dire l'amour, qui se fait aussi en parlant. Il existe, dans le français, un lien direct entre le désir et son expression heureuse, entre la possession de la femme et le discours qu'elle commande, entre la volupté et ce qu'elle vous arrache de confidences et de soupirs. On s'aime, on se déteste, on se sépare, on se rejoint, on s'embrasse et on se caresse dans les mots autant que dans la vie. La sexualité même est un théâtre. Marivaux n'aurait pas pu être allemand, ni espagnol. Et quelle langue était capable de produire ce chef-d'œuvre de délicatesse et de ténuité, *Bérénice* ? Cinq actes et d'interminables discours pour se quitter, pour s'arracher l'un à l'autre, en une suite de soupirs étouffés, de plaintes si musicales et si retenues qu'on les entend à peine, recouvertes par une mélodie parfaite.

En France, la femme a fait la civilisation qui n'est pas la *Kultur* des Allemands ; la civilisation englobe, c'est indiscutable, le droit de vote, la citoyenneté, la politique, au sens strict, c'est-à-dire la vie en commun, la sociabilité — des arts de la table à l'élevage des vins, des chansons à la passion des beaux discours.

Enjeux et arbitres des tournois de la séduction, les femmes ont façonné cet art de vivre. Les Français ne conçoivent pas le bonheur sans l'amour et ses voluptés. Personne ne les persuadera jamais que la chair soit triste, qu'il faille à ses douceurs préférer un autre monde. En peinture, en musique, en littérature, par tous les moyens, ils exprimeront leur choix : se coucher dans l'herbe auprès d'une femme désirée, regarder l'ombre et la lumière jouer avec ses cheveux, mordiller un brin d'herbe en contemplant la rivière qui coule, emportant d'autres couples d'amoureux. Et, si la férocité de l'Histoire rompt l'enchantement, ils fredonneront le temps des cerises, entre sourires et sanglots.

Sur ces rives de la joie de vivre et d'aimer, Colette les guette. Son œil capte chaque scintillement du soleil glissant entre les branches du saule, chaque contraction de la peau, chaque spasme des bouches qui s'inclinent l'une vers l'autre.

Elle ignore les cruautés de l'Histoire ; l'Histoire pourtant se venge et la rattrape.

L'heure où commence à s'établir cette confusion, Colette et la France, est aussi celle où le pays se sent cerné, menacé de toutes parts. Quand le petit groupe réuni autour de Gide crée sa revue, qui doit affirmer le renouveau du style, son abandon des contorsions et des pâmoisons, il tombe d'accord sur l'adjectif *française*. (Il y aurait un gros livre à écrire sur l'emploi et la signification de ces mots — français, française.) Au milieu des périls des nationalismes exacerbés, le cénacle tente d'affirmer la permanence d'une civilisation. La réussite sera éclatante et, dès qu'ils entreront dans Paris, les nazis n'auront de cesse que d'abattre cette citadelle. C'est l'hommage que le vice rend à la vertu. À une heure d'incertitude et d'angoisse, une revue littéraire aura incarné la puissance de l'esprit. Quand, à la veille de la guerre, Aragon remercie Colette d'enchanter encore, il n'exprime pas autre chose. La France est d'abord dans sa langue, dans ce qui, en elle, dépasse ses frontières. Elle se trouve dans un discours sur l'homme qu'elle déclare hardiment voué au bonheur.

Ce discours n'est pas toute la France, loin de là. Il n'est même pas sûr qu'il soit celui d'une majorité de Français. Il n'énonce pas un fait — les Français n'héritent pas du bonheur par droit de nature —, il annonce une promesse. Le bonheur est d'abord une construction, une culture, non au sens germanique d'approfondissement de l'esprit du monde, mais de pacte ou de contrat social. Il attente par conséquent à l'ordre qui ne se soucie guère du bonheur mais seulement de tranquillité et de repos. Il s'oppose plus encore à la religion qui remet la félicité à une autre vie et qui se résigne à la souffrance, fruit du péché originel.

Le bonheur français, tel que sa langue le bâtit, est progressiste dans son vocabulaire et sa syntaxe, révolutionnaire dans sa contagion. Son optimisme le force à courir de l'avant.

Lorsque j'annonce à des amis que je termine un livre sur Colette, je surprends dans leurs regards une lueur amusée. Ils hochent la tête, sourient, réfléchissent : dans leur jeunesse, ils ont lu tel de ses romans, ils ont bien aimé, oui, mais... S'ils creusent dans leur mémoire, ils extraient quelques images : le jardin provincial, Sido, Willy, surtout, ce négrier qui l'exploitait, la forçait à écrire, l'enfermait à double tour dans une pièce, la battait sans doute ; elle a dansé *presque* nue, non ? elle a aimé des femmes... À la fin, ils lâchent dans un soupir : c'est un écrivain mineur.

Ils entendent par là, je m'en suis assuré, qu'elle manque de profondeur, que ses livres ne véhiculent aucune pensée. Une littérature pour femmes, au sens le plus péjoratif. Certains s'étonnent que je puisse admirer son style : «Pas classique», me déclarait avec sérieux l'un de nos excellents critiques à qui je me suis bien gardé de demander ce qu'il avait en tête.

Cette méconnaissance me surprend à peine. Je trouve naturel que nos intellectuels dédaignent cela même qui me fait aimer Colette. Car il est exact que ses romans sont dégagés de ces idées générales qui, de nos jours, définissent la littérature. De là à en conclure qu'aucune pensée ne les habite...

«*Tu es la seule personne qui sache réussir des bulles de savon avec notre boue. Ton souffle irise n'importe quoi*[1]», lui écrit Jean Cocteau. Ne

---

1. Collection M. R.-B.

contemple-t-on que les bulles, on jugera cette littérature légère ; considère-t-on la boue, on changera peut-être d'avis. Relever et rehausser les instincts les plus primitifs, serait-ce se montrer superficiel ?

Pourtant, je comprends les réserves exprimées par mes interlocuteurs. Je l'ai dit au début de ce livre, je n'aime pas tout chez Colette, ni dans son caractère ni dans son œuvre. La part que je refuse n'est pourtant pas celle que mes amis méprisent. C'est, au contraire, sa pensée ou, pour mieux dire, son attitude devant la vie qui me gêne. J'y vois une ambiguïté que tous ses livres révèlent. Parce qu'elle fonde toutes nos conduites sur la seule passion, son œuvre s'accommode des plus injustes violences. Abandonnant l'Histoire au profit d'un matérialisme sensualiste — je retiens l'expression de Ramón Fernandez —, elle livre l'homme à son appétit de jouissance.

Je me sens d'autant plus mal à l'aise que je serais enclin à partager avec l'auteur de *Sido* la conviction qu'il n'existe pas d'idées pures, que les formes n'enferment aucun modèle idéal, que les apparences constituent bien l'unique réalité du monde. Une part de moi se rebiffe pourtant. Je ne puis me résoudre à ce que la volonté de jouissance suffise à définir l'animal humain. Des passions aussi furieuses que le désir et la volupté emportent les hommes : la passion de la justice, pour n'en citer qu'une.

Bien sûr, ma personnalité sort du moule judéo-chrétien et mes restrictions pourraient bien dégager l'odeur pestilentielle dénoncée par Sidonie. J'admets l'objection sans me rendre : quelque chose manque bel et bien à cet univers de bêtes fauves. J'admire leur magnifique égoïsme, leur indifférence supérieure, leur aisance à endosser la parure de leurs muscles, et je crains leurs splendides qualités où je discerne autant de cruautés.

Colette a superbement décrit les tragédies de la chair, elle a toujours ignoré celles de la misère et de l'humiliation. Or la civilisation française n'a jamais, dans son histoire, réussi à séparer le bonheur privé du bonheur collectif. Montaigne, Rabelais aspirent à jouir de l'existence, c'est évident, mais pas seuls, ni dans l'indifférence à leurs semblables. Messianisme ? À certaines époques, oui, avec morgue et fatuité souvent : pas toujours cependant. L'art de vivre ne se voulait pas une conquête nationaliste : il prétendait se répandre par la séduction des manières et du ton. Aristocratique, c'est incontestable, frotté de cour et chauffé dans les salons. On retrouve cette superbe chez Colette : « *L'orgueil farouche qui envahit Claudine apparaît d'emblée comme un trait essentiel de la personnalité colettienne*[1]. »

J'ai dit qu'elle appartenait à l'univers préso-

---

1. Nicole Ferrier-Caverivière, *Colette l'authentique*.

cratique et, serais-je atteint de la rage théorique, je n'aurais aucune peine à confronter sa foi aux enseignements d'Héraclite, ce qui serait aussi tendancieux que de la réduire au système de Fourier. À propos des commentaires de Le Clézio, j'ai évoqué la fraîcheur d'un monde neuf, innocent, pas encore souillé par des philosophies et des systèmes : une littérature contemporaine d'Homère. C'est une façon de suggérer la candeur de l'enfance, non dans ses conduites ou dans ses pensées — les enfants ne sont pas purs —, mais dans l'éblouissement de leur regard. Tout les émerveille, et tout émerveille Colette. Il faut cependant se rappeler que les poèmes homériques, remplis du bonheur de désigner les choses, de nommer les hommes, ces poèmes s'ancrent dans l'Histoire. Elle commande aux passions privées et les unes ne peuvent se séparer des autres : sans la mort de Patrocle, Achille quitterait-il sa tente ? Évoquer Homère à propos de Colette, c'est donc une licence poétique, passablement ironique : le parallèle s'arrête au ton de l'enfance éblouie.

On aura beau l'aimer et tenter de la défendre par tous les moyens, on ne réussira pas à enlever Colette à son égoïsme.

Je le regrette tout en concédant que mon insatisfaction est étrangère au domaine de l'art, qui est le terrain où Colette se place. Au nom de quoi lui reprocherais-je de ne pas se montrer plus généreuse, plus compatissante ? Je ne m'y sens autorisé qu'en restant dans les limites de la littérature. Elle ne possède ni la bonté souriante de Tchékhov, ni la compassion de Dostoïevski et de Tolstoï, ni l'ampleur visionnaire de Balzac. Serait-ce dire quelle leur est inférieure ? Dans son domaine, limité, confiné, elle est leur égale. Simplement, elle ne quitte pas son enclos. Même Gide, occupé comme elle à bâtir et à exprimer son ardeur à jouir, dépasse son cas, s'aventure au-dehors, tente de concilier ses appétits avec la soif de justice qu'il décèle partout dans le monde. Il progresse, avec réticence mais avec persévérance. Colette s'élève, elle aussi, très haut dans un stoïcisme qui est l'acceptation de sa condition. C'est cependant une ascension solitaire qui laisse les autres à terre.

Quand, sous l'Occupation, Maurice Goudeket est arrêté en tant que juif, interné à Compiègne, elle tire, vieille femme angoissée, toutes les sonnettes ; ses amis aussitôt se démènent. Sacha Guitry, Bertrand de Jouvenel, José-Maria Sert, Brasillach enfin — ils intercèdent auprès d'Abetz qui réussit à faire libérer Goudeket. Après la Libération, elle rechignera avant de signer la demande de grâce pour Brasillach, présentée par son défenseur. Encore tiendra-t-elle à préciser qu'elle n'avait jamais rien eu à demander à ces *gens-là*, ni à leurs amis tout-puissants. Dans sa cellule de condamné, Brasillach soupire que cette réaction l'a déçu et peiné, mais qu'il n'en veut pas à Colette dont il a tant aimé les belles femmes, les grands soleils, les jardins d'aube et de rosée... Quand l'Académie Goncourt dont elle est membre vote la «démission» de Sacha Guitry, l'ami de sa jeunesse, elle se montre fidèle à elle-même : elle s'abstient. Elle refusa de participer à la souscription ouverte pour régler les obsèques de Willy, elle ne pensa pas à aider Missy lorsqu'elle risquait de mourir de faim. Des anecdotes, bien sûr, mais dont chacune montre l'insatiable appétit de celle que François Mauriac n'avait peut-être pas tort de traiter de joyeuse ogresse.

Si éloigné, par tempérament, de Colette, qu'est-ce donc qui m'attache à elle, me retient, malgré toutes mes réserves ? L'enchantement, pourrais-je dire avec Aragon : l'exaltation de la littérature, le pur plaisir de conter. Je ne suis d'ailleurs pas sûr que Colette ne soit pas plus radicale, plus profondément dérangeante que l'auteur de *L'Amant,* malgré ses péroraisons marxistes. Je garde une tendresse particulière pour Yourcenar, peut-être à cause des circonstances où je découvris ses ouvrages. Du quatuor des grandes dames de notre littérature contemporaine (je mets à part Nathalie Sarraute, toujours en vie, Dieu merci), Colette, malgré ses limites et ses petitesses, aura été celle qui m'en aura le plus appris, davantage même que Simone de Beauvoir et ses lourdes dissertations.

À l'heure où le mot même d'artiste tend à disparaître au profit d'intellectuel, où le talent se mesure à l'aune des idées brassées, Colette offre l'exemple parfait de l'artiste que les systèmes et les théories ennuient et indisposent. Elle ne prétend à rien d'autre qu'à raconter et à charmer par ses histoires. Elle veut dispenser le plaisir de lire, l'émerveillement et l'émotion, par les moyens les plus simples. Son regard pas un instant ne se détourne de son sujet, observant la moindre nuance, la plus imperceptible altération. Par moments, ce chant nous arrache à nous-mêmes, nous transporte, nous plonge dans une béatitude comblée. D'une pureté miraculeuse, il célèbre chaque aube recommencée, chaque désir qui s'éveille, chaque amour éclose. Avec gravité, il murmure la plainte de la solitude et de la jeunesse enfuie, la nostalgie incurable de l'enfance, l'odeur des bois encore humides de la pluie nocturne, la brume au-dessus des champs, la splendeur des corps accordés et soudés.

L'œuvre de Colette contient un parfait traité d'esthétique qui montre ce que l'art n'est pas : l'idéologie ; ce qu'il peut parfois être : l'éblouissement des formes. Rien que cette magnificence illusoire, toujours menacée par le déferlement des utopies millénaristes et par la rage purificatrice des iconoclastes.

Les causes de son identification à la France, à une certaine France, sont nombreuses : son nom peut-être, sûrement son sexe, sa langue avec certitude, mais, plus encore, sa quête du bonheur. Fille de l'école laïque et républicaine, elle débute en littérature avec l'apothéose de la République, l'Exposition universelle de 1900, ses livres scandent toute l'histoire de la IIIe, qui d'ailleurs la comble d'honneurs ; elle s'éteint avec cette même République. Ses obsèques officielles, dans la cour du Palais-Royal, c'est l'enterrement solennel d'une certaine France, blessée à mort en juin 1940. Ses défauts appartiennent, eux aussi, à cette France que Yourcenar disait n'être pas sûre d'aimer : son égoïsme, son indifférence pour les souffrances des autres, son esprit de ruse et de combine.

Son attitude durant l'Occupation n'est certes pas à blâmer : elle était à l'époque une vieille femme, souffrante et diminuée. Mais on voit, avec Brasillach, avec Sacha Guitry, que les scrupules ne l'étouffaient pas. Oublieuse, mais combien de Français étaient alors pressés d'oublier ? Yourcenar ne se trompe pas en arrêtant à l'après-guerre cette certaine France que Colette incarna.

La nouvelle France se réveillait avec la gueule de bois. Elle avait perdu plus que la guerre, elle y avait laissé ses chimères. Elle apprenait douloureusement à renoncer aux illusions de l'hégémonie. Une défaite après l'autre, elle s'apercevait qu'elle n'était plus une puissance, rien qu'une nation de second rang. « *Il en va de cet amour-là* [du pays natal] *comme de l'autre amour ; la joie nous apprend sur lui peu de chose. Nous ne sommes sûrs de sa présence et de sa force que dans la douleur*[1]. »

Quand, à la Libération, les portes d'Auschwitz s'ouvrirent et que les Français découvrirent, avec une stupéfaction d'horreur, ces spectres à tenue rayée, ils éprouvèrent, pour les meilleurs d'entre eux, une honte confuse. Ils avaient, repliés sur eux-mêmes, recroquevillés de peur et de faim, grelottant de froid, chanté « *J'attendrai, le jour et la nuit, j'attendrai toujours…* » en songeant aux absents et, avec Trenet, « *Douce France…* » pour se réchauffer à leurs souvenirs. Leur faute avait été de méconnaître que l'Histoire pouvait être tragique.

Cette légèreté, les Français ne l'ont plus retrouvée. Ils n'en finissent pas de ressasser leur indignité. Ils s'interrogent sans plus la force de s'aimer un peu.

Cette souffrance, je la respire chez beaucoup de mes amis. Je ne suis pas de ceux qui méprisent leur nostalgie. Je ne vois certes pas la France là où ils la découvrent quand ils fouillent dans leur mémoire. Si je rebrousse chemin, je sais que je ne retrouverai pas une maison enfouie dans les arbres, que nul jardin secret ne me dévoilera ses merveilles. Jean sans Terre, je ne recueillerai que des mots, mais ils ont fait la France que j'aime, de Montaigne à Voltaire, de

---

1. *De ma fenêtre.*

Rousseau à Chateaubriand. Ceux-là se trompent qui ne voient dans une langue qu'un moyen de communiquer. Dans la sienne, la France a voulu inventer son bonheur, le commenter, le décortiquer, le chanter, le partager, le diffuser surtout. Elle a obéi à une vocation de la volupté qui a porté et soutenu sa civilisation. *Wie Gott in Frankreich* : comme Dieu en France, le titre de Sieburg indiquait cette douceur de vivre. « *Je respire donc j'ai le devoir d'être heureux.* » Le précepte de Colette, combien de Français auraient-ils pu le reprendre à leur compte ?

Cette invite à l'épanouissement personnel et collectif, on la perçoit déjà dans la phrase de Montaigne. Elle se traduit par le refus de la morosité chagrine, du fatalisme résigné. Avec une ironie suave, les mots sapent l'échafaudage de la théologie, rongent les dogmes, se dégagent des rets du fanatisme. Ils s'attachent au plus concret pour échapper à la tyrannie des abstractions métaphysiques. Dans les méandres de sa phrase, mal dégagée encore du latin scolastique, Montaigne instille le poison du doute, et ce courant irrigue et corrode toute la littérature française, jusqu'à Voltaire, jusqu'à Gide... et Colette. Chez tous, on trouve le dégoût des pestilences de la vertu, de ses austérités funèbres, une identique défiance envers la tyrannie des systèmes, une attention fervente accordée aux tremblements du vivant, aux moindres nuances du sentiment, aux élans du désir et à ses inévitables déceptions, avec la mélancolie que ces désillusions engendrent.

N'est-ce pas à cette architecture d'un bonheur aux mesures de l'homme, soutenue par la magie du style, que les meilleurs exégètes de Colette identifient *une certaine France* ? Est-il par ailleurs indifférent que nos plus grands écrivains reconnaissent l'appel dans la voix d'une de ces femmes qui sont à la source de sa civilisation ? Édifice certes fragile : la civilisation n'a pas résisté aux lourdes machines de l'idéologie. Cette civilisation rêvait, pour chacun, de la manière la plus aisée, la plus dégagée, la plus légère d'habiter son corps, la terre, la société, sans pourtant se résigner au malheur. Les cris d'un innocent injustement condamné — Calas ou Dreyfus — mettaient le feu à la langue, et ces éruptions du style révélaient la charge de révolte que le français cache derrière son vernis.

Comme pour Sidonie, comme pour Colette, ainsi que pour Voltaire ou Gide, le bonheur est une conquête de la volonté. « *Je vis que tous les êtres ont une fatalité du bonheur... La morale est la faiblesse de la cervelle*[1]. » Si le rejet s'exprime avec la même violence, il prend, chez Rimbaud, un accent plus sombre, plus désespéré, sans doute parce que le poète fixait un horizon plus vaste. Il cherchait non un jardin recueilli, mais un continent fabuleux.

---

1. Arthur Rimbaud, *Alchimie du verbe*.

Cette *terra incognita* d'un impossible bonheur, aux dimensions de l'humanité, jamais Colette ne l'imagina. Ne serait-ce pas cette clôture égoïste que Yourcenar n'était pas sûre d'aimer ? Pour moi aussi, la France que j'aime déborde ses frontières, mais il arrive que la fatigue me couche sur l'herbe, dans l'ombre intolérante du vieux noyer. Je ferme alors les yeux, j'écoute avec ravissement la voix de Colette qui, debout près du puits, jette son appel : « *Les enfants... où sont les enfants ?* » Ce cri, tous mes livres le répètent, depuis le premier. Mes enfances sont mort-nées, je le sais. Je ne peux cependant m'empêcher de frémir et de me tendre dans une vaine et mélancolique espérance.

BIBLIOGRAPHIE

Les ouvrages dont je me suis servi :

François Caradec, *Feu Willy, avec et sans Colette*, Éditions Carrère, 1984.
Jean Chalon, *Colette, l'éternelle apprentie*, Flammarion, 1998.
Colette, *Mes vérités : entretiens avec André Parinaud*, Éditions Écriture, 1996.
Geneviève Dormann, *Amoureuse Colette*, Albin Michel, 1985.
Jacques Dupont, *Colette*, Hachette, 1995.
Nicole Ferrier-Caverivière, *Colette l'authentique*, PUF, 1997.
Claude Francis, Fernande Gontier, *Colette*, Perrin, 1997.
Maurice Goudeket, *Près de Colette*, Flammarion, 1956.
Maurice Goudeket, *La Douceur de vieillir*, Flammarion, 1965.
Jean de La Hire, *Ménages d'artistes : Willy et Colette*. Éditions Adolphe d'Espie, 1905.
Armand Lanoux, *Amours 1900*, Hachette.

Jean Lorrain, *Histoires de masques*, C. Pirot, 1987.
Herbert Lottman, *Colette*, Fayard, 1990.
Jeannie Malige, *Colette, qui êtes-vous?*, Éditions de la Manufacture, 1987.
Thierry Maulnier, *Introduction à Colette*, Éditions La Palme, 1954.
Paul Morand, *1900*, Gallimard, La Pléiade.
Mona Ozouf, *Les Mots des femmes, essai sur la singularité française*, Fayard, 1995 et Gallimard, 1999, coll. Tel n° 303.
Claude Pichois et Alain Brunet, *Colette*, Éditions de Fallois, 1999.
Rachilde, *« L'à peu près grand homme »* dans *Portraits d'hommes*, Mornay, 1929.
Michèle Sarde, *Colette libre et entravée*, Stock, 1984.
Sido, *Lettres à sa fille*, Éditions des Femmes, 1984.

Les œuvres de Colette sont disponibles aux éditions Robert Laffont, dans la collection « Bouquins » (trois volumes) et dans la Pléiade (trois volumes parus).

INDEX

Anacréon, Richard : 186.
Anouilh, Jean : 176.
Aragon, Louis : 40, 48, 89, 330, 336.

Balzac, Honoré de : 298, 335.
Barlet, Paul : 183.
Belbeuf, Marquis de : 187, 194, 205.
Bel-Gazou (voir Jouvenel, Colette de).
Bernanos, Georges : 113, 283.
Bernstein, Madame : 257.
Berthu-Courtivron, Marie-Françoise : 95.
Boas, Claire : 257, 260, 262.
Brasillach, Robert : 35, 325, 335, 338.
Bréville, Pierre de : 121.
Brisson Pierre : 109.
Brooks, Romaine : 200.
Brunet, Alain : 15, 75-76, 102, 104, 121, 126, 129-130, 134, 148, 150, 153, 182, 206, 221, 233, 255.

Caillavet, Madame Armand de : 150.
Caradec, François : 120, 131-132, 134, 147, 149, 156, 161, 180.
Castellane, Boni de : 113.
Céline, Louis-Ferdinand : 68, 113, 282, 284.
Chabrier, Emmanuel : 121, 148.
Chalon, Jean : 46, 54, 95, 96-97, 106, 154, 171, 200, 231, 248, 258, 277, 297.
Chausson, Ernest : 121, 148.

Clifford-Barney, Natalie : 200, 258, 279.
Cocteau, Jean : 247, 249, 264, 278, 331.
Colette, Sidonie (née Landoy, épouse Robineau-Duclos, puis Colette) : 14-16, 31-32, 39, 53-62, 63-67, 69, 71-73, 75-91, 93-97, 98-108, 127, 129-131, 134-137, 141-142, 145, 147, 151, 160, 174, 186, 201, 210, 216-218, 226, 232, 248, 259, 294, 303, 306-309, 312-314, 316, 317-319, 322, 333, 341.
Colette, Jules, dit le Capitaine : 14, 51, 54, 57, 63, 65-68, 69, 77, 79, 82, 85, 88, 98, 101, 104, 107, 128, 132, 134, 181, 309, 316, 322.
Colette, Léopold, dit Léo : 14, 51-52, 90, 92-93, 98, 216, 228.
Comminges, Isabelle de : 255, 266.
Considérant, Victor : 312-313, 317-318.

Crançon, Juge : 57, 75-77, 81.
Curnonsky (Sailland, Maurice-Edmond) : 125, 148, 180.

D'Hollander, Paul : 164-165.
Debussy, Claude : 121, 148.
Delarue-Mardrus, Lucie : 97, 200, 279.
Dormann, Geneviève : 48, 106-107, 109, 154, 183, 248, 251, 308.
Draper, Miss : 246, 247.
Dreyfus, Alfred : 141, 167, 173, 341.
Dukas, Paul : 121.
Dupont, Jacques : 25, 153, 165, 281.

Eaubonne, François d' : 109, 135.
Ernst, Alfred : 121.

Farrère, Claude : 186, 301.
Fernandez, Ramón : 30, 33, 35, 288, 332.
Ferrier-Caverivière, Nicole : 52, 62, 65, 96, 98-99, 102, 103-105, 226, 320, 333.

Fouquières, André de : 188, 190.
Fourier, Charles : 312, 317, 334.
France, Anatole : 148, 150.
Francis, Claude : 73, 117, 150, 158, 183, 281, 303, 312, 317, 319.
Fresnois, André du : 42-44.

Gauthier-Villars, Henry, dit Willy : 16-20, 23, 24-26, 27, 37, 46, 47, 52, 109-112, 113-136, 139-141, 144-152, 154-158, 160-167, 169-186, 189, 198-199, 201-203, 204-206, 208-210, 213, 214, 223-225, 230-231, 235, 253, 256, 261, 269-270, 281, 285, 287, 303, 321, 331, 336.
Gauthier-Villars, Jacques : 122, 126, 129-130, 132, 140, 147, 206.
Germaine (voir Servat, Marie-Louise).
Gide, André : 26, 47, 100, 255, 288, 312, 321, 324-326, 329, 335, 340-341.
Gontier, Fernande : 78, 117, 150, 158, 183, 281, 303, 312, 317, 319.
Goudeket, Maurice : 19, 20, 23, 28, 235, 236, 240, 257, 269, 277, 279, 281, 301, 306-308, 315, 335.
Gourmont, Rémy de : 148.
Greene, Graham : 306.
Guitry, Sacha : 31, 173, 196, 198, 234-236, 335-336, 338.

Hamel, Léon : 198.
Hériot, Auguste : 198, 226-228, 230-232, 266.

Indy, Vincent d' : 121, 148.

Jammes, Francis : 176.
Jarry, Adrien : 78, 82.
Jollet, Yvonne : 230.
Jouvenel, Bertrand de : 101, 255, 257-260, 262-264, 267, 270, 275-278, 294, 312, 335.
Jouvenel, Colette de, dite

Bel-Gazou : 11, 18, 187-188, 237-243, 246-251, 253-256, 258, 261, 264, 265-271, 278, 307.
Jouvenel, Henry de : 18, 19, 100, 141, 230-231, 233, 240, 243, 249, 250-251, 257, 260, 262, 266-267, 275, 278, 303.
Jouvenel, Renaud de : 241, 246, 255, 263, 266-270.

Kemp, Robert : 215.

La Fare, Jane de (Robineau-Duclos, Jane) : 31, 58.
La Hire, Jean de : 118.
Landoy, Caroline : 72, 80.
Landoy, Eugène : 72-73.
Landoy, Irma : 72, 74.
Landoy, Paul : 72.
Landoy, Sidonie (voir Colette, Sidonie).
Lanoux, Armand : 111-113, 117.
Le Clézio, Jean-Marie Gustave : 289-290, 334.
Le Grix, François : 41.

Léautaud, Paul : 140, 157, 233.
Lelong, Lucien : 302.
Lorrain, Jean : 125, 148, 197.
Lottman, Herbert : 54, 83, 152, 155, 201, 248.
Louis-Dreyfus, Arlette : 267.

Malige, Jeannie : 258, 264, 270.
Mallarmé, Stéphane : 124.
Mann, Thomas : 40, 255.
Masson, Paul : 150.
Maulnier, Thierry : 34, 48-49, 101.
Mauriac, Claude : 109.
Mauriac, François : 48, 281, 288, 305, 321, 336.
Maurras, Charles : 167, 169, 253.
Missy (voir Morny, Mathilde de).
Montaigne, Michel de : 35, 324-325, 333, 339-340.
Montesquiou, Robert de : 148.
Monzie, Anatole de : 256, 263.

Morand, Paul : 40, 46, 97, 111-112, 120, 163, 319.
Moreno, Marguerite : 150, 236, 244, 250, 276, 278, 305.
Morny, Duc de : 32, 189.
Morny, Mathilde de, marquise de Belbeuf, dite Missy : 23, 32, 52, 107-108, 174, 178-180, 187-192, 193-198, 201-208, 211-213, 214-217, 219-222, 226, 228-229, 231-236, 245, 258, 266, 269, 285, 303, 313, 336.
Morny, Sophie de, née Troubetskoï : 191-192.
Mugnier, Abbé Arthur : 256.
Musidora : 244, 250.

Nabokov, Vladimir : 42, 296.
Napoléon III : 32, 189, 234.
Nietzsche, Friedrich : 325.
Nourissier, François : 36, 48, 97, 285.

Ollendorf, Paul : 209.
Otéro, Caroline : 200.

Ozouf, Mona : 30, 109, 133, 154, 323, 324, 327.

Parinaud, André : 42, 65.
Patat, Germaine : 251, 254, 257, 263.
Pène, Annie de : 244.
Pichois, Claude : 15, 19, 29, 31, 43, 47, 75-76, 102, 104, 121, 126, 129-130, 134-135, 148, 150, 153, 156, 170, 182, 206, 221, 233-235, 255, 258-259, 308.
Polaire : 173, 285.
Pougy, Liane de : 97, 193, 200, 287.
Poulenc, Francis : 121, 148.
Proust, Marcel : 148, 166.

Rachilde (Vallette, Rachilde) : 97, 115, 118, 125, 133, 142, 148, 156, 163, 166, 169, 182, 253, 287.
Ravel, Maurice : 52, 148.
Rême, Lily de : 226, 229.
Renard, Jules : 167.
Robineau-Duclos,

Achille : 14-15, 32, 51-52, 55, 57-62, 64, 79, 82, 90, 99, 127, 129, 136, 151.
Robineau-Duclos, Geneviève : 52.
Robineau-Duclos, Jules-Joseph : 51, 55, 57, 65, 74, 75-82.
Robineau-Duclos, Juliette, épouse Roché : 14, 51, 53-57, 59, 79, 82-83, 90, 130, 134.
Robineau-Duclos, Sidonie (voir Colette, Sidonie).
Roché, Charles, docteur : 53-55.

Sarde, Michèle : 105, 109-110, 132-133, 149, 154, 168, 178, 308-312.
Savigneau, Josyane : 39.
Schwob, Marcel : 131, 148, 150, 152.
Sert, José Maria : 335.
Servat, Marie-Louise, épouse Courtet, dite Germaine : 126-129, 132, 145.

Sesto, Duc de : 192, 194.
Simon, Pierre-Henri : 165.
Stravinsky, Igor : 121.

Terrain, Olympe : 143.
Tinan, Jean de : 125, 148, 164.
Toulet, Paul-Jean : 125.

Vallette, Alfred : 125, 175, 208, 223.
Vallette, Rachilde (voir Rachilde).
Varenne, Pierre : 162, 167.
Veber, Pierre : 125, 136.
Villars, Meg (Maniez, Marguerite) : 180, 204-205, 214, 261.
Vivien, Renée : 200.
Vuillermoz : 121, 180.

Wagner, Richard : 121.
Wague, Georges : 201, 224, 228.
Willy (voir Gauthier-Villars, Henry de).

Yourcenar, Marguerite : 38-39, 49, 280, 284, 336-338, 342.

Chapitre I	11
Chapitre II	29
Chapitre III	51
Chapitre IV	71
Chapitre V	109
Chapitre VI	139
Chapitre VII	153
Chapitre VIII	169
Chapitre IX	187
Chapitre X	211
Chapitre XI	237
Chapitre XII	275
Chapitre XIII	293
Chapitre XIV	321
Bibliographie	343
Index	345

DU MÊME AUTEUR

Aux Éditions Gallimard

RUE DES ARCHIVES, 1994, prix Maurice Genevoix (Folio nº 2834)

TANGUY, nouvelle édition revue et corrigée, 1995 (Folio nº 2872)

Aux Éditions du Seuil

LA NUIT DU DÉCRET, 1981, prix Renaudot 1981 (Points-roman nº 88)

GÉRARDO LAÏN (Points-roman nº 82)

LA GLOIRE DE DINA, 1984 (Points-roman nº 223)

LA GUITARE (Points-roman nº 168)

LE VENT DE LA NUIT, 1973, prix des Libraires et prix des Deux-Magots (Points-roman nº 184)

LE COLLEUR D'AFFICHE (Points-roman nº 200)

LE MANÈGE ESPAGNOL (Points-roman nº 303)

LE DÉMON DE L'OUBLI, 1987 (Points-roman nº 337)

TARA (Points-roman nº 405)

ANDALOUSIE (Points-Planète), 1991

LES CYPRÈS MEURENT EN ITALIE (Points-roman nº 472)

LE SILENCE DES PIERRES, prix Chateaubriand 1975 (Points-roman nº 552)

UNE FEMME EN SOI, 1991, prix du Levant (Points-roman nº 609)

LE CRIME DES PÈRES, 1993, Grand Prix R.T.L.-Lire

Au Mercure de France

MORT D'UN POÈTE, 1989, prix de la R.T.L.B. (Folio n° 2265)

Aux Éditions Fayard

MON FRÈRE L'IDIOT, 1995, prix de l'Écrit intime (Folio n° 2991)

LE SORTILÈGE ESPAGNOL, 1996 (Folio n° 3105)

LA TUNIQUE D'INFAMIE, 1997 (Folio n° 3116)

DE PÈRE FRANÇAIS, 1998 (Folio n° 3322)

Aux Éditions Stock

COLETTE, UNE CERTAINE FRANCE, prix Femina Essai 1999 (Folio n° 3483)

Composition Interligne.
Impression Bussière Camedan Imprimeries
à Saint-Amand (Cher), le 20 février 2001.
Dépôt légal : février 2001.
Numéro d'imprimeur : 011044/1.
ISBN 2-07-041243-1./Imprimé en France.

93907